Manuela Lewentz

Küssen
statt reden

Manuela Lewentz

Küssen
statt reden

Manuela Lewentz

Küssen statt reden!

Verlag:	Mittelrhein-Verlag GmbH, August-Horch-Straße 28, 56070 Koblenz
Umschlaggestaltung:	Davina Kuhn
Umschlagmotiv:	Shutterstock
Herstellung und Satz:	sapro GmbH – Gesellschaft für Satzproduktion, Triebstraße 16, 56370 Gutenacker
Druck und Bindung:	BoD – Books on Demand, Norderstedt

ISBN 978-3-925180-35-4

Lotte

„Guter Sex gehört für mich zu einer glücklichen Beziehung dazu." *Großes Erstaunen und ganz unterschiedliche Reaktionen lösten meine Worte aus. Ina wurde rot im Gesicht nach meiner Äußerung, Petra fing an zu kichern und Karin hat in ihre Hände geklatscht.* Unser letzter Mädelsabend war einmal mehr gelungen und wie Balsam für meine Seele. So, wie in dieser Runde, kann ich mich nirgends frei äußern, über meine Gefühle sprechen und zulassen, selbst die geheimsten Wünsche zu offenbaren. Für mich gehören auch kleine Verrücktheiten zu einem ausgefüllten Leben dazu, was meine Freundinnen respektieren. Nicht nur beim Reden spüre ich die totale Freiheit, auch beim Essen. Wie leicht doch das Leben sein kann mit den richtigen Menschen an der Seite. Meine Mädels nörgeln nicht an mir herum, kritisieren auch meinen gesunden Appetit nicht. Echauffieren über meine Rundungen tut sich nur mein Freund Franz.

Unser Mädelsabend liegt schon wieder fünf Tage zurück und trotzdem bin ich noch heute positiv gestimmt in der Erinnerung an die kurze Begegnung mit meiner Ersatzfamilie, wie ich Karin, Petra und Ina oft nenne. Ein besonderer Grund für mein heutiges Hoch ist die Nachricht von Petra, die schon vor dem Duschen auf meinem Handy ankam. Glück muss man zulassen, wie ich denke. Den Einfluss, den diese kleine Botschaft von Petra auf mein Wohlempfinden genommen hat, er ist enorm. Sekunden entscheiden darüber, ob wir spontan happy sind oder geknickt. Am allerliebsten möchte ich jetzt laut „Hurra!" rufen, so wohl fühle ich mich jetzt in meiner Haut, dank Petras Zeilen. Wer kennt sie nicht, diese Tage, an denen man glaubt, einem gehört die Welt. Heute Morgen kann mich nichts aus der Ruhe bringen. Jetzt gerade ist die Situation perfekt für mich. Selbst die Tatsache, dass Franz, mein aktueller Freund, mich wieder einmal kritisiert hat, lässt mich kalt. Meine Zweisamkeit mit Franz ist mühsam geworden und lässt meine gute Laune kaum mehr aus dem Keller kommen.

„Männer sind wie Kaugummi, erst schmecken sie lecker, dann sind sie zäh und kleben", fällt mir eine Weisheit meiner Tante Lydia Lowere ein. Meine verstorbene Tante hat es verstanden, die Zuckerseiten des Lebens zu suchen und zu finden.

Bewusst habe ich mir nach dem Duschen ein rotes Kleid angezogen, um meine muntere Stimmung auch nach außen zu tragen. „Das Kleid steht dir nicht, Lotte! Deine Hüften wirken noch dicker in dem auffallend roten Kleid", übt Franz erneut Kritik, als ich aus dem Badezimmer komme. Couragiert gehe ich auf ihn zu. „Wir sehen uns am Abend", möchte ich Franz küssen, ohne auf seine Worte einzugehen.

„Abnehmen ist für meine Freundin ein Fremdwort", lässt er mich stehen. Ich bin wohl im falschen Film, überlege ich und eile Franz nach in Richtung Erdgeschoss. Die Haustüre fliegt gerade zu, als ich angekommen bin. Jetzt hat Franz es doch noch geschafft, mir die aufkeimend gute Laune zu zerstören. Ich blicke sorgenvoll in meinen Garderobenspiegel und betrachte mich. Das, was ich sehe, ich finde es schön. Weder mein Kleid noch meine Röllchen an den Hüften fallen mir negativ ins Auge. Außerdem kommt mir erneut die Nachricht von Petra in den Kopf, was mich beschwingt und doch noch positiv losziehen lässt. Dass ich auf der Schwelle zum Garten fast die Balance verliere und mehr hüpfend als gehend die untere Stufe erreiche, geschenkt! Rasch werfe ich einen Blick zu dem Parkplatz vor meinem Haus. Der Wagen von Franz ist nicht mehr zu sehen, somit hat er a) nichts mitbekommen und

b) kein Interesse gezeigt auf eine kleine Versöhnung. Liebe, so denke ich auf meiner Fahrt nach Limburg nach, sie ist wie Pudding für mich. Ich liebe Pudding, kann ihm nicht aus dem Weg gehen, trotzdem tut er mir nur kurzfristig gut. Das Ärgernis, dass sich die Kalorien im Anschluss immer meine Hüften als neuen Wohnort suchen, versuche ich zu verdrängen.

Ebenso geht es mir mit den Worten von Franz, die er seit einigen Wochen für mich findet. Wie anders war es doch zu Beginn unserer Beziehung. So romantisch, so leidenschaftlich hat er sich gezeigt. In meinem Bauch flatterten ständig die berühmten Schmetterlinge herum und ich schwebte auf einer Wolke voller Glückseligkeit.

„Ich finde dich so schön, Lotte!" oder „Du bist mein Augenstern", vielleicht auch „Was ich für ein Glück habe, dich an meiner Seite zu wissen", höre ich nicht mehr aus seinem Mund. Das, was Franz inzwischen sagt, verletzt mich mehr und mehr. „Specki rollt an", war die Begrüßung der letzten Tage. „Bockwürstchen im Kleid", flog mir auch entgegen. Franz ist kein Mann, den Frau als einfach im Umgang bezeichnen würde, dessen bin ich mir bewusst. Feingefühl ist ihm völlig abhandengekommen und fremd. Trotzdem hat er auch seine guten Seiten und die kommen besonders im Bett zum Vorschein, was mich immer wieder dazu bewegt, bei diesem Mann zu bleiben.

Ina rollt die Augen, wenn ich davon anfange zu erzählen, sie findet meine Aussage zu trivial. Mit meiner Freundin Karin habe ich des Öfteren über das Verhalten von Franz gesprochen. Karin ist aufgeschlossen und die Tatsache, sie lebt aktuell in Dresden, hat mir meine Entscheidung offen zu reden, leichter gemacht. „Such dir einen neuen Freund, Lotte! Am besten einen Mann, der Kinder hat. Die sind in der Regel umgänglicher und nicht so ichbezogen." Meine Frage, wo ich diesen Mustermann finden kann, konnte Karin mir allerdings auf die Schnelle auch nicht beantworten. „Dann werde ich wohl doch noch an der Seite von Franz alt werden", hatte ich lachend das Telefonat beendet.

Sex ist mir sehr wichtig in einer Beziehung. Für mich wäre es unvorstellbar, ohne Sex zu leben. Immerhin darin bin ich meiner Tante Lydia mehr als nur ähnlich. Diese verwandtschaftlichen Gene sind zu 100 Prozent bis zu mir durchgedrungen. Tatsächlich bin ich für diese Erkenntnis dankbar. Lydia Lowere ist mein Vorbild und der Wunsch, meiner verstorbenen Tante nachzueifern, keimt schon lange in mir. Bisher bin ich nur Menschen begegnet, die positiv von meiner Tante gesprochen haben. Noch beim Einparken hege ich diese Gedanken, dann aber greife ich nach meiner Tasche und eile sogleich in mein Café.

Welch Glück ich nur habe, bleibe ich kurz vor der Eingangstüre stehen. Mir kommt mein väterlicher Freund Vincenz in den Kopf. Ohne ihn und sein großzügiges Geschenk würde ich heute nicht so unbekümmert leben können. Unvermittelt wandert mein Blick zu dem oberen Fenster und den Räumlichkeiten, die von Anton Wall bewohnt werden. Er, der Künstler, und ich, die Land-Lady, unter einem Dach, das hätte ich vor drei Jahren nicht für möglich gehalten. Skeptisch hatte ich den Einzug beobachtet und war sicherlich in den ersten Tagen nicht wirklich freundlich zu Anton. „Dauerhaft müssen wir uns aneinander gewöhnen und den Gedanken zulassen, wir leben und arbeiten ab heute unter einem Dach", stand er am dritten Tag vor mir. Gut, ich habe noch mein kleines altes Häuschen in Bremberg, wo ich auch schlafe und mein Leben außerhalb des Cafés verbringe. Trotzdem sind Anton Wall und ich uns seit dem Tag, als er mich so direkt angesprochen hat, nähergekommen, bildlich gesehen. Vincenz hat uns gemeinsam das Haus geschenkt und diese Tatsache verbindet uns, was ich dann rasch verstanden hatte. Inzwischen gibt es diese Abende, an denen Anton und ich um die Häuser streifen, gemeinsam essen gehen und noch einen Sekt genießen, bevor ich in mein altes Häuschen fahre. Mir sind diese Treffen richtig ans Herz gewachsen, genau wie der Künstler selbst. Unterschiede ziehen sich an, den Spruch haben früher die Alten im Dorf gerne aufgesagt und heute kann ich zugeben, es stimmt. Unterschiedlich sind Anton und ich wirklich. Auch äußerlich liegen Welten zwischen uns, obgleich ich mich schon sehr zu meinem Vorteil gewandelt habe. Immer öfter verlasse ich mein Zuhause in einem ausgefallenen Kleid und muss zugeben, die damit verbundene Aufmerksamkeit meiner Mitmenschen, die mir über den Tag verteilt begegnen, sie gefällt mir.

Beschwingt öffne ich endlich die Tür meines Cafés und tauche in die anheimelnde Atmosphäre der Räumlichkeiten ein, die auch durch Anton Wall und seine Kunst geprägt sind.

„Nur wer durch das Leben tanzt und den Sorgen keine Platt-form gibt, wird am Ende aller Tage glücklich sein", *ein Spruch meiner Tante Lydia Lowere. Sie ist mein Augenstern, den ich auch nach ihrem Tod noch anhimmele. Wann immer ich auf das Portrait meiner verstorbenen Tante sehe, fühle ich mich ihr ganz nahe. So, wie Lydia gelebt und geliebt hat, so möchte ich es gerne auch tun. Mit Leichtigkeit und einem sonnigen Gemüt ist meine Tante durch das Leben getanzt. Schmunzeln darf ich bei meinen Gedanken.*

„Sterne funkeln noch in hundert Jahren am Himmel, ich muss jetzt lieben und leben. Wer weiß, was kommt?", *war eine weitere Weisheit aus Lydias Mund. Lydia Lowere, ich habe schon viel von dir gelernt, wenn auch noch nicht genug, seufze ich vor mich hin.* Versonnen starre ich auf das Gemälde von meiner Tante, das in meinem Café hängt. Meine Aushilfe

im Café wundert es schon lange nicht mehr. Diese liebevolle Macke, wie ich selbst mein Verhalten nenne, ist bekannt.

In diese, für mich nicht ganz einfache, emotionale Lage kommt die Anfrage meiner Chefredakteurin Frau Kraut-winkel. Kurz zögere ich, das Telefonat entgegen zu nehmen, dann aber siegt die Neugierde. Dank Frau Krautwinkel kann ich auch meiner großen Leidenschaft, dem Schreiben, nach-kommen. Für meine Beiträge erhalte ich auch noch Geld. Ich muss sagen, ich verdiene es in meinen Augen spielend. Mit wenigen Worten klärt mich die Chefredakteurin über die neue Aufgabe auf. Ich soll eine Kolumne über das Thema Ehrlichkeit in einer Beziehung schreiben, was mich staunen lässt. Nach dem Telefonat schweifen meine Gedanken direkt zu Franz. Das Wort Ehrlichkeit ist für ihn nicht so wichtig, wie ich inzwischen erfahren durfte. Soll ich vielleicht über meine eigenen Erfahrungen berichten? Ob das die Leserin-nen und Leser interessieren wird?

Lautes Stimmengewirr dringt an meine Ohren und zieht mich in den Bann. Hoppla, so denke ich, als die Tür zu meinem Café aufgeht und an einem Mittwochmorgen eine ganze Busgesellschaft eintritt und sich jeder einen Platz im Café erkämpft.

„Ärmel hochkrempeln!", rufe ich der Aushilfe lächelnd entgegen und eile an den Tresen. Zufrieden nickend berei-tet meine Aushilfe sogleich die ersten Teller und Tassen vor. „Dieser Monat scheint doch noch ein Gewinn zu werden", flüstere ich voller Euphorie. Unvermittelt steigt die Ge-räuschkulisse. Unsere Gäste scharren und können kaum auf unsere Köstlichkeiten warten, obgleich es noch nicht einmal Mittag ist. Meine Marzipantorte ist legendär, was mich stolz macht, ebenso die gezeigte Kunst. Die Gemälde von Anton Wall, die im Café hängen, ziehen immer wieder neue Gäste an.

„Der Kuchen muss an die Tische gebracht werden", holt mich die Aushilfe zurück in die Realität. Beherzt greife ich nach einem Tablett und verteile die Köstlichkeiten unter den wartenden Gästen. „Mir bringen Sie bitte zwei Stücke von der Marzipantorte", höre ich eine Stimme und drehe mich um. Einen Augenblick bin ich gefangen von dem Mann, der unter dem Gemälde von Lydia Lowere sitzt. Bizarr der Anblick von Gemälde und meinem Gast, der ganz in Royalblau gekleidet vor mir sitzt. Lydia Lowere trägt auf dem Gemälde ebenfalls die Farbe royalblau. Wie dahingegossen wirkt der Anblick auf mich. Ob der Fremde ein Freund von Anton Wall ist, frage ich mich und bin mir sogleich bewusst, mit dieser Idee liege ich falsch. Mir kommt der Gedanke, dieser Mann bringt noch Aufregung in meine Räumlichkeiten. Auf dem Weg zum Tresen bleiben mir die blauen Augen des Gastes im Kopf. Lange Zeit zum Nachdenken bekomme ich jedoch nicht. Neue Gäste sprechen mich an, möchten ebenfalls ihre Bestellung aufgeben und mitten in diese Vorbereitung wünschen schon die ersten Kunden eine weitere Tasse Kaffee, manche fragen nach den Toiletten und andere möchten bezahlen. Hektik macht sich breit und geschäftig eile ich zwischen den Tischen und dem Tresen hin und her. Fast habe ich den Gast unter dem Gemälde vergessen. Erst, als die Aushilfe mich auf die noch immer am Tresen stehenden Stücke Marzipantorte aufmerksam macht, kommt mir der Mann wieder in den Sinn.

„Das habe ich in der Hektik vergessen. Der arme Gast", drehe ich mich um. Wie überrascht bin ich jedoch zu sehen, der Platz unter dem Gemälde von Lydia Lowere ist leer. Ob mein Gast die Toilette aufsucht? Unschlüssig wende ich mich wieder zum Tresen um. Meine Hilfe zuckt mit den Schultern, was mich bewegt, wieder meiner Arbeit nachzugehen. Die Marzipantorte nehme ich auf mein Tablett, denke noch, der Gast ist bestimmt die Toilette aufsuchen, und dann bringe ich ihm gleich den Kuchen an seinen Tisch.

„Der Mann ist schon wieder gegangen, den Kuchen können Sie bei uns abstellen", kommt eine Erklärung vom Nachbartisch. „Na, dann", verteile ich die Teller mit einem Lächeln und einem kurzen Blick auf das Gemälde von Lydia Lowere. Ob der Unbekannte meine Tante kannte? War seine Aufmachung Zufall? Bilde ich mir nur ein oder wünsche es mir, dass er meine Tante kannte? Rein äußerlich hätte er perfekt zu den Männern gepasst, die meine Tante als Begleitung suchte. Nicht zu alt, attraktiv, gut gekleidet und mit einem Hauch von Mystik umgeben. Ja, Lydias Geschmack war besonders und auf eine ganz eigene Art ausgefallen. Mir fällt Hermann Josef von Breggele ein. Grinsend denke ich an meine Versuche, in den Adel aufzusteigen und der raschen Gewissheit, an seiner Seite nicht meinen Platz gefunden zu haben. Für einen Mann wie ihn war ich nur ein Landei. Trotzdem war es eine gute Erfahrung für mich und immerhin meine Freundin Karin scheint ihn gefunden zu haben, den Platz an der Seite von Hermann Josef von Breggele. Schon lustig, wie sich manches von ganz alleine fügt. Karin war vom ersten Moment an, als sie Hermann Josef gesehen hat, von ihm angetan. Dass auch diese Beziehung nicht ohne Tiefen verläuft, empfinde ich inzwischen schon als normal. Mein Weltbild, das ich noch als kleines Mädchen in mir trug, es hat sich verschoben. Sagen kann ich auch, das Leben und die Liebe haben mich geprägt und meine Sichtweise verändert. Ob mir die große Liebe noch begegnet? Oder muss ich mich mit dem, was ich bisher an Liebschaften hatte, zufriedengeben?

Erneut sehe ich den Mann vor mir, der eben noch unter dem Gemälde meiner Tante saß. Er hatte etwas an sich, das mich nervös macht. Meine letzten Bekanntschaften kamen alle über das Internet. Bisher war mir dieser Weg auch lieb gewesen. In Ruhe und mit Hilfe meiner Freundinnen konnte ich im Vorfeld die Kandidaten auswählen und mich entscheiden, wen ich treffen möchte.

Das laute Räuspern meiner Mitarbeiterin und der Ruf eines Gastes lassen mich aus meinem Tagtraum rasch zurück in die Realität finden.

„Ich möchte noch einen Kaffee!", höre ich eine hohe Stimme rufen. Meine Gäste fordern meine komplette Aufmerksamkeit und somit verliere ich keine weiteren Gedanken mehr an Mister Unbekannt. Tablett um Tablett balanciere ich durch mein Café und fast trage ich schon die Sorge in mir, meine Marzipantorte würde unter dem plötzlichen Andrang nicht für alle Gäste ausreichen, da kehrt doch noch etwas Ruhe ein. Eine gute Stunde später darf ich beobachten, wie die Gruppe zufrieden von Dannen zieht. Lächelnd gönne ich mir einen Cappuccino und einen weiteren Blick auf das Gemälde meiner Tante.

„Der Nachmittag wird allem Anschein nach ruhig verlaufen", lacht meine Aushilfe mich später an. „Sie können mich den Rest des Tages alleine lassen", fügt sie gutgelaunt nach. Was für eine Kondition die junge Frau hat, überlege ich beim Zusammenpacken meiner Sachen. Ihr Angebot habe ich gerne angenommen. „Sollte jedoch noch eine ganze Gruppe kommen …", weiter komme ich nicht.

„Dann rufe ich gleich an", trällert meine Aushilfe mit einer Zufriedenheit im Gesicht, die auch mich ansteckt.

Auf meiner Fahrt nach Bremberg zurück in mein altes Haus, kommt mir erneut der Gast mit den blauen Augen in den

Sinn. Ob es zwischen ihm und meiner Tante Lydia Lowere zu ihren Lebzeiten eine Verbindung gab? Unvermittelt kommen mir Ideen in den Kopf, die eine Verbindung untermalen. Ein Song im Radio lenkt mich ab und plötzlich stellt sich mir die Frage: Trage ich einmal mehr den Wunsch in mir, noch nach dem Tod von Lydia in ihr Leben einzutauchen, und suche deshalb einen Zusammenhang? Erst, als ich überholt werde, der Fahrer hupt und mir so signalisiert, ich solle nicht so langsam fahren, kehrt meine Konzentration auf die Straße zurück. Zugegeben, ich bin jetzt aufmerksamer beim Fahren, jedoch kommt mit einem Male eine Szene aus Kindertagen vor meine Augen. Gemeinsam mit meiner Tante Lydia war ich einmal auf der Kirmes in Limburg. Lydia liebte es, Kettenkarussell zu fahren, und lachte währenddessen so herzhaft, dass ich als Kind bewogen war, es ihr gleichzutun. Wie schön es doch ist, Menschen in seiner Nähe zu haben, die auch lachen können. Deren Leichtigkeit und Zuversicht sich auf das eigene Gemüt übertragen lässt. Meine Mutter ist vom Wesen her leider das Gegenteil von meiner Tante. Bei ihr war das Glas immer halb leer, niemals halb voll.

Die nächste Kurve erfordert meine volle Aufmerksamkeit. Kaum, dass ich diese Gefahrenstelle überwunden habe, denke ich erneut an Lydia. Das Bestreben, meiner Tante Lydia nachzueifern, gelingt mir immer öfter. Ob ich auch in Sachen Männer etwas offener sein sollte, so wie Lydia es zu Lebzeiten war? Huch, so überlege ich, was für Gedanken springen in meinem Kopf herum? Mit Franz bin ich gerade einmal wieder ein halbes Jahr zusammen, da sollten doch die Schmetterlinge im Bauch überwiegen. Statt an Männer im Allgemeinen oder an Franz zu denken, ermahne ich mich selbst, mich vielmehr an dem sonnigen Tag und der Aussicht auf einen freien Nachmittag in meinem Garten zu erfreuen. Die letzten Meter im Auto liegt meine komplette Konzentration auf der Fahrbahn.

Zu Hause angekommen, streife ich im Flur meine Schuhe aus und wünsche mir, die Sorgen des Alltags ebenfalls fallenzulassen.

Was für ein herrlicher Tag, denke ich beim Betreten meines Gartens, den ich stolz mein Refugium nenne. Für mich ist es der schönste Ort, um abzuschalten und zu relaxen. Meine Freundin Ina kommt mir in den Sinn und ihre Art, meinen Garten in Worte zu fassen. Unordentlich, lange nicht nachgehalten, übersät mit Unkraut, unfassbar … ist nur ein kurzer Auszug aus ihren Äußerungen. Ina und ich, wir sind so unterschiedlich und doch sind wir seit Kindestagen Freundinnen. Ich verstehe nicht immer, wie sie handelt und ihr Leben gestaltet, ebenso scheint Ina ihre Probleme mit mir und meiner Art zu leben zu haben. Früher zu Schulzeiten war Ina aufgeschlossener, zumindest habe ich sie so in Erinnerung. Sie liebt es, in Harmonie zu leben, wie sie stets betonen muss. Tatsache jedoch ist, auch bei Ina läuft nicht immer alles rund und ihr Privatleben steht öfter auf dem Kopf als ihr lieb ist. Zugeben will Ina diese menschlichen Fügungen oder Schicksalsschläge jedoch nicht. Viel lieber versucht sie immer wieder, von ihren Problemen abzulenken und konzentriert sich stattdessen mit Inbrunst auf mich und mein Liebesleben.

Hier, so muss ich mir eingestehen, gibt es regelmäßig etwas zu entdecken, das nicht in das allgemeine Raster oder unter den Stichpunkt normal fällt, in den Augen der lieben Nachbarn.

„Du musst dir in einer Beziehung mehr Mühe geben!", gab Ina mir beim letzten Treffen mit auf den Weg. „Deine Dickköpfigkeit wird dir jeden Mann aus dem Haus jagen", musste ich ebenfalls schlucken. Ina kam in Hochform. Ihre Angewohnheit, sich bei solchen Ansprachen, wie ich es nenne, vorn auf den Rand des Stuhls zu setzen, kerzengerade versteht sich, missfällt mir. Für mich ist es trügerisch und was ich in diesen Minuten denke, ist nicht wirklich nett.

Im ersten Schritt habe ich großartig reagiert und Ina ins Gesicht gelacht. Dabei habe ich mich auch ebenso großartig gefühlt, überlegen und auf eine gewisse Weise auch erwachsen. Ina, das durfte ich an ihrer Reaktion erkennen, war von meinem Verhalten irritiert. Gut zehn Minuten später ist sie dann unter einem Vorwand wieder gegangen. Meine erste, zarte Freude über meine neue Stärke wich der Tatsache, dass ich seit diesem Moment leider immer wieder an ihre Worte denke und Zweifel an mir und meinem Verhalten Franz gegenüber hege. Wie ein kleines Teufelchen sitzen die Worte meiner Freundin in meinem Kopf fest. Bei aller Kritik, die ich inzwischen mir und meinem Verhalten zugestehe, will ich mich nicht mehr runterputzen als ich verdient habe. Franz verletzt mich ständig und seine Worte sind wie kleine Pfeile in mein Herz. Ich will, dessen bin ich mir bewusst, keinen Partner an meiner Seite haben, der mich nur kritisiert und beleidigt. Ein leichter Anflug von Zweifeln, was die Beständigkeit unserer Beziehung betrifft, keimt auf.

Rasch eile ich in meine Küche und koche mir einen Kaffee. Auf einen Teller lege ich mir Plätzchen und nehme alles mit in meinen Garten. Meinen Laptop angele ich aus meiner Tasche und nehme ihn ebenfalls mit in meine grüne Oase. Genussvoll trinke ich zunächst den Kaffee und knabbere das süße Gebäck, das von Hausfrauen selbst gebacken wurde. In meinem Café kommen nur die feinsten Süßigkeiten über den Tresen, worauf ich sehr stolz bin. Nicht nur für mich sind die kleinen Leckereien oft Balsam für die Seele.

Gut zwanzig Minuten später fahre ich endlich meinen Laptop hoch, fühle mich jetzt bereit, mit meiner neuen Kolumne anzufangen. Frau Krautwinkel wird schon auf die ersten Zeilen von mir warten. Sie denkt sich aber auch immer Themen aus, die auf eine gewisse Art und Weise zu mir passen. Ob es Absicht von meiner Chefredakteurin ist, für die jeweilige Arbeit gerade mich auszusuchen? Warum darf ich nicht einmal über ein Kindereinkaufsparadies berichten? Mit großer Wahrscheinlichkeit traut sie mir diese Aufgabe nicht zu, emotional gesehen, da ich keine eigenen Kinder habe. Bei einer unserer nächsten Teamsitzungen werde ich versuchen, meine Chefredakteurin diesbezüglich anzusprechen. Viele Fragen sind in meinem Kopf und doch gelingt es mir, mich auf das Schreiben zu konzentrieren.

Liebe Leserinnen und Leser,

wie immer kommt mit der neuen Aufgabe, dem neuen Thema für meine inzwischen regelmäßigen Kolumnen, auch die Nachdenklichkeit in meinen Kopf.

„Ehrlichkeit in einer Beziehung"

Vom Grunde möchte ich schreiben: Das ist doch eine Grundvoraussetzung für jede Partnerschaft. Mir kommen schon beim Formulieren der wenigen Worte, die ich gerade geschrieben habe, Zweifel auf. Nicht leugnen möchte ich, schon öfter als mir lieb ist, angelogen worden zu sein. Franz, meine treuen Leserinnen und Leser kennen den Mann an meiner Seite schon, macht es mir nicht immer leicht. Träumerisch und verliebt liege ich in seinen männlichen Armen, nach unserem Sex, den ich als grandios einstufe und der uns immer wieder zusammenbringt. Reicht das körperliche Miteinander aus, um glücklich als Paar zu leben? Noch kann ich diese Frage nicht zu 100 Prozent beantworten. Zweifel wachsen in mir und ich grübele öfter darüber nach als ich für gut empfinde. Wo nur ist die Leichtigkeit meiner anfänglichen Liebe zu Franz geblieben? Wieso streiten wir uns immer häufiger und ich hege das Gefühl, Franz verschweigt mir etwas?

Ist das schon der Anfang vom Ende meiner Partnerschaft?
Reicht es aus, nicht jeden Gedankengang des anderen zu kennen, um zu glauben eine Lüge schwebe über der Liebe? Immer ehrlich zu sein, ist das nicht schwierig? Wo genau fängt die Lüge an, die eine Beziehung belasten und zerstören kann?
Für mich ist die Antwort leicht: Nicht in den kleinen Dingen des Alltags, sondern bei der großen Frage: Liebst du mich noch so, wie ich jetzt bin?
Ein offenes: Ja! Wir wünschen es uns alle von ganzem Herzen zu hören.

In den letzten Tagen habe ich diese Liebesbekundungen regelrecht von meinem Freund eingefordert. Jetzt, wo ich hier sitze und darüber schreibe, frage ich mich, habe ich das nötig? Ich bin eine selbständige Frau, die noch jung genug ist alles zu erleben und neue Wege zu beschreiten. Wieso nur klammere ich und was hält mich fest auf eingefahrenen Wegen, auf denen ich die Spur verliere?

Sicherlich bekomme ich von Ihnen, meinen treuen Leserinnen und Leser, auch Rückmeldungen über die eigenen Beziehungen und zu den Ansichten für das Leitthema meiner Rubrik: Ehrlichkeit in einer Beziehung.

Nachdenklich verabschiede ich mich, jedoch nicht ohne die große Hoffnung in meinem Herzen, bald wieder aus ganzem Herzen zu lachen.

Ich grüße Sie ganz herzlich,
Ihre Lotte

Meinen Laptop schiebe ich ein Stück von mir weg und dafür kommt der Teller mit den Plätzchen wieder näher. Mein Gesicht halte ich in Richtung Himmel und blicke in das satte Blau, das ich so liebe. Erst, nachdem ich auch das letzte Stückchen der süßen Verführung genascht habe, kommt mir Petra in den Kopf, ich habe ihr noch nicht zurückgeschrieben. Ärgerlich über mich selbst suche ich sogleich mein Handy. Petra hat mir den Start in diesen sonnigen Tag versüßt und ausgerechnet ihr bleibe ich eine Antwort schuldig.

Karin

Meine neuentdeckte Liebe und somit auch Leidenschaft zu Hermann Josef von Breggele tun mir gut. So, wie wir beide leben, spiegeln wir nicht den Durchschnitt der Menschen in ihrem Privatleben wider, dessen bin ich mir bewusst. Die Zeit der großen Sorgen und Gedanken über mich, meinen Eindruck auf die Umwelt ist vorbei. Geblieben ist eine Karin, die wieder lacht und so oft als möglich sorglos durch die Welt marschiert. Ich bin zu einer Karin gereift, die liebt und mit allen Sinnen auch diese Hingabe und Gefühle genießen kann. Auch und insbesondere die körperliche Liebe! Sonntags liegen Hermann Josef und ich bis zum Nachmittag im Bett. Einzig, um uns Kaffee und Croissants zuzubereiten, verlassen wir kurz unsere Oase des Glücks, wie ich unser Schlafzimmer nenne. Immerhin leben wir jetzt schon seit einem halben Jahr wieder zusammen. Es gibt sie, diese Tage und Momente, an denen ich an unserem ganz großen Glück zweifele. Inzwischen denke ich mir, es ist doch normal, dass nicht jeder Tag voller Harmonie verlaufen kann. Wir sind Menschen und jeder von uns hat seine Gewohnheiten und kleinen Macken. Hermann Josef, so fällt mir ein, hat die nervige Angewohnheit, ständig meine, in seinen Augen zu weiblichen Rundungen zu kritisieren. Mitunter gelingt es ihm durch seine Bemerkungen, mein Selbstbewusstsein zu untergraben. An diesen Tagen gehe ich wie ein scheues Huhn durch die Welt. Meinem neuen Chef, dem Kunstdirektor, ist dies schon aufgefallen und er hat mich direkt auf meine Gefühlslage angesprochen. Wie einfühlsam der Mann nur ist, so ganz anders als mein Partner. Für ihn bin ich auch nicht zu rund, sondern sehr erotisch, wie ich hören durfte. Natürlich war ich verlegen und konnte das Kompliment nicht einordnen. Mein Chef allerdings ist verheiratet und somit habe ich seine Worte zunächst als Geschenk für meine Seele gesehen.

Ich bin auch nicht ohne Fehler und diese habe ich noch in guter Erinnerung, besonders wenn es um das Thema Kinder geht. Gewiss ist Hermann Josef sehr dankbar, dass ich niemals mehr das Thema Kind angesprochen habe. Für mich war es für wenige Wochen ein Traum Mutter zu werden. Mein Körper, die Natur waren allerdings nicht davon überzeugt, dass ich geeignet sei, Mutter zu werden und so musste ich mich den Gegebenheiten und gleichzeitig der Realität stellen, zum Vererben nicht geschaffen zu sein.

Immer einmal wieder, wenn ich gerade die ganz großen Gefühle in den Armen von Hermann Josef gespürt habe, frage ich mich, ob es eine Vorbestimmung gibt. Unser Leben wäre mit Kind anders verlaufen, das ist gewiss. Die Wahrheit aber ist, so wie ich jetzt lebe, bin ich glücklich, nicht immer zu 100 Prozent, aber wenigstens zu 90 Prozent. Sicherlich musste ich diesen Weg über Umwege und Tränen schreiten, um jetzt bei mir angekommen zu sein.

Als der Anruf von Petra kam, ihre Einladung für das kommende Wochenende zu einem Mädelsabend, ich war happy. Hermann Josef schien auch begeistert zu sein von der Tatsache, einmal wieder mit seinen Freunden losziehen zu können, was ich jetzt auch verstehen kann. Mir fehlen meine Freundinnen im Alltag, das ungezwungene Beisammensein. Dresden liegt nicht aus der Welt, aber um kurz einmal die Gefühlslage zu erkunden, ist es zu weit. Gleich nach dem Telefonat mit Petra habe ich mich gefragt, was Ina und Lotte machen, wie es um ihr privates Glück bestellt ist. Bei Ina bin ich mir sicher, sie lebt noch mit Johann zusammen. Unser letztes Telefonat liegt erst zwei Wochen zurück und meine Ina ist eine treue und gradlinige Person. Eine Änderung über Nacht kann ich mir nicht vorstellen bei ihr. Und Lotte? Ob sie noch mit Franz unter einem Dach lebt? Beide sind so unterschiedliche Charaktere und doch durfte ich beobachten, sie ziehen sich auf ihre Weise immer wieder an. Lotte habe ich versucht anzurufen, ohne Erfolg. Ich denke mal, sie arbeitet viel in ihrem Café. Kurz werde ich beim Nachdenken sentimental. Die gemeinsame Zeit in Limburg in Lottes Café war schön, wenn auch nicht die Tätigkeit, die ich für immer ausüben möchte. Jetzt, wo ich im Kunstmuseum arbeite, ist mein Leben erfüllt. Jede Ausstellung, die ich mit vorbereiten darf, ist für mich wie ein Bonbon, auf das sich Kinder freuen. Ja, ich kann behaupten, endlich angekommen zu sein und hoffe sehr, mein Leben bleibt in stillen Fahrwassern. Gut, es ist nicht zu 100 Prozent perfekt. Meine Idee, Hermann Josef dazu zu drängen, mir einen Heiratsantrag zu machen, ging ordentlich daneben. Beinahe wäre ich wieder auf dem Weg zu Lotte gewesen, so heftig war unser Streit. Hermann Josef braucht mehr Freiheit als ich, das habe ich verstanden. Was, so denke ich aktuell, ändert ein goldener Ring an meinem Finger? Vielleicht werden solche Dinge, wie Hochzeit und ewige Schwüre, auch überschätzt.

Für Ablenkung sorgt meine Frage nach der richtigen Garderobe, die ich mit zu dem Mädelsabend nehmen werde. Mein Kleiderschrank, das muss ich mir schmunzelnd selbst eingestehen, ist gut gefüllt. Für jede Vernissage kaufe ich mir ein neues Teil zum Kombinieren. Mal ein neuer Gürtel oder neue Schuhe, ein Oberteil und des Öfteren auch ein Kleid. An der Seite von Hermann Josef achte ich viel mehr auf mein Erscheinungsbild. Mein Freund legt selbst auch sehr viel Wert auf seine Pflege und Garderobe. Hermann Josef hat mehr Hosen in seinem Schrank hängen als ich Kleider besitze. Mein Blick wandert über die moderne Einrichtung, die wir uns in einem Design-Möbelgeschäft ausgesucht haben. Gegenüber Lotte lebe ich im Luxus, was auch an der Tatsache liegt, meine Freundin Lotte legt auf solche Dinge, wie moderne Möbel, keinen Wert.

Ich vermisse Lotte, Ina und Petra, wie mir gerade schmerzlich bewusst wird.

Ina

Meine Welt, so wie sie gerade ist, schimmert nicht in den schillerndsten Farben, jedoch fühle ich mich gut. Meine Liebe zu Johann stärkt mich und ich möchte behaupten, die kleinen Veränderungen von meiner Seite, für die er mir die nötige Zeit lässt, fangen an mir zu gefallen. Zugegeben, ich habe auch Unterstützung an meiner Seite, Rosalinde, die Mutter von Johann. Sie ist eine wunderbare Frau und mir eine gute Beraterin. Gestern hat Rosalinde so ganz nebenbei erwähnt, sie möchte neue Kleider kaufen und mich gebeten, sie zu begleiten. „Mir macht der Gedanke, so ohne Beratung in der Stadt unterwegs zu sein, Angst", durfte ich aus ihrem Mund hören. Natürlich habe ich direkt verstanden, worum es ihr in Wahrheit geht. Rosalinde möchte mich dazu motivieren, endlich neue Kleidung zu kaufen. In ihren Augen bin ich eine Ausnahme, was die Gewohnheiten einer Frau anbetrifft. „Junge Frauen lieben es doch, in die Stadt zu fahren und durch die Boutiquen zu schlendern", kam als kleiner Nachschlag über Rosalindes Lippen. Vorbei die Zeit, wo ich mich allzu sehr über kleine Andeutungen oder Seitenhiebe aufgeregt habe. Inzwischen nehme ich Rosalindes Worte als Wegweiser einer weisen Frau an, die mich in ihr Herz geschlossen hat und es gut mit mir meint. Nicht zuletzt denke ich dabei auch an Johann. Mein Freund sieht es gerne, wenn ich mich etwas aufhübsche. Spontan denke ich an Petra. Nein, meine Gedanken im Zusammenhang mit Petra sind nicht mehr düster und böse. Sie ist nun einmal so ganz anders in ihrer Persönlichkeit als ich es bin. Einsehen muss ich, so wie Petra werde ich mich niemals kleiden, da ich es nicht möchte. Gut, noch etwas jünger und flotter darf meine Garderobe werden. Verrückt, so lache ich in mich hinein bei der Überlegung, dass ausgerechnet Rosalinde meine Beraterin sein soll. Die Geschäfte, wo sie die passende Garderobe sucht, dürften kaum für mein Alter passend sein. In meine Gedanken hinein steht plötzlich Rosalinde vor mir. „Wo ist die Zeit geblieben?", sehe ich sie an. Der Blick auf meine Küchenuhr zeigt, ich habe die letzte halbe Stunde nutzlos verstreichen lassen.

„Willst du dich nicht umziehen?" Schon liegt mir eine Antwort auf Rosalindes Worte auf der Zunge, da schaffe ich es gerade noch, diese herunterzuschlucken. An einem Streit ist mir nicht gelegen. „Gib mir noch fünf Minuten!", eile ich in mein Schlafzimmer. Auf der Treppe halte ich kurz inne. Die Worte, die mir nachhallen, schmecken mir nicht. „Du kannst dir ruhig Zeit lassen, das Ergebnis ist das Wichtigste."

Meine Frage im Wagen, in welche Stadt Rosalinde möchte, ist rasch beantwortet. „Frankfurt", trällert sie zufrieden. „Ich suche ein hübsches Kleid für das nächste Essen mit Vincenz. Du weißt doch, Ina, er führt mich so gerne in wirklich teure Restaurants aus", Rosalinde blickt versonnen aus dem Fenster. Ja, das, was sie sagt, ist mir bekannt. Mir persönlich gefallen die kleinen Dorf-Restaurants viel besser. Ich bevorzuge die Gemütlichkeit und bin ein Fan der regionalen Küche. Dank Vincenz komme ich inzwischen regelmäßig in den Genuss der höheren Kochkunst, wie er gerne betont. Johann kann diese Treffen richtig genießen und daher will ich nicht der Spielverderber sein. Zwei Mal im Monat in diese edlen Lokale zu gehen, reicht mir persönlich, um meine Schmerzgrenze zu erreichen.

„Deine Genussknospen wurden nie geschult", hat Vincenz mir erklärt, als ich mich beim letzten Treffen nicht entscheiden konnte, was ich esse. Mir liegen keine speziellen Kreationen. Fünf Gänge bringen mich am Ende zum Gähnen und dazu, zu Hause die Schokolade aus der Schublade zu nehmen.

„Wir möchten doch angemessen sitzen und dinieren", hob Vincenz sein Glas und sein Blick, der auf mir ruhte, machte mich nervös. Für seinen Sohn, den er viel zu spät in die Arme schließen durfte, wünscht er sich bestimmt eine andere Frau an der Seite, so meine Vermutung.

Früher war mein Zusammensein mit Vincenz unkomplizierter und ich habe nicht wirklich darüber nachgedacht, was ich anziehe, wenn wir verabredet waren. Für mich war er der Rettungsanker für Lotte, später der Partner für Rosalinde. Die späte Liebe der beiden habe ich zunächst belächelt und nicht ernst genommen, inzwischen sehe ich es anders. Ja, ich habe viel gelernt durch meine neuen Freunde. Ob an meiner Vermutung, Vincenz findet mich nicht passend an der Seite seines Sohnes, ein Funken Wahrheit dran ist? Mit Johann möchte ich darüber nicht sprechen. Schlafende Hunde soll man nicht wecken, ein Spruch meiner Freundin Karin. Mit ihr kann ich über alles sprechen. Schade nur, Karin wohnt inzwischen wieder in Dresden und am Telefon ist es für mich nicht immer einfach, meine Gefühle zu erklären, diese Tatsache trübt mich. Lotte fällt mir ein. Sie ist ein guter Mensch, allerdings auch sehr eigen und von ihr brauche ich wirklich keinen Rat in Liebesangelegenheiten oder Ähnlichem. Franz, so konnte ich in den letzten Wochen beobachten, ist abends viel unterwegs. Von meinem Haus aus habe ich einen freien Blick auf Lottes Haus und die kleine Parkbucht davor. Parkplatz kann ich dieses Gelände nicht nennen. Dass ein Mann wie Franz, ein Handwerker, nicht einmal den Samstag nutzt, um Ordnung zu machen, Pflastersteine anzubringen und einen ordentlichen Gartenzaun zu montieren, kann ich nicht nachvollziehen. Lotte hat mir gegenüber erwähnt, im Haus sei Franz wieder aktiv geworden. So habe er das Schlafzimmer gestrichen, was mich direkt hellhörig werden ließ. „Na, das passt zu Franz. Sein Lieblingszimmer im Haus hält er in Schuss." Meine Worte fanden bei Lotte wenig Anklang. Die Aussage im Anschluss von ihr, Franz habe bereits mit Freunden gesprochen und zeitnah werden diese kommen, um das alte Haus zu renovieren, hat mich verwundert. Für Lotte würde ich mich freuen, wenn Franz sein Wort hält. Verwundert bin ich über sein Verhalten und hege daher auch Zweifel an seinen Worten. Zwischen beiden scheint es zu kriseln. Johann hat mich auch schon darauf angesprochen. Warum ich nur gerade jetzt daran denken muss, während ich den Wagen über die Autobahn lenke, verwundert mich selbst. Sicherlich liegt es an der Tatsache, dass Rosalinde im Sitz neben mir eingeschlummert ist und mir die Unterhaltung fehlt. In ihrem Alter darf das ruhig passieren, lächele ich vor mich hin. Keine zwei Sekunden später gehören meine Gedanken erneut Lotte. Ich möchte mit ihr sprechen und mir selbst ein Bild darüber machen, wie es Lotte geht. Um meinen Entschluss auch umzusetzen, rufe ich Lotte über die Freisprechanlage an.

„Sehr gut, dann komme ich gleich zu dir, wenn ich mit Rosalinde zurück bin. Sie will sich ein hübsches Kleid kaufen", gebe ich Lotte Auskunft. Zu meiner Freude fragt Lotte nicht weiter nach, es wäre mir auch unangenehm über Rosalinde zu sprechen und sie wacht unverhofft auf. „Gönn dir aber auch etwas Hübsches, Ina! Die Fahrt nach Frankfurt sollte ausgekostet werden", verabschiedet sie sich von mir. Lächelnd fahre ich weiter. Inzwischen haben wir Freundinnen alle eine Entwicklung gemacht. Lotte hat sich früher auch wenig für Kleidung, Make-up oder Haarfarbe interessiert, was sich geändert hat. Inzwischen möchte sie ihrer verstorbenen Tante Lydia Lowere nacheifern und immer öfter scheint es ihr auch zu gelingen. In diesem Zusammenhang denke ich auch an den Künstler Anton Wall, der über dem Café in Limburg lebt. „Menschen mit einer eigenen Persönlichkeit sind für mich die Luft zum Atmen", hatte Lydia Lowere in einem ihrer Bücher notiert, die wir im Nachlass gefunden haben. Sicherlich ist ein Funken Wahrheit in den Worten und ich will lernen, meiner Persönlichkeit mehr Freiraum zu schenken.

Rosalinde wacht erst auf, als ich einparke und die Sicherheitsmelder meines Wagens piepsen.

Lotte

Mir tut die Zeit in meinem Garten richtig gut. Inzwischen bin ich von Kaffee auf Prosecco umgestiegen und warte auf Ina, die mich kurz aufsuchen möchte, sobald ihre Shopping-Fahrt mit Rosalinde beendet ist. Mein Kopf ist Richtung Himmel gerichtet und ich denke gerade darüber nach, wie sehr ich das satte Blau liebe, als das kleine Glöckchen am Gartentor Besuch ankündigt.

„Ina!" Beim Anblick meiner Freundin springe ich sogleich von meinem Gartenstuhl auf. „Was ist passiert?", weiter komme ich nicht. Ina sieht erbärmlich aus, sie muss geweint haben. Mit einer kurzen Bewegung ihrer Hand und den Worten: „Ich kann noch nicht darüber sprechen", umarmt sie mich. Kurz stöhne ich, dann aber setze ich mich ihr gegenüber. „Du möchtest bestimmt einen Kaffee?" Schon bin ich wieder auf den Beinen und will mein Glas Prosecco greifen, um es mit in die Küche zu nehmen. Ina, das wundert mich sehr, greift nach meinem Glas, trinkt es in einem Schluck leer und hält mir das Glas vor die Nase. „Kannst du auffüllen?"

Es kann doch nicht sein, denke ich mir. „Was hast du am Nachmittag in Frankfurt erlebt? So kenne ich dich überhaupt nicht, Ina! Um ehrlich zu sein, so eine krasse Veränderung deines Gemüts möchte ich nun auch nicht", fülle ich ihr das Glas wieder auf. Die Frau, die vor mir sitzt, so denke ich auf dem Weg in meine Küche, ist nicht Ina. Was um alles in der Welt ist passiert? Ina, sonst der personifizierte Vorwurf in Person, wenn es um Alkohol am Tag geht, will von mir um 17 Uhr am Nachmittag ein neues Glas Prosecco haben. Mich wundert ihr Verhalten. Mit einem frischen Glas und einer Schale, die ich zuvor mit Chips gefüllt habe, eile ich in den Garten zurück. Ina hält die Hände vor ihr Gesicht, sie schnieft, als ich das

Glas vor ihr hinstelle und auffülle. Mir ist nicht entgangen, dass mein Glas erneut ausgetrunken auf dem Tisch steht. Die Chips schiebe ich etwas näher an Ina. Beruhigend sehe ich, sie greift beherzt zu. „Möchtest du lieber ein Brot haben? Ich kann dir auch Nudeln kochen", eine Antwort bekomme ich nicht. Es dauert noch eine Weile, in der ich ruhig warte, bis Ina mir wieder in mein Gesicht sieht. Ohne Worte prosten wir uns zu. Mir ist die Freude am Prosecco genommen, zu sehr leide ich unter dem Anblick meiner Freundin.

„Möchtest du reden?" Ina schüttelt ihren Kopf. Fatal finde ich, Ina öffnet sich nicht und ich kann nicht erfahren, was sie so betrübt. Ob es an Johann liegt? Vielleicht sollte ich mich einmal wieder mit Rosalinde, seiner Mutter, treffen und austauschen. Rosalinde ist ihrem Sohn sehr nah und weiß mit Sicherheit, ob es Ärger zwischen ihm und Ina gibt. Oder ob doch Rosalinde am Nachmittag wieder eine ihrer Spitzen zu Inas Äußerem losgelassen hat? Vielleicht wollte sie Ina ein Outfit aufreden was zu einem Streit geführt hat?

„Ich koche uns noch einen frischen Kaffee", nehme ich die Flasche Prosecco mit in meine Küche. Ina hat bereits das frisch gefüllte Glas ausgetrunken, was mir nicht gefällt. Drei Gläser Prosecco habe ich meine Freundin selten trinken gesehen, nicht mal an einem unserer Mädelsabende. Fassungslos bereite ich in meiner Küche eine Kleinigkeit für Inas Stärkung vor. Mit einem Tablett, auf dem Brot, Käse und Butter liegen, komme ich wieder in den Garten zurück und bleibe kurz erschrocken vor dem Gartentisch stehen. Ina sitzt nicht mehr auf ihrem Stuhl. „Ina?", mein Ruf bleibt unbeantwortet. Während mein Blick über die Wiese streift, kurz an meinem Apfelbaum hängen bleibt, ist mir klar, meine Freundin ist bereits aufgebrochen. Sorgenvoll stelle ich das Tablett auf den Tisch und weiß nicht, was ich jetzt tun soll. Ina nachlaufen? Nein, das dürfte bei meiner Freundin nur eine noch größere Blockade hervorrufen, dessen bin ich mir bewusst. Einfach so weiter hier in meinem Garten sitzen und entspannen, das kann ich auch nicht. Viel zu aufgewühlt bin ich über den Zustand meiner Freundin. Der Griff zum Telefon ist automatisch, ich wähle Karin an.

„Was kann ich jetzt nur machen, Karin?", will ich wissen, nachdem ich sie auf den neuesten Stand gebracht habe. Nebenbei habe ich mir eine Tasse mit Kaffee gefüllt und mir Chips in den Mund gesteckt.

„Schmeckt es dir gut?" Die Stimme von Karin klingt entspannt, was mir auch wieder etwas Ruhe schenkt.

„Chips sind gut für meine Nerven", knabbere ich weiter und gönne mir noch einen Schluck aus meiner Tasse.

„Spaß bei Seite, Lotte. Inas Verhalten ist sonderbar. Alkohol mitten am Tag, das passt nicht zu ihr."

Meine Frage, was ich jetzt tun kann, bringt bei Karin Schweigen an den Tag. Ich lasse nicht locker und hake nach. „Irgendetwas muss ich doch unternehmen?"

„Petra hat mich heute angerufen. Am Wochenende komme ich zu euch. Du hast doch Zeit, Lotte?"

Wie sehr ich mich über die Worte von Karin freue. „Natürlich!" Meine Bekundung kommt aus dem Herzen. Im Anschluss rät Karin mir, Ina später aufzusuchen. „Sie wird jetzt Zeit für sich benötigen", fügt sie nach. „Jetzt muss ich weiterarbeiten, Lotte. Ich schreibe Ina aber noch eine SMS und kündige mein Kommen für das Wochenende an, vielleicht tut ihr die kleine Nachricht gut."

Nach dem Telefonat bleibe ich nachdenklich zurück. Zunächst gehören meine Gedanken nur Ina und ich überlege, was meine Freundin so aus ihrer Ruhe gebracht hat. In meine Gedanken kommt eine neue Nachricht auf mein Handy und als ich sehe, Ina ist der Absender, fange ich unvermittelt an zu lesen.

Liebe Lotte,

hoffentlich sorgst du dich nicht zu sehr um mich. Alkohol am Tag bist du von mir nicht gewöhnt. Dein sorgenvoller Blick hat es mir verraten aber auch gezeigt, wie sehr du mich magst. Dafür lieben Dank! Es gab einen kleinen Disput mit Rosalinde und ich war in meiner Gefühlswelt ziemlich durcheinander im Anschluss. Immerzu habe ich Sorgen, ein Streit mit ihr könnte sich negativ auf meine Beziehung zu Johann auswirken. Gerade habe ich Rosalinde angerufen, der Streit ist beigelegt und ich komme wieder zu meiner inneren Ruhe.

Mach dir jetzt bitte keine Sorgen mehr um mich!
Ina

Beruhigt lehne ich mich in meinem Stuhl zurück und blicke in den Himmel. Wie so oft, wenn ich ein Problem habe oder einfach nur abschalten möchte. Ina, so bin ich überzeugt, darf in der Zukunft etwas selbstbewusster werden, auch gegenüber Rosalinde, wie ich denke. Nicht lange und ich komme zu meinen eigenen Problemen, dich ich selbst gerne verdränge. Huch, so überlege ich, darin sind Ina und ich uns gleich. Franz sitzt in meinem Kopf. Und nicht nur das. Als habe er es geahnt, steht er plötzlich vor mir. Sein müßiger Gesichtsausdruck macht mich unsicher. „Wie war dein Tag?", werfe ich ihm hastig entgegen und versuche, meine verkrampfte Körperhaltung zu lockern. Wieso nur bin ich in der letzten Zeit so verspannt, wenn mein Freund auftaucht? Lange Zeit um nachzudenken habe ich nicht. Franz grimmt mich an. „Wie war dein Tag?", äfft er mich nach.

Was, so frage ich mich, ist passiert mit uns. An den Moment, der ausschlaggebend für unser aktuelles Miteinander war, kann ich mich nicht erinnern. Ob alle Beziehungen dieses Hoch und die Tiefs erleben? Gut, von meinem alten Postboten weiß ich, es gab auch bei ihm eine Zeit mit Eheproblemen, von meinen Freundinnen weiß ich es ebenfalls. Nur, so überlege ich, hier im Dorf oder in meinem Umfeld im Café sehe ich doch täglich Paare, die seit Jahren miteinander leben und sich so verhalten, als sei ihre kleine Welt in Ordnung. Genau diese Paare lassen mich immer wieder hoffen, ich werde eines Tages dieses Glück auch finden.

„Bist du wieder in deiner Traumwelt?" Franz sitzt nun auf dem Stuhl, wo vorhin noch Ina saß. Ohne zu fragen, greift er nach meiner Tasse und trinkt sie leer. „Chips, trockenes Brot. Gibt es nichts Vernünftiges zu essen für mich?" Seine Stimme, die Art, wie er vor mir sitzt, alles wirkt aggressiv auf mich. Auf einen Streit bin ich nicht eingestellt und ich will lieber meinen Frieden, daher stehe ich auf und fange an, die Tassen und die Kaffeekanne auf das Tablett zu räumen. „Der freie Nachmittag hat mir gutgetan", lächele ich Franz an. „Trotzdem spüre ich meine Füße und fühle mich nicht in top Form."

„Wann", so Franz unvermittelte Antwort, „durfte ich dich in den letzten Wochen in einer top Form erleben?"

Wieder spüre ich einen Stich im Magen, der mir zeigt, hier läuft gerade alles in die falsche Richtung.

„Soll ich dir Spiegeleier machen?" Mit dem Tablett in den Händen warte ich auf eine Antwort. Meine Stimme habe ich bewusst freundlich klingen lassen.

„Du musst nicht säuseln, Lotte", steht Franz ebenfalls auf. Das Tablett nimmt er aus meinen Händen. Mit meinem ersten Impuls, der mir sagt, Franz geht auf mich und mein Angebot ein, trägt mir das Tablett in die Küche, liege ich komplett falsch. Barsch stellt er das Tablett zurück auf den Gartentisch, die Tassen klirren für Sekunden, dann greift er meine Taille, zieht mich zu sich und will mich küssen.

„Ach, Franz! Mir ist nicht danach", gehe ich auf Abstand.

„Wie soll ich mich verhalten?"

Mein Freund Franz hat so seine eigene Sichtweise zum Leben, besonders dann, wenn er sich vernachlässigt fühlt. „Für was habe ich eine feste Freundin?" Seine Augen und der Blick, den er mir zuwirft, gefallen mir nicht. „Dann kann ich doch besser alleine leben und mir dann, wenn ich es möchte, eine Frau fürs Bett suchen."

„Mir ist gerade nicht nach Sex!", meine Aussage findet keinen Anklang. Mein Hinweis, dass meine Füße schmerzen und ich nach einem stressigen Vormittag in meinem Café müde bin, wird kommentarlos hingenommen, was mir so auch nicht gefällt. „Und deine Worte über unsere Beziehung verletzen mich!"

Franz zeigt keine Reaktion. Wieso nur sagt Franz jetzt kein Wort? Kämpft nicht um mich? Innerlich spüre ich, er würde gewinnen, wenn er nur einmal wieder mehr Einsatz zeigen würde, außerhalb des Bettes. Meine Gedanken wandern zu Lydia Lowere, meiner verstorbenen Tante. Ob sie jemals müde war, wenn ein Mann sie lieben wollte? Alles, was ich über Lydia weiß, lässt erahnen, sie war in diesem Punkt ganz anders als ich. Franz, so darf ich beobachten, geht in mein Haus. Unvermittelt eile ich ihm mit dem Tablett nach. In der Küche stelle ich es auf die Ablage und gehe in das Wohnzimmer, wo Franz sich auf den Sessel gesetzt hat. Wie hypnotisiert werde ich von dem großen Gemälde angezogen, das über dem Sofa hängt und meine Tante zu Lebzeiten zeigt. Anton Wall hat mir das Gemälde geschenkt. Genau erinnere ich mich an diesen Augenblick und meine Worte, die ich zu ihm sagte: „Lydia hat mich mehr als nur einmal positiv inspiriert, mir die richtige

Richtung und Sichtweise auf das Leben geschenkt. Leichtigkeit und ein Blick für alles Schöne waren ihr ständiger Begleiter." Anton Wall fügte meinen Worten jedoch noch einen Satz hinzu, der mir gerade jetzt wieder in den Sinn kommen muss. „Lotte, lerne endlich, das Leben aus den Augen deiner Tante Lydia Lowere zu sehen. Noch bist du jung genug für verrückte Dinge und das Leben steht dir noch offen für neue Wege. Wieso nur bleibst du immer auf einem Fleck stehen?"

Mir haben die Worte von Anton nicht gefallen. Nicht damals und heute immer noch nicht. „Kritik ist so unnütz wie Haferschleim, den ich viel zu oft als Kind essen musste", habe ich ihm entgegnet. Ob an der Aussage von Anton, seinem Rat, den er mir gegeben hat, ein Stückchen Wahrheit hängt? Bin ich wirklich so verkrampft und auf mich und meine Bedürfnisse konzentriert, wie ich es jetzt heraushöre? Hat Franz eventuell recht und ich muss lernen, mehr auf ihn einzugehen? Mir kommen Zweifel an meinen eigenen Gedanken und ich beschließe, noch einmal mit Anton Wall zu sprechen und ihn und seine Worte, die eine Botschaft beinhalten, zu hinterfragen.

„Dieses hässliche Bild solltest du auf den Müll werfen!", holt mich Franz in die Wirklichkeit zurück. Unvermittelt blicke ich zu ihm und erschrecke mich zugleich. Nicht zu übersehen ist sein erneuter Hass in den Augen, der mich trifft. Früher habe ich seine Augen und die Art, wie er mich ansah, geliebt und mich dadurch angezogen gefühlt. Jetzt fällt es mir schwer zu erkennen, wie abweisend seine Augen mich ansehen. Wieso wollte er mit mir Sex, wenn er so negative Gefühle für mich zum Ausdruck bringen kann. Verlieren Männer im Laufe einer Beziehung die richtige Sichtweise auf ihre Freundin? Franz weiß doch, dass ich auch arbeite. Ich komme nach einem anstrengenden Arbeitstag ins Haus und ohne die Gelegenheit zu haben, meine Schuhe abzustreifen, will mein Freund direkt mit mir ins Bett. Zumindest in den letzten Wochen war es so gelaufen. Gut, heute Nachmittag hatte ich frei und sehr wohl Zeit, mich auszuruhen. Trotzdem muss und kann ich meinem Freund nicht zur Verfügung stehen, wann immer ihm danach ist.

„Wieso sind in deinem hübschen Kopf immer so viele Sorgen? Lebe das Leben jeden Tag", erneut habe ich Anton Wall in meinen Ohren. Kann es sein, ich bin für Franz nicht mehr die Partnerin, die ich zu Beginn unserer Beziehung war?

„Lotte? Was ist nur mit dir los? Du kochst kein Abendessen, sitzt stattdessen faul in deinem Garten herum und ich stehe einmal mehr in der zweiten Reihe!" Die Stimme von Franz ist laut geworden. „Zu Beginn unserer Beziehung warst du noch aktiver", greift Franz nach seinem Portemonnaie und marschiert unvermittelt in den Hausflur. Das nächste, was ich höre, ist die Eingangstür, sie wird geöffnet und fällt kurz darauf ins Schloss. Ich ahne, was passiert ist. Mein Freund verzieht sich in die Kneipe, sucht Mitleid bei seinem Kumpel. Na toll, denke ich und streife meine Schuhe ab. Wie tut das Barfußlaufen gut! In meiner Küche angele ich mir einen Apfel, obgleich mir mehr nach etwas Herzhaftem ist. Franz wird nicht vor dem Schlafengehen zurückkommen, das ist mir bewusst. Für mich alleine jetzt aufwendig zu kochen, dazu fehlt mir die Lust. Außerdem ist mir der neuerliche Streit auf den Magen geschlagen. Meine Beziehung zu Franz muss sich verändern, falls er sein Verhalten mir gegenüber nicht verändert. So habe ich mein Leben nicht geplant, mein Neustart mit Franz sollte ein Happy End finden.

Richtig Zeit mich zu ärgern, bleibt nicht, mein Handy klingelt. Ein Anruf von Petra geht ein, was mich hoffen lässt.

„Deine Stimme klingt angespannt", kommt Petra nach meiner Begrüßung gleich auf den Punkt.

„Franz hat sich in die Kneipe verzogen, mir war nicht nach Sex", gebe ich offen Auskunft. Ein Stöhnen dringt an meine Ohren. „Arbeitest du zu viel? Seit wann fehlt dir die Lust auf Sex? Bisher kamen Sprüche ganz anderer Art von dir auf den Tisch. Von wegen ohne Sex kann ich mir eine Beziehung nicht vorstellen. Was, liebe Lotte, ist passiert?"

Oh! Ich ahne, wie das Telefonat enden wird. „Franz hätte auch einmal wieder für mich kochen können, anstatt darüber zu meckern, dass ich in meinem Garten entspanne", werfe ich ein.

Petra lacht. „Ich werde deinem Freund zum nächsten Geburtstag ein Kochbuch mitbringen und ihm einen kleinen Hinweis mit auf den Weg geben", Petras Lachen steckt mich an.

„Vielleicht sollte ich für ein Wochenende mit Franz rausfahren? Ein Tapetenwechsel kann Wunder bewirken."

Petra bietet sogleich an, im Café auszuhelfen. Sie ist eine Liebe, wie ich nicht das erste Mal denke.

„Du arbeitest die ganze Woche über in der Bank und brauchst dein Wochenende", will ich ihren Vorschlag ablehnen.

„Marc hat das nächste Wochenende ein Tennisturnier und ich wollte zu einem Mädelsabend einladen. Natürlich kann ich Samstag über den Tag deine Schicht übernehmen, kein Problem."

Petras Worte gefallen mir.

„Am liebsten ist mir die Aussicht auf ein Treffen mit dir, Ina und Karin. Mit Karin habe ich vorhin telefoniert und über Ina gesprochen und ihr sonderbares Verhalten." Ich stöhne auf. „Das war bevor Franz nach Hause kam."

„Ich höre, unser Mädelsabend ist mehr als notwendig", kommentiert Petra. „Wir werden über alles reden, so wie früher und bestimmt auch Lösungen finden." Erleichtert registriere ich, jetzt klingt Petra hoffnungsvoll und ich fühle mich gleich viel besser.

„Karin wird bei mir übernachten, wir haben also alle Zeit der Welt, endlich wieder einmal zu klönen. Eine Lösung für den fehlenden Sex von dir werden wir finden, glaube mir."

So, wie Petra redet, scheint sie schon einen Plan in ihrem hübschen Köpfchen zu haben. „Ich freue mich riesig auf Samstag. Was soll ich mitbringen?"

„Zwei Flaschen Prosecco", flötet Petra gutgelaunt. „Nimm aber unsere Sorte. Ich habe noch zwei Flaschen im Kühlschrank liegen, somit dürfte der Abend gerettet sein." Ihre gute Laune wirkt ansteckend und ich fange endlich an zu entspannen. Erneut haftet mein Blick auf Lydia Lowere. „Es ist die Zeit gekommen für einen Neuanfang." Worte sprudeln aus meinem Mund, die noch nicht überdacht wurden. Eine Reaktion von Petra lässt nicht lange auf sich warten.

„Hoppla, Süße! Habe ich etwas nicht mitbekommen? Geht es um mehr als Sex? Denkst du über eine Trennung nach?"

„Bleibe ruhig! Meine Spontanität ist dir doch nicht fremd. Nein, ich will keine erneute Trennung von Franz. Wir reden am Samstag über mich, Franz, Sex im Allgemeinen und den Versuch, in einer Beziehung glücklich zu bleiben."

„Gut, wir reden am Samstag. Ich kann dir ein Buch empfehlen, ich leihe es dir gerne aus." Jetzt bin ich doch überrascht.

„Ist das nicht ein altes Strickmuster von dir, liebe Petra? Ich erinnere mich sehr gut, dass du mir dieses Angebot schon einmal in meinem Garten unterbreitet hast."

„Nein, das Angebot war für Ina, wenn ich es richtig in Erinnerung habe. Vom Grunde her kann es euch beiden nicht schaden, das Buch zu lesen. In meinen Augen seid ihr auf dem

Gebiet noch wie Anfänger unterwegs." Auf diese Worte folgt eine Pause, die ich direkt nutze. „Und du bist jetzt als Sex-Therapeutin unterwegs?" Petra lacht mir entgegen. „Wir können am Samstag gerne in die Tiefen der Liebe und Leidenschaft einsteigen."

Petra beendet das Telefonat erst, als ich mich bereiterklärt habe, ihrem Wunsch zu folgen und ihren Rat anzunehmen. Kurz bleibe ich nach dem Gespräch im Wohnzimmer stehen, dann aber gehe ich zurück in meine Küche. Mein Magen knurrt und die Aussicht auf Samstag, die Gewissheit, meine Freundinnen wieder zu treffen, lässt mich wieder stärker und positiver werden. Meine Bratpfanne hole ich zum Vorschein, dann aber stelle ich das chromglänzende Teil zurück in den Schrank. Nein, Bratkartoffeln werden heute nicht auf den Teller gebracht. Zu stark hängt die Erinnerung an einen heftigen Streit mit Franz und einen gefüllten Teller mit Bratkartoffeln in meinem Gedächtnis. Kurz sinniere ich über meine Angewohnheit, bequeme Unterwäsche zu tragen. Ich muss unbedingt einmal wieder mit Petra oder Karin Einkaufen fahren und mir neue Wäsche holen. Baumwollene Unterhosen habe ich bei meiner Freundin Ina immer kritisiert. Wie kommt es nur, dass ich in das gleiche Strickmuster gefallen bin? Habe ich mich gehenlassen? Reagiert mein Freund deshalb so gereizt auf mich? Zu gerne möchte ich mit anderen Frauen sprechen und mich austauschen. Meine Hoffnung liegt auf Samstag.

Mein Magen knurrt. Ein Blick in meinen Kühlschrank lässt hoffen. Ich angele zwei Gläser mit Wildbolognese heraus, in der Gewissheit, rasch ein gesundes Menü zu kreieren. Dann ziehe ich einen Topf zum Vorschein und fülle ihn mit Wasser. Ein Päckchen Nudeln hole ich aus dem Schrank, und strahle unvermittelt. Ich liebe Nudeln, in allen Variationen. Die Bolognese fülle ich in einen zweiten Topf und fühle mich bei dem Anblick, der Aussicht auf mein Essen, schon besser. Ina kommt mir in den Sinn und ich greife nach meinem Handy.

„Möchtest du zum Essen rüberkommen?" Meine Frage scheint Ina kurz zu überraschen.

„Vom Grunde sehr gerne, Lotte, es ist nur so ...", sie druckst herum. „Lieb von dir, wirklich", kommt im Anschluss über ihre Lippen. Ich fange an zu lachen. „Was ist denn jetzt? Ja oder nein?"

„Möchtest du nicht lieber zu uns rüberkommen? Rosalinde und Vincenz sind auch für gleich angekündigt. Johann möchte grillen und ich bereite gerade Salate vor. Du kannst mir gerne noch etwas helfen", höre ich die vertraute Stimme von Ina. Ihr scheint es besser zu gehen.

„Gut, dann muss ich nur noch den Herd abstellen und meine Strickjacke holen", beende ich das Telefonat. Die Aussicht, gleich mit lieben Menschen zusammen zu sein, gefällt mir. Kurz überlege ich beim Verlassen meines Hauses, ob ich etwas zu dem Grillabend beitragen kann. Dann aber denke ich mir, meine Freundin hätte gesagt, wenn etwas fehlen würde. Bewusst ist mir auch, wenn Vincenz kommt, dann kann ich nicht mit meinem billigen Prosecco auftauchen. Vincenz ist ein Genießer und liebt die teuren Produkte.

Die wenigen Meter, die unsere Häuser voneinander trennen, nehme ich beschwingt. Johann sehe ich als Ersten, er steht vor dem Grill. Meine Gedanken driften kurz ab. Früher hat Ina auch oft gegrillt, mit Marc. Als Johann mich erblickt, winkt er mir freundlich zu. Bei Marc konnte ich lange auf einen freundlichen Gruß warten, in seinen Augen war ich immer eine Last, sobald ich auftauchte. Wie sich alles verändert hat im Leben von Ina. Dass alles gut so ist, wie es gekommen ist, denke ich und eile zur Eingangstür, die offen steht.

„Hallo Ina!", betrete ich die Küche. Meiner Freundin, so darf ich jetzt auch sehen, scheint es besser zu gehen. „Du siehst wieder gut aus, Ina."

„Machst du bitte den Kartoffelsalat fertig? Die Kartoffeln habe ich schon abgeschüttet, du kannst anfangen, diese in Scheiben zu schneiden", sie lächelt mich an. Gut fünfzehn Minuten arbeiten wir in Inas Küche schweigend nebeneinander.

„Was war zwischen dir und Rosalinde am Nachmittag vorgefallen?", drehe ich mich zu ihr um, nachdem die Kartoffeln geschnitten sind. Ina bleibt mit dem Rücken zu mir an der Spüle stehen. Ihr Blick, so vermute ich, fällt in den Garten zu Johann. „Seit meiner Trennung von Marc lebe ich in der ständigen Angst, alles noch einmal erleben zu müssen. Mit Kritik zu meiner Person kann ich noch schlechter umgehen als früher. Sofort denke ich, ich bin wieder auf dem Prüfstand und somit ist dies schon der Anfang vom Ende." Ina so offen reden zu hören, tut gut und ängstigt mich zugleich. Im Allgemeinen ist meine Freundin verschlossen. „Rosalinde hat versucht, mich zu dem Kauf eines Kleides zu überreden, das ich aber nicht haben wollte. Ihr Kommentar, Johann würde sich sicherlich über einen hübschen Anblick am Abend freuen, haben bei mir Tränen aufkommen lassen. Das Kleid war tief ausgeschnitten und kurz, es passte nicht zu mir!" Ina atmet hektisch und ich kann sehen, sie regt sich erneut auf.

„Gekauft hast du das Kleid aber nicht?"

„Nein!"

„Somit bist du dir treu geblieben und Rosalinde muss auch lernen, dich zu akzeptieren, wie du bist", geselle ich mich neben Ina, was ihr unangenehm zu sein scheint.

„Wir reden am Samstag, ok?" Inas Stimme klingt brüchig.

Langsam drehe ich mich von Ina weg, schweigend.

„Sei beruhigt, Lotte. Es war nur ein kleiner Streit und ich habe mit Sicherheit überreagiert. Meine Nerven waren schon angespannt, als wir losgefahren sind. Rosalinde meint es nur gut mit mir und doch kann ich zwischen den Zeilen heraushören, eine andere Frau hätte besser zu Johann gepasst als ich es tue. Bei Vincenz habe ich auch oft das Gefühl nicht gut genug zu sein."

Meine Ina! Für den Moment bin ich mit ihrer offenen Art zu sprechen überfordert.

„Kannst du jetzt die Mayonnaise aus dem Kühlschrank nehmen und über die Kartoffeln geben?" Inas Stimme ist wieder geschäftstüchtig, wie gewohnt.

„Na, dann!", gehe ich an die Arbeit und bin sogar etwas erleichtert, meine Freundin nicht völlig verändert zu erleben.

Um halb acht sitzen Ina, Johann und seine Mutter Rosalinde sowie Vincenz und ich im Garten. Vincenz hat einen guten Wein mitgebracht und wir bekommen eine Einführung über dessen Herkunft, was mich schmunzeln lässt. Wirkliches Interesse habe ich nicht an den Ausführungen, wichtig ist für mich, der Wein mundet mir. Nach dem Zuprosten bin ich mehr als positiv überrascht, Vincenz' Worte halten Stand, der Wein ist köstlich. Abgerundet wird der Gaumengenuss durch Johann, er verwöhnt uns mit Würstchen und Steaks, während Ina die Salate herumreicht. Smalltalk kommt auf und jeder von uns scheint entspannt zu sein. Vincenz fragt mich kurz nach Franz. Meine zögerliche Haltung scheint Antwort genug zu sein. „Muss ich mir Sorgen machen um dich, Lotte?" Vincenz legt seine Hand auf meine. Tatsächlich fühle ich mich dabei gut. „Soll ich dich morgen im Café aufsuchen und wir reden?" Seine liebevolle Art geht mir unter die Haut und ich kämpfe gegen plötzlich aufkommende Tränen an. Mein väterlicher Freund ist mehr als nur Vaterersatz für mich geworden. Wie sehr freue ich mich für Vincenz, dass er in seinem Alter noch reisen und auf seine Art das Leben genießen kann. Glück muss zugelassen werden. Ja, eine Frau, wie meine verstorbene Tante Lydia Lowere es war, hat an seine Seite gepasst. Automatisch blicke ich zu Rosalinde, seiner Jugendliebe. Zugeben darf ich, sie tut Vincenz gut, auch wenn Rosalinde nicht annähernd so hübsch ist und so viel Esprit ausstrahlt wie Lydia Lowere zu Lebzeiten. Ina und Johann beobachte ich etwas später. Beide verhalten sich sehr höflich und aufmerksam dem anderen gegenüber.

Mein Handy piepst, während ich darauf warte, dass Johann mir noch ein Würstchen auf meinen Teller legt. Endlich fühle auch ich mich gut und die Sorgen scheinen Abstand genommen zu haben. „Sorry, mein Handy!", angele ich es aus meiner Tasche. „Eine Nachricht von einer ehemaligen Aushilfe", stehe ich von meinem Stuhl auf. Selbstverständlich sind mir die Blicke der anderen gewiss, wenngleich auch alle bemüht weiterreden.

Die Neugierde lässt mich die eingehende Nachricht sogleich ansehen. „Das darf nicht sein!", lasse ich mein Handy aus den Händen rutschen, bücke mich unvermittelt danach und öffne erneut das Foto, das mir gesendet wurde. Erneut denke ich über die Person nach, die mir das Foto hat zukommen lassen. Ja, so mein Resümee, das passt. Meine Aushilfe im Café, korrekterweise meine Ex-Aushilfe, hat mir netterweise das Foto gesandt. Mit süßen Worten als Unterzeile, die mit Sicherheit nicht aus ihrem Herzen stammen. „Liebste Lotte", lese ich und spüre das Gefühl, würgen zu müssen. Schon in der Zeit, als die Frau in meinem Café arbeitete, war sie ständig darum bemüht, für Unfrieden unter den Kolleginnen zu sorgen. „Mir liegt am Herzen dir mitzuteilen, dein Freund Franz liegt in den Armen meiner Nachbarin, die keine Kostverächterin ist. Arme Lotte!"

Das, was ich gerade gesehen und gelesen habe, versetzt mich in eine Schockstarre. Inas Stimme kommt von weit weg an meine Ohren, ich reagiere aber nicht.

„Lotte? Alles gut bei dir?" Kurze Zeit später spüre ich ihre Hand auf meiner Schulter. „Du weinst ja!" Ina nimmt mich in ihre Arme und ich fühle mich wie ein kleines Mädchen im Schoß der Mutter. Es tut gut, jetzt nicht allein zu sein.

„Franz", schluchze ich. „Warum tut er mir das an?" Ina halte ich mein Handy vor die Nase und gebe ihr zu verstehen, die Nachricht anzusehen.

„Das ist eine Unverschämtheit", echauffiert sich Ina. Vincenz hält es nicht mehr auf seinem Platz aus und er kommt zu uns. „Was, wenn diese Frau lügt? Fotos können manipuliert werden?"

Mir gefällt vom Grunde, wie sehr sich Vincenz bemüht, mich zu trösten. Jedoch ist mir bewusst, das Foto zeigt die Realität, der ich mich stellen muss. Wieso bringt mich diese kleine Nachricht so aus dem Lot, frage ich mich selbst. Tränen laufen über meine Wangen, als ich endlich einen Entschluss fasse. „Ich muss jetzt gehen", verabschiede ich mich von meinen Freunden, die, das ist nicht zu übersehen, besorgt sind. Ina läuft mir bis zum Gartentor nach, will mich überreden zu bleiben. „Es ist nicht gut, jetzt alleine zu sein, Lotte. Du bist auch nicht der Mensch, der gerne …", weiter lasse ich Ina nicht sprechen. Kurz halte ich inne, drehe mich zu ihr um. „Ich muss mir Klarheit verschaffen, Ina."

„Melde dich bei mir, wann immer du reden möchtest! Mein Handy lasse ich heute Nacht eingeschaltet."

Die Worte meiner Freundin wirken wie Balsam auf meiner aufgerissenen Seele. Die wenigen Meter bis zu meinem

Haus laufe ich. Mein Gartentor reiße ich auf und gehe rasch in mein Haus, das ich Minuten später schon wieder verlasse. Immerhin habe ich mich selbst motivieren können, zuvor ins Badezimmer zu eilen, um mein glühendes Gesicht unter das kalte Nass zu halten und mich im Anschluss zu schminken. Nein, so denke ich beim Anlassen meines Autos, Franz soll nicht sehen, in welchem Zustand ich mich befinde. Obgleich mir bewusst ist, richtig verdecken kann ich meinen seelischen Zustand gerade nicht. Die kleine Kneipe, den Lieblingsrückzugsort von Franz, erreiche ich mit mulmigen Gefühlen. Was, so frage ich mich, passiert, wenn die Ex-Mitarbeiterin mich angelogen hat? Sie sich einmal mehr einen Spaß mit ihren Mitmenschen erlaubt und vergnügt in die Hände klatscht bei meinem Anblick? Wäre es nicht viel besser, eine der Freundinnen an meiner Seite zu haben? Ina, so ist mir gleich bewusst, wäre mitgekommen. Mir erschien es aber unangebracht, sie aus dem Kreis der Familie zu reißen. Vincenz ist bestimmt wieder aufgelöst vor Sorgen um mich und Ina wird ihn beruhigen müssen. Petra kommt mir in den Sinn. Ob ich ihr nicht die Abendruhe stehlen würde mit meinem Anruf? Sicherlich liegt sie gerade in den Armen von Marc und ich will nicht die Zweisamkeit stören. Es reicht doch, dass bei mir aktuell die Liebeswelt wieder einmal am Wanken ist. Petra beneide ich um ihr Glück mit Marc. Wie die beiden es nur schaffen, so harmonisch miteinander zu leben, dazu noch unter einem Dach. Für mich wird das Projekt: ‚Wir leben ab heute unter einem Dach‘ nach einiger Zeit zu einem Problem und es gibt Streit, was dazu führt, Franz zieht wieder aus. Dauerhaft gelingt es mir nicht, die große Zweisamkeit zu erhalten. Franz vermisse ich immer dann, wenn er wieder einmal das Weite sucht, bei mir auszieht. Meine Mutter fällt mir in solchen Momenten immer ein. Ihr Vorwurf, ich sei nicht bindungsfähig, hängt mir nach und ein Schuldeingeständnis für meine

45

immer wieder scheiternden Beziehungen suche ich gerne bei mir. Meine Gedanken kreisen herum, während ich noch immer in meinem Auto weile, direkt vor der Dorfkneipe. Heute Morgen habe ich nicht erwartet, jetzt so ein Chaos erleben zu müssen.

Lautes Kichern weckt meine Aufmerksamkeit auf die Eingangstüre der Dorfkneipe. Ganz automatisch folgen meine Augen zu der Stelle, von der das Lachen kommt. Unvermittelt setze ich mich gerade und beim Anblick des Pärchens, das gerade die Dorfkneipe verlässt, spüre ich ein Ziehen im Bauch. Natürlich erkenne ich Franz sofort. Der Mann, für den ich mich hier gerade zum Affen mache und dem ich nachlaufe, scheint nur so vor Glück zu strotzen und den Augenblick zu genießen.

Franz, so muss ich mit ansehen, geht Arm in Arm mit einer Frau auf seinen Wagen zu, beide wirken mehr als vertraut. So gelöst, das muss ich zugeben, habe ich Franz lange nicht mehr gesehen. Überhaupt lacht er sehr wenig, zumindest in meiner Nähe. Unschlüssig, was ich tun soll, verharre ich in meinem Auto und werde davon befreit, eine Entscheidung treffen zu müssen. Ich muss mit ansehen, wie Franz mit der Frau davonfährt, ohne von mir Notiz zu nehmen. Seine Augen scheinen keinen Blick für die Umgebung zu haben. Mir kommt meine ehemalige Mitarbeiterin in den Kopf. Sie hat die Wahrheit geschrieben. Lieber wäre es mir gewesen, diese Frau hätte einmal mehr gelogen. Einfach so, aus heiterem Himmel steht mein Leben wieder einmal auf dem Kopf. Nur, so muss ich mir spontan eingestehen, dass nicht alles richtig läuft, das habe ich schon in den letzten Tagen gespürt.

Mit zitternden Händen will ich den Wagen wieder anlassen, da klopft jemand an meine Fensterscheibe, was mich kurz zucken lässt. „Na, hast du dich noch selbst von Franz und seiner

Untreue überzeugen können?" Meine Ex-Mitarbeiterin steht lächelnd und Kaugummi kauend vor mir. Ich kann sogar die Geschmacksrichtung des klebrigen Etwas in ihrem Mund erkennen, so nah beugt sie sich zu mir.

„Zufrieden?" Meine Worte bringen sie kurz durcheinander, so glaube ich zumindest, aus ihrer Reaktion und dem damit verbundenen Rückzug aus meiner unmittelbaren Nähe zu erkennen.

„Lotte! Du liegst mir am Herzen, wirklich! Dass du jetzt über das Verhalten von Franz verärgert bist, ist doch natürlich. Ginge mir doch genauso!" Den Moment, wo sie etwas Abstand zu meinem Wagen hat, nutze ich aus und starte den Motor. Mit quietschenden Reifen fahre ich einfach los, ohne noch einen Ton zu sagen. Mein Versuch, vom Auto aus Petra anzurufen, fruchtet nicht. Meine Freundin wird in ihrem Bett liegen und schlafen, glaube ich zu wissen. Verzweifelt, wie ich bin, parke ich kurzerhand vor dem Haus von Ina. Gut, eine Standpauke von ihr bezüglich Franz werde ich über mich ergehen lassen müssen, denke ich und reiße zeitgleich das Gartentor auf. Stimmengewirr dringt an meine Ohren. Beim Näherkommen kann ich sehen, Vincenz, Rosalinde, Johann und Ina sitzen noch am Gartentisch.

„Lotte! Wie siehst du nur aus!" Ina hat mich als Erste registriert und eilt gleich auf mich zu, nimmt mich in ihre Arme. Minuten später sitze ich im Kreise der anderen und berichte von dem, was ich gerade erleben musste.

„Franz", stößt Vincenz aus. Nicht deuten kann ich, was er damit sagen möchte. Im Anschluss blickt er mich nur müde und traurig an.

„Möchtest du heute bei uns übernachten?" Ina kann sehr herzlich sein. „Sicherlich möchtest du heute Nacht nicht alleine in deinem Haus übernachten."

Mein Verhältnis zu Franz, die ganzen Trennungen, die sie schon miterlebt hat, ich weiß genau, es gefällt Ina nicht. Dass sie jetzt so mitfühlend reagiert, tut mir gerade richtig gut. „Wie sehr freue ich mich auf Samstag", schniefe ich in ein Taschentuch. „Du kannst auch für ein paar Tage zu mir ziehen", bringt Vincenz sich ein. „Oder ich rede mit Anton Wall und du übernachtest über dem Café."

Nein, so denke ich, weglaufen ist keine Lösung, was ich auch sage. „Falls Franz diese Nacht noch in mein Haus zurückkommt, kann er im Wohnzimmer übernachten. Morgen stelle ich ihm ein Ultimatum, bis wann er seine Sachen abholen kann. Keine weitere Nacht bleibe ich mit diesem Mann unter einem Dach."

Ina sieht mich von der Seite an, wechselt kurz einen Blick mit Johann. So ganz scheint sie meinen Worten nicht den nötigen Glauben zu schenken. „Wieso habe ich immer Pech mit Männern?" Mein Jammern wird nicht kommentiert. Vincenz lehnt sich im Stuhl zurück und zündet sich eine Zigarre an. „Was tust du nur? Denk an deine Gesundheit!"

Vergnüglich pustet er kleine Wölkchen in die Luft. „In meinem Alter ist es wichtig, jeden Tag etwas Schönes zu erleben, Lotte. Wenn ich mit Anfang achtzig keine Zigarre rauchen darf, wann dann?"

Ich gebe mich geschlagen und ihm recht. Mir ist nicht nach einer Diskussion und so ganz unrecht hat Vincenz nicht mit seiner Sichtweise auf sein Alter. Ina huscht kurz ins Haus und kommt mit einer kleinen Schüssel zurück, die randvoll mit Vanilleeis gefüllt ist. „Das wird dir jetzt guttun", lächelt sie mich an. Beherzt fange ich an zu löffeln. Verwundert beobachte ich meine Freundin beim Einschenken eines Glases mit Prosecco.

Es tut gut, so verwöhnt und umsorgt zu werden. Dankbar blicke ich meine Freunde an. „Es tut so gut, euch an meiner Seite zu wissen."

Gierig schlecke ich anschließend das Eis und mit jedem Löffel, der seinen Weg in meinen Mund findet, kehrt mein Kampfgeist zurück. Zunächst beherrscht Stille unsere kleine Runde. Mir scheint, meine Freunde beobachten, wie ich mein Eis esse. Jeder scheint seinen Gedanken nachzuhängen. Die muntere Stimmung vom Beginn des Treffens scheint getrübt zu sein, was sich allerdings mit der Zeit und der neu geöffneten Weinflasche wieder ändert. Eine gute Stunde später verabschiede ich mich aus der Runde. Mich wundert es, Vincenz und Rosalinde haben noch keine Anstalten gemacht, nach Hause zu fahren. Erleichtert nehme ich zur Kenntnis, das Gespräch in der kleinen Runde hat wieder an Fahrt gewonnen und Vincenz zeigt einmal mehr seine unterhaltsame Seite.

Mein Auto lasse ich vor Inas Haus stehen und gehe die wenigen Meter bis zu meinem Haus zu Fuß. Hoffentlich, so denke ich auf dem Heimweg, ist es mir auch vergönnt, so fit zu sein im Alter. Kurz denke ich noch, so eine Zweisamkeit im Alter zu leben wie Rosalinde und Vincenz, das wäre mein Wunsch.

Das Licht im Wohnzimmer fällt mir gleich ins Auge. Von weitem ist es zu sehen. Ich wundere mich nur, da ich kein Licht anhatte, als ich das Haus verließ. Ob Franz mit der Frau in meinem Haus ist? Den Gedanken verbiete ich mir weiter auszuschmücken. Beim Aufschließen der Tür bin ich auf alles gefasst. Die Küchentür, ebenso auch die Tür zum Wohnzimmer sind geöffnet, in jedem der Räume brennt das Licht. Franz oder eine Frau kann ich nirgends sehen. Mulmig wird mir, als ich die Stufen zum Schlafbereich bestreite. Meine Fantasie schlägt Purzelbäume in meinem Kopf und mein Herz rast vor Aufregung. Kurz halte ich inne, hole tief Luft. Wie ein Einbrecher komme ich mir vor, als ich endlich im oberen Stockwerk angekommen bin.

Stimmungsvolle Musik dringt aus dem Schlafzimmer. Wut steigt in mir auf und der Gedanke, ich bringe diesen Mann um, schleicht durch meinen Kopf. Kurz verharre ich vor der Schlafzimmertür und lausche. Bis auf die Musik kann ich nichts hören. Meine Hand umfasst den Türgriff und doch bleibe ich ohne Regung stehen. Das, was ich gleich sehen werde, will ich nicht sehen. Ob ich lieber wieder runter gehen, mich in den Garten setzen und warten soll?

Ein kleines Teufelchen kommt in mein Ohr und sagt: Lotte läuft so gerne weg, sie ist ein Weichei. Nein, kommt ein zweiter Gedanke hinzu, dieses Mal nicht. Ich hole unvermittelt tief Luft, bin auf alles gefasst und öffne schwungvoll die Tür. Das zerwühlte Bett fällt mir in den Blick und ich koche vor Wut. „Franz?!" Meine Stimme überschlägt sich. In dem Schlafzimmer ist die Luft abgestanden und es riecht nach Alkohol. Überstürzt eile ich zum Fenster, reiße es auf und atme tief ein. Vom Badezimmer kommt ein Geräusch an meine Ohren, etwas muss auf den Boden gefallen sein. Im Umdrehen rufe ich: „Franz!" Auf eine Antwort bin ich gefasst, diese bleibt mir allerdings verwehrt. Zornig und erneut auf alles gefasst eile ich zu meinem Badezimmer. Ich bin aufgewühlt durch den Anblick des benutzten Schlafzimmers. Wie kann Franz mir das nur antun und sich mit dieser fremden Frau in meinem Haus, in meinem Bett vergnügen. Tränen steigen in meinen Augen auf. Mit wenigen Schritten bin ich am Badezimmer angekommen. Hier steht die Tür auf und ich kann unvermittelt sehen, Franz ist nicht im Raum. An die Tür gelehnt halte ich meine Hände vor mein Gesicht, als plötzlich etwas an meinen Beinen vorbeistreift. „Ah!" Ich bin allem Anschein nach nur noch in der Lage zu schreien, denke ich mir, als ich die Katze über die Stufen ins Erdgeschoss laufen sehe. Sicherlich hat Franz zuvor die Tür aufgelassen und Nachbars Katze war in mein Haus gelaufen, das kommt öfter vor. Das arme Tier, denke ich, es muss ganz verschreckt sein von meiner Reaktion. Im gleichen Atemzug habe ich Franz wieder vor Augen und gehe zurück in mein Schlafzimmer. Franz war hier, im Haus, in meinem Bett und nicht allein. Wie unverfroren sein Verhalten mir gegenüber doch ist. Bin ich für ihn nur noch ein … den Gedanken verbiete ich mir. Stattdessen reiße ich die Bettwäsche herunter und heule hemmungslos los.

Um Mitternacht sitze ich verheult mit einer Tüte Chips auf meinem Sofa. Obwohl ich das Schlafzimmer gelüftet, das Bett frisch bezogen und im Anschluss noch den Fußboden geputzt habe, kann ich mich nicht zum Schlafen in das Zimmer legen. Zu eindeutig waren die Spuren auf dem Bettlaken, die mir beim Abziehen ins Auge gefallen sind. Franz, so meine Überlegung, wie konnte er mir das nur antun? Auch frage ich mich, wann haben wir uns erneut verloren und wann war der Punkt gekommen, an dem seine Liebe zu mir gestorben war?

Ina hat mir noch drei Mal geschrieben, was ich richtig lieb finde. Sie hat vehement versucht, mich dazu zu überreden, bei ihr im Haus zu übernachten. Ina kennt mich, ich bin ungern alleine. Trotzdem habe ich das liebe Angebot abgelehnt. Meine Freundin soll mit Johann ihren Frieden in der Partnerschaft finden, dazu würde ich gerade nicht beitragen. Ina würde nur nach mir sehen und Johann, das weiß ich, würde ein gutes Gesicht aufsetzen aber seine Gedanken gingen in eine andere Richtung. Mein Handy halte ich noch in der Nacht in den Händen und überlege fieberhaft, wem kann ich um diese Uhrzeit noch schreiben? Statt einer Lösung für mich zu finden, geht die Nachricht von Franz auf meinem Handy ein, als ich erneut in mein Taschentuch schniefe.

Liebe Lotte,

mir scheint, ich benötige einmal mehr eine Auszeit von dir und dem erneuten Versuch, gemeinsam glücklich zu werden. Alles, was mir in den letzten Tagen zu unserer Partnerschaft in den Kopf kam, es war negativ behaftet. Mir fehlt die Luft zum Atmen in deiner Nähe und ich will das Leben spüren, solange ich jung genug und gesund dafür bin. Mit dir habe ich mich schon wie in einem Altenheim gefühlt. Geregelte Abläufe, sich immer wiederholende Ereignisse, kurz, ich fand es langweilig an deiner Seite zu leben. Heute Nacht bin ich dem Glück nähergekommen, wenn auch nur für Stunden. Entschuldigen möchte ich mich dafür, als Rückzugsort ausgerechnet unser Schlafzimmer gewählt zu haben. Du wirst nicht verstehen, wie ich mich gefühlt habe? Liege ich richtig mit meiner Vermutung, Lotte? Für dich bin ich ein Egoist, gemein, gefühllos …, dir wird noch mehr einfallen. Kann sein, du hast in einigen Punkten recht. Trotzdem ist es mein Leben und ich will und kann nicht länger mit dir unter einem Dach leben. Es gibt viele schöne Erinnerungen an dich, besonders unsere zärtlichen Momente. Mein kleiner Ausbruch heute, das Stückchen Freiheit, das ich mir gegönnt, genommen habe, es tut mir gut! Niemals habe ich dir versprochen, der perfekte Mann zu sein. Wir haben versucht, uns zu lieben und zu genügen, was mir zumindest nicht gelungen ist. Wir haben uns in der Zeit, in der wir wieder unter einem Dach gelebt haben, beide verändert. Faulheit und Selbstverständlichkeit habe ich bei dir entdeckt, was mir missfallen hat.

Verzeih mir, wenn du kannst. Lass mich in Frieden mein Leben genießen und leben. Solltest du zu dem Entschluss kommen, meine Art zu leben zu teilen, du bist jederzeit herzlich willkommen, zu Besuch. Eines ist mir bewusst geworden: Für ein gemeinsames Leben unter einem Dach eigne ich mich nicht. Es liegt nicht an der mangelnden Liebe zu dir, vielmehr an meinem Freiheitsdrang.

Ich möchte das Stück vom Kuchen genießen und kosten, solange
ich auf dieser Welt lebe.

Verzeih mir und denke über meine Worte nach.
Franz

Der nächste Morgen

Mein Blick in den Spiegel zeigt mir, was ich schon geahnt
habe, ich sehe mitgenommen und schlecht aus. Noch schlimmer, ich fühle mich auch so. Irgendwann in der Nacht bin ich
auf dem Sofa doch noch eingeschlafen und habe die wenigen
Stunden bis zum Aufwachen mit unliebsamen Träumen verbracht. Franz ist in meinem Kopf und irgendwie hat er auch
Einzug in meinen Bauch gehalten, der rumort und wehtut, gerade so, als liege ein großer Stein auf ihm. Die Last der Liebe,
überlege ich beim Befüllen der Kaffeemaschine, Franz ist mir
auf den Magen geschlagen mit seinem neuerlichen Fehlverhalten. Wie er mir nur so wehtun kann? Eine Erklärung finde ich
nicht. Wieso hat er sich nicht schon vor wenigen Tagen von
mir getrennt, dann hätte ich das alles nicht erleben müssen.
Zwei Tassen Kaffee trinke ich ohne Milch, stehend in meiner Küche. Mir gibt das Koffein neue Kraft und endlich bin
ich in der Lage, mir ein Brot zu schmieren. Mit einer frischen
Tasse des schwarzen Glücks, wie ich den Kaffee heute nenne,
verziehe ich mich an meinen Schreibtisch. Oft schon habe ich
mir alles, was mich schmerzt, von der Seele geschrieben. Ich
bin ein Mensch, der über seine Probleme reden muss. Wenn
das gerade nicht möglich ist, dann muss ich schreiben. Meine
Chefredakteurin hat mich zurecht schon abgemahnt, ich bin
im Zeitverzug. Der zweite Beitrag zu meiner Kolumne wird
von ihr erwartet, so schnell als möglich, durfte ich lesen. Erste
Reaktionen auf meinen Beitrag durfte ich ebenfalls schon lesen

und mir hat gefallen, was meine Leserinnen mir geschrieben haben. Viele Aufforderungen weiterzuschreiben und ihnen weiterhin einen Einblick in meine Liebe zu Franz zu geben, waren dabei. Wieso nur ist mein Liebesleben so interessant, frage ich mich beim Öffnen meines Laptops. Mein Magen rumort erneut und ich glaube schon zu ahnen, das Brot will nicht lange als Gast bei mir bleiben, da muss ich wirklich aufspringen und zur Toilette eilen. Mich übergebend, knie ich vor der Kloschüssel und fühle mich zurückversetzt in Teenagerzeiten, damals war der Grund meiner Übelkeit jedoch der Party vom Vorabend zuzuschreiben, dem ungesunden Essen und dem Alkohol, dem ich zugesagt hatte. Heute findet sich der Grund in nur fünf Buchstaben wieder: Franz. Mitgenommen greife ich, nachdem mein Magen Ruhe gibt, zu meiner Zahnbürste. Mit frischem Atem gehe ich zurück in meine Küche und koche mir einen Tee. Zwieback finde ich ebenfalls in meinem Schrank. Dass dieser auf einer Seite mit Schokolade überzogen ist, ich finde es sogar gut. Man soll immer das essen, worauf man Lust hat, habe ich einmal gelesen, das tut dem Körper dann auch gut. Mit Tee und Zwieback ausgestattet, setze ich mich erneut an meinen Schreibtisch und fange an zu schreiben.

Liebe Leserinnen und Leser,

heute schreibe ich erneut zu dem Thema: Ehrlichkeit in einer Beziehung

Wie gerne möchte ich jetzt Ihre Augen sehen, die Gedanken von meinen Leserinnen und Lesern erkennen, um das zu schreiben, was von mir erwartet wird. Leider fehlt mir diese hellseherische Fähigkeit. Daher kann ich nur auf mich und mein Leben zurückgreifen, Ihnen einmal mehr Einblicke in meinen Alltag schenken. Die Leserinnen und Leser unter Ihnen, die regelmäßig meine

Kolumne lesen, kennen mich schon recht gut. Als Schwester im Geiste werde ich oft betitelt, was mich schon stolz werden lässt. Bei dem Thema Beziehung denke ich zunächst an eine Verbindung zwischen einer Frau und einem Mann und somit bin ich schon bei Franz und mir angekommen. Franz ist der Mann, der die letzten Monate mit mir das Bett und das Leben geteilt hat, besser gesagt hatte! Unser neuer Beziehungsstatus lautet: getrennt. Ja, das ist die traurige Wahrheit, ich bin wieder einmal als Single unterwegs. Heute Morgen, beim Blick in den Badezimmerspiegel habe ich gedacht, jetzt muss ich wieder alleine hier leben und meine roten Augen haben mich an letzte Nacht denken lassen. Wirklich stolz und glücklich bin ich nicht über diese Tatsache, jedoch sollte sich jede Frau der Wahrheit stellen. Eine Partnerschaft, die nicht mehr auf Augenhöhe verläuft, ist kein Zukunftsmodell, sondern ein Auslaufmodell und macht langfristig gesehen krank und depressiv. Beides wollte ich mir und meinem Körper ersparen, daher der neue Beziehungsstatus in meinem Profil.

Leichtfertig habe ich mich nicht von Franz getrennt, sein Verhalten, die Vorlage, die er präsentierte, ich habe keine andere Chance, als mich wieder alleine durchzuschlagen. Ohne Vertrauen und Ehrlichkeit, jetzt bin ich bei dem Thema meiner Kolumne angekommen, ist eine Beziehung, zumindest in meinen Augen, nicht tragbar. Letzte Nacht bin ich durch die Hölle gegangen. Zutiefst verletzt wurde ich von dem Mann, in dessen Armen ich so schöne Momente erleben durfte.

Vielleicht fragen Sie sich jetzt, ist ein kleiner Streit schon ausschlaggebend, um eine Partnerschaft aufzulösen? Sie halten mich, Lotte Wolke, für zu spontan? Mit dem nächsten Einblick werden Sie Ihre Meinung rasch ändern. Wie würden Sie reagieren, wenn Ihr Freund mitten in der Nacht mit einer fremden Frau in Ihrem gemeinsamen Bett seine erotischen Spielchen treibt?

Stunden der Tränen habe ich hinter mir, die vergangene Nacht ohne Schlaf auf meinem Sofa verbracht. Zeugnis der letzten Nacht geben aktuell noch meine fahle Gesichtshaut, die Bauchschmerzen und meine Niedergeschlagenheit. Diese Begleiterscheinungen der letzten Nacht leben sich gerade in meinem Körper aus, was mir nicht hilft, mich besser zu fühlen.

Wundern wird es meine treuen Leserinnen und Leser nicht, zu erfahren, Franz hat nach wenigen Monaten des gemeinsamen Glücks wieder den Blick auf die weibliche Außenwelt gelegt und sich mit dieser Vorliebe intensiver beschäftigt als mir lieb ist.

Eine Frage hämmert in meinem Kopf: Wieso nur habe ich nicht kommen sehen, was passiert ist? Stattdessen dachte ich nur, mein Partner hat Stress auf seiner Arbeitsstelle und ich muss etwas Rücksicht auf ihn nehmen. Sein ruppiges Verhalten mir gegenüber habe ich versucht zu entschuldigen. Bekocht und betuttelt habe ich ihn, was ich aus heutiger Sicht für einen Fehler halte! Jeder Frau kann ich nur raten: Verbiegt euch nicht für einen Kerl! Sie sind es nicht wert und auf ein Dankeschön kann Frau lange warten, oft vergebens. Bin ich jetzt verbittert? Ich hoffe inbrünstig, der Schmerz vergeht und mein Optimismus kehrt zurück.

Mir hat die Ehrlichkeit in meiner Beziehung gefehlt, ja, das ist ein Punkt, den ich aktuell noch als schmerzlich ansehe. Verraten, belogen und betrogen zu werden, das tut weh. Schon oft habe ich von meinen Freundinnen geschrieben, meiner kleinen Ersatzfamilie, wie ich liebevoll denke. Mit dieser Stütze, den Menschen, die mich so nehmen, wie ich bin (nun ja, nicht immer gehen wir ganz zart miteinander um – Kritik kommt schon in unserer Runde auf), fühle ich mich wohl.

Mein väterlicher Freund Vincenz ist auch ein Herzensmensch für mich geworden. Somit bin ich ein glücklicher Mensch. Wäre da

*nicht die ständige Sehnsucht nach Liebe in mir, die ich nur mit
einem Mann ausleben kann, der mich auch als Frau begehrt. Oft
schon habe ich mich gefragt: Bin ich liebenswert? Kann ich das in
eine Partnerschaft einbringen, was zum guten Zusammenbleiben
vonnöten ist? Liegt mein Problem im Umgang mit einem Partner
in meiner Kindheit? Ansatzpunkte für eine Therapie sehe ich vor
Augen und vielleicht starte ich noch einmal den Versuch, mich
in geschulte Hände zu geben. Immerhin damit durfte ich in den
letzten Jahren schon gute Erfahrungen machen.*

*Die Aufgabe, das Thema der neuen Kolumne, es ruft ständig
Erinnerungen an Franz in mir wach, die ich gerne verdrängen
möchte. Statt in die Vergangenheit zu schauen, sollten wir nach
vorne sehen und uns auf das freuen, was die Zukunft an schönen
Momenten für uns vorgesehen hat. Allerdings, das muss ich gestehen, bin ich am Morgen nach dem Desaster noch nicht dazu in
der Lage. Mit Tee und Zwieback sitze ich an meinem Schreibtisch
und denke an Sie, meine Leserinnen und Leser, und bin dankbar
dafür, dass Sie meine Sorgen aufnehmen und auf diese Weise mit
mir teilen.*

*Wie, liebe Leserinnen und Leser, verstehen Sie das Thema der
neuen Kolumne? Ist auch für Sie Treue wichtig und unabding-
bar in einer Partnerschaft? Franz würde, so denke ich zumindest, gerne wieder mit mir zusammen sein, sobald er seine erneute
Macho-Phase überwunden hat.*

*Ja, ich habe diese Phasen schon öfter an seiner Seite miterlebt.
Höhen und Tiefen einer Liebelei sind mir nicht fremd und doch
war ich niemals so verwundet wie jetzt.*

*Meinen Freundinnen werde ich mich anvertrauen, meinen
Schmerz offen aussprechen und auch von der letzten Nacht*

berichten, die mir fast die Standhaftigkeit genommen hat, die Lust am Leben. Keine Angst, ich bin eine Kämpferin und für einen Mann werde ich niemals aufhören an die Zukunft zu glauben und somit verbunden an die Aussicht auf eine idyllische Partnerschaft. Heute wird sich mit Sicherheit nichts in meinem Leben groß verändern, ich bin einfach nur froh, wenn sich mein Magen wieder beruhigt und ich meinen gewohnten Appetit zurück habe. „Männer kommen und gehen in meinem Leben", Worte aus dem Mund meiner verstorbenen Tante. „Mein Bestreben, immer in der besten Erinnerung als Liebhaberin zu bleiben, hat mich getrieben. Wahrheitsgemäß ziehe ich zum Ende meiner Zeit eine bittere Bilanz: Oft war mein Einsatz vergeblich. Was wirklich groß und wichtig war, für mich war es in jungen Jahren nur nichtig und klein. Beherzige meine Worte und schaue immer auch auf die kleinen Dinge im Alltag, das ganz große Glück kann sich dahinter verbergen", bekam ich als Weisheit von Lydia Lowere ebenfalls mitgegeben.

In den nächsten Tagen werde ich meinen neuen Weg hoffentlich finden und mich durch meine Arbeit im Café und den Gesprächen mit meinen Freundinnen ablenken und erholen. Danach, das verspreche ich Ihnen, wird es neue Einblicke in Lottes Liebesleben geben, bereits mit der nächsten Kolumne. Eine Woche warten bedeutet auch, vor uns allen liegt eine Woche mit neuen Erlebnissen und Einsichten auf das Leben. Denken wir gemeinsam in dieser Woche an den Ratschlag meiner Tante Lydia Lowere und schauen mit offenen Augen auch auf die unscheinbaren Dinge, die sich ereignen werden.

Bleiben Sie gesund und im Herzen optimistisch!

Mit sonnigen Grüßen
Lotte

Beim Zuklappen meines Laptops bin ich über mich selbst verwundert. Den Text habe ich noch zwei Mal gelesen und dann die Taste Absenden gedrückt. Offen und ehrlich habe ich einmal mehr die Tür zu meinem Herzen für meine Leserinnen und Leser geöffnet. Wichtig ist mir zu zeigen, Liebeskummer ist keine Frage des Alters, auch nicht des Aussehens.

Geschwindelt habe ich, was meinen Gemütszustand betrifft, zumindest ein wenig. Eigentlich ist mir zum Heulen zumute. Gut, als Entschuldigung ist zu sehen, ich will meine Leserinnen und Leser nicht total traurig zurücklassen und Hoffnung ist für uns alle wichtig. Eine Woche auf die nächsten Zeilen zu warten, kann schwerfallen, so die Rückmeldungen von Leserinnen in den vergangenen Monaten. Wie oft fiebern sie in meinem Leben mit mir, drücken mir ihre Daumen und hoffen auf ein Happy End für mich. Wie viele Frauen und Männer doch unglücklich sind in der Partnerschaft, wurde mir erst bewusst, seitdem ich diese Kolumnen schreibe und die eingehenden Reaktionen der Leserinnen und Leser lese und im Nachgang beantworte. Meine Chefredakteurin hat mir stets die Verantwortung bewusst gemacht, die in meiner Feder liegt. „Worte können manipulieren, denken Sie darüber nach!" Dies ist auch ein weiterer Grund für mich, so offen als möglich, so nah an der Wahrheit wie notwendig, meine Texte zu schreiben. Aus diesem Grund habe ich ein positives Ende meiner seelischen Verfassung angekündigt, zu einem Zeitpunkt, an dem ich noch nicht weiß, wie es weitergehen wird. Therapie für meine eigene Verfassung und meine verwundete Seele, nenne ich das Schreiben.

Mein Blick fällt auf meine Armbanduhr und ich sehe, es wird Zeit für mich, unter die Dusche zu gehen. Kurz bleibe ich am Treppengeländer stehen und blicke ängstlich den

Stufen entgegen. Jeder Schritt die Treppe hinauf in den ersten Stock kostet mich Überwindung. Ein kleines Teufelchen sitzt in meinem Kopf und wirft Fragen auf, die mir nicht guttun. Was genau hat Franz mit der Frau hier gemacht, in meinen Räumen? Wo haben sie sich noch geliebt, außerhalb von meinem Bett? Selbst im Badezimmer fühle ich mich beklommen und meine Toilettenbrille ekelt mich für Sekunden an. Ob die fremde Frau auf meiner Toilette war? Rasch greife ich nach meinem Putzzeug und fünfzehn Minuten später kann ich das WC benutzen, ohne mich zu ekeln im Gedanken, die fremde Frau habe darauf gesessen. In meinem Café benutzen über den Tag hinweg viele Gäste die Toilette, bisher habe ich noch nicht darüber nachgedacht, ob das auch unter eklig einzustufen ist? Jeden Abend, darauf achte ich mit Sorgfalt, wird alles gut gereinigt.

Meine Kleidung streife ich ab und bin bereit, meine Dusche zu benutzen, die ich ebenfalls skeptisch beäugt habe. Das kühle Nass tut mir gut und ich halte minutenlang mein Gesicht unter den Wasserstrahl. Erst, als ich anfange zu frieren, verlasse ich den Ort der Reinigung und rubble meinen Körper mit einem frischen Handtuch ab. Alle Handtücher, die zuvor in meinem Badezimmer lagen, sind schon in der Waschmaschine. In Zeitlupe fange ich an meine Unterwäsche anzuziehen.

Meine Türklingel schellt, als ich gerade meine Haare föhne. Da ich inzwischen schon bekleidet bin, eile ich die Stufen in den Flur hinunter. Kurz denke ich an Franz und frage mich, ob er mich aufsucht, um sich zu entschuldigen? Im Flur bleibe ich stehen, in der Angst, was mich gleich erwarten wird.

„Lotte? Bist du zu Hause?" Freudig erkenne ich die Stimme von Ina und stolpere fast über den kleinen Teppich im Flur, so eile ich der Tür entgegen.

Ina

Besorgt habe ich Lotte gleich am Morgen, nachdem ich Wolfi versorgt habe, aufgesucht. Wie ich erwartet habe, sieht sie schrecklich aus beim Öffnen der Haustüre. Kurz muss ich mich ermahnen, jetzt nichts Falsches zu sagen, um die Verfassung von Lotte nicht unnötig zu strapazieren. Meine Freundin wird selbst gesehen haben, in welch mitleidigem Zustand ihr Gesicht heute Morgen ist. „Möchtest du bei mir frühstücken?", werfe ich Lotte gleich entgegen und setze ein Lächeln hinterher. Zu meiner Freude ist Lotte aufgeschlossen für mein Angebot und nimmt es an. „Komm doch rein!", hält sie mir die Türe auf. Ein freier Blick vom Flur in ihr Wohnzimmer verrät mir, Lotte hat auf dem Sofa geschlafen. Der Bettbezug, das Kopfkissen, ich habe gleich kombiniert.

„Keine Angst, Ina. Die letzte Nacht war schrecklich für mich, aber ich habe es geschafft zu duschen", bemüht Lotte sich um ein Strahlen. Meine Blicke auf ihr Sofa sind ihr nicht entgangen.

„War Franz in deinem Haus mit einer fremden Frau?" Diese Frage brennt unvermittelt in meinem Kopf und ich kann sie nicht zurückhalten. Tränen strömen aus Lottes Augen und ohne Ankündigung wirft sie sich in meine Arme. Einen Moment halte ich sie einfach nur in meinen Armen und suche nach Worten, so bin ich von der Lage überrumpelt. Dass Franz kein Kostverächter ist, war mir bewusst, sein oft grobes Verhalten gegenüber Lotte ebenfalls. Doch das, was meine Freundin mir gerade angedeutet hat, es übertrifft alles.

„Putz dir dein Gesicht und trage etwas Rouge auf, das wird dir guttun und dann kommst du zu uns. Vincenz will auch kommen." Zunächst ist Lotte nicht begeistert, ihren väterlichen Freund gleich zum Frühstück wieder zu sehen. „Mir ist nicht nach langen Diskussionen und Vorwürfe kann ich keine vertragen. Sinnvoller ist es, ich bleibe alleine zu Hause." Allein die Körperhaltung von Lotte schreit schon nach Aufmerksamkeit und Liebe. „Vincenz macht sich Sorgen um dich, Lotte. Genieße doch seine Aufmerksamkeit. Ich habe mich immer nach so einem Menschen in meiner Nähe gesehnt", sage ich, ohne nachzudenken. Lotte entlässt mich aus ihrer Umarmung und nickt. „Gut, ich bin in zehn Minuten bei dir. Danke, Ina."

Mein Freund Johann ist schon zu seiner Arbeit gefahren, was mir nur lieb ist. So kann ich mich auf Lotte und ihre Probleme besser konzentrieren. Heute am Morgen habe ich auch zum Rouge gegriffen, und um meine dunklen Schatten unter den Augen zu kaschieren zu einem Tupfer getönter Creme. Johann und ich haben in der letzten Nacht noch lange gesprochen, zumindest zunächst. Schlaf habe ich kaum bekommen in der letzten Nacht, trotzdem geht es mir gut. Ich sollte öfter mit Johann über meine Wünsche und Vorstellungen sprechen und ihm auch zugestehen, mir zu sagen, was ihn an meinem Verhalten stört. Damit tue ich mich noch sehr schwer. Kritik setzt mich immer unter Druck. Vom Grunde her setze ich mich täglich selbst unter Erfolgsdruck. Mein Haus soll immer perfekt geputzt sein, mein kleiner Wolfi ein liebes und perfektes Kind sein, das ich überall hin mitnehmen kann. Bei allem, was ich von meinen liebsten Menschen verlange, habe ich vergessen, auch an mir zu arbeiten.

„Nur putzen reicht nicht aus für eine gute Partnerschaft", musste ich mir letzte Nacht anhören. Johanns Worte kamen wie kleine Pfeile in meine Ohren und ich war kurz davor, auszurasten und wegzulaufen. Tatsächlich habe ich daran gedacht, noch in der Nacht zu Lotte zu laufen. Johann hat zu meinem großen Glück gespürt, wie es um meinen Gemütszustand steht und war im Anschluss sensibler mit mir umgegangen. Im Nachhinein steckt immer wieder die Frage in meinem Kopf: Wieso nur vergesse ich in regelmäßigen Abständen wieder, dass ich eine junge Frau bin? Meine Haare zeigen einen grauen Ansatz, meine Haut ist schuppig und ich habe nur die Fehler meiner Lieben in den Augen.

„Ist es noch früh genug, das Ruder umzudrehen?" Meine Frage kam zögerlich über meine Lippen. Der anschließende Kuss von Johann hat mir so gutgetan. Gegen vier Uhr habe ich das letzte Mal auf die Uhr neben meinem Bett gesehen, danach bin ich in den Armen von Johann eingeschlafen. Für Sex waren wir beide zu müde. Wenigstens darüber konnten wir zusammen herzhaft lachen. Heute Nachmittag, wenn ich mich um Lotte gekümmert habe, fahre ich nach Limburg zum Friseur.

„Ina! Das Kleid steht dir sehr gut!" Vincenz kommt zeitgleich mit Lotte in mein Haus. Sein spontanes Kompliment gefällt mir. Ja, es stimmt, heute Morgen habe ich mich geschminkt und mir Gedanken bei der Auswahl meiner Garderobe gemacht. „Schön, euch so schnell wiederzusehen", bitte ich ihn und Lotte ins Haus. Selbst beim Eindecken des Küchentisches habe ich mir mehr Mühe gegeben als üblicherweise. Beseelt lächele ich auf das neuerliche Kompliment von Vincenz. Der Mann scheint wirklich alles zu registrieren, überlege ich beim Einschenken der Tassen. Sicherlich war ich zu Anfang als zukünftige Schwiegertochter ein Dorn in seinen Augen. „Möchtet ihr Brötchen?" Dankbar greifen Vincenz und auch Lotte zu. Erleichtert beobachte ich meine Freundin. Dass sie jetzt hier sitzt, nach einem Brötchen greift, ist ein gutes Zeichen, zumal sie mir von ihrem Magen berichtet hat, der sich am frühen Morgen gegenüber einer festen Nahrung gewehrt hatte. Gut drei Stunden liegen dazwischen und ich wünsche Lotte, ihr Magen bleibt jetzt ruhig. Franz hat sich viel erlaubt in der letzten Nacht. Wie ich damit umgehen würde, wenn ich seine Freundin wäre, keine Ahnung. Sicherlich wäre ich heute nicht halb so gefasst wie Lotte. Ob der große nervliche Zusammenbruch noch kommt? Ich befürchte es jedenfalls. In den nächsten Tagen, so mein Entschluss, werde ich mich öfter um Lotte kümmern. So ein einschneidendes Erlebnis, verbunden mit der Tatsache, die eigene Beziehung ist erneut zerbrochen, steckt niemand in wenigen Stunden weg.

„Es gibt Neuigkeiten", lenkt Lotte die Aufmerksamkeit auf sich. „Heute Morgen habe ich einen Beitrag für meine nächste Kolumne geschrieben und abgesendet. Das Thema Ehrlichkeit in der Beziehung hat mich inspiriert und mir ist es gelungen, nicht nur den gewünschten Text zu Papier zu bringen, sondern mir auch gleichzeitig etwas von der Seele zu schreiben." Zeitgleich mit ihrer Bekundung greift Lotte nach der Marmelade. Mir kommt es surreal vor. Kurz sinniere ich über die Möglichkeit, Lotte habe sich Tabletten eingeworfen, um gute Laune zu mimen. Mir ist mit einem Male schlecht bei der Vorstellung, ich liege richtig mit meiner Vermutung. „Lotte? Ich muss dich das jetzt fragen", kann ich meine Ängste nicht zurückhalten. „Hast du Tabletten eingenommen, um fröhlich zu sein? Das sehe ich nicht als Lösung und ich ...", an dieser Stelle werde ich von Lotte unterbrochen. Sie legt kurz ihre Hand auf die meine. „Ina? Was denkst du nur von mir? In meinem Haus befindet sich kaum ein Medikament und das, wovon du gerade gesprochen hast, existiert nicht einmal in meinem Haus. Nein, ich bin in der letzten Nacht emotional durch den Wind gewesen, habe ein Tief gespürt und durchlebt, was ich als Hölle bezeichnen möchte. So schlecht ging es mir noch nie, das dürft ihr mir glauben." Mehr Worte sind nicht nötig. Vincenz kommt mir mit seiner Reaktion zuvor. „In diesem speziellen Fall würde ich dir raten, lass ab heute die Finger weg von Franz!"

Lotte, so kann ich sehen, atmet langsam ein und aus.

„Natürlich, Vincenz, ich möchte mir selbst ein Déjà-vu ersparen. Wie schön von dir, Ina, dass du gleich am Morgen nach mir gesehen hast und dass jetzt auch du, lieber Vincenz, dir die Zeit nimmst, um mich wieder zu stärken und aufzubauen. In dieser Nacht waren meine Gedanken düster und ich war sehr schwach. Zum Glück ist mein Wille, mich nicht zerstören zu lassen, der Gewinner der Nacht und ich bin jetzt hier, bei euch."

Kurz beherrscht eine unnatürliche Stille den Raum.

Fast hätte ich meine Tasse umgeworfen, so geschockt bin ich über Lottes Worte. Eine Gelegenheit etwas zu sagen, wird mir von Vincenz genommen.

„Meine Tochter habe ich durch den Unfall verloren, das war grauenvoll. Einen freiwilligen Schritt deinerseits von der Erde zu gehen, würde ich nicht verkraften, das wäre auch mein seelisches Ende." Vincenz ist blass geworden. Lotte hebt ihren Kopf und lächelt uns an, was mich irritiert. „Nein, ich bin stark genug um zu wissen, für mich kommt bald wieder der Tag, an dem ich mich aus dem Herzen heraus freuen darf und wieder lachen werde." Sie nickt so ernsthaft wie ein nachdenkliches Kind. Um die Situation zu entschärfen, berichte ich von Wolfi und seiner Entwicklung. Zumindest gibt Vincenz mir den Eindruck, interessiert zu sein. Lotte starrt unterdessen geistesabwesend in ihre Kaffeetasse.

„Darf ich euch von der letzten Nacht berichten? Von dem, was ich durchleben musste? Mir würde es guttun, jetzt darüber zu reden", beendet Lotte meine Versuche, Leichtigkeit an den Tisch zu holen.

„Ich habe es nur gut gemeint", tupfe ich verlegen meinen Mund mit einer Serviette ab. Lotte nickt und schon kommen die Worte aus ihrem Mund, sie spricht schnell und hektisch. Jetzt erst bemerke ich ihre Angespanntheit. Die verkrampfte Körperhaltung zeigt mir die Aufregung der letzten Nacht und ich verstehe, Lotte ist keinesfalls so cool wie zunächst gedacht. Immer wieder unterbricht sie ihre eigenen Worte und greift einmal zum Kaffee, dann zu einer Serviette, um die spontan aufkommenden Tränen aufzufangen. Ganz gegen meine Gewohnheit halte ich jedweden Kommentar zurück, um Lottes Redefluss nicht zu unterbrechen.

„So, jetzt seid ihr beide auf dem neuesten Stand meiner On-Off-Beziehung zu Franz, wie man so schön sagt."

Für meinen Geschmack etwas zu schwungvoll angelt Lotte im Anschluss nach der Kaffeekanne und kann nur im letzten Moment verhindern, dass diese ihr aus den Händen fällt.

„Lass in der Zukunft deine Finger weg von Franz, bitte!", wiederholt Vincenz seine Worte von vorhin und spricht aus, was ich auch denke. Mir gefällt, dass nicht ich schon wieder die Rolle der Erzieherin übernehmen muss.

„Ja, mit diesem Mann bin ich wirklich durch. Ehrenwort!" Lotte nickt, schnieft in ein Taschentuch und greift beherzt zu einer Scheibe Brot. Ein gutes Zeichen, wie ich finde. Trotzdem ist mir unvermittelt bewusst, das Thema Franz, Lottes Tränen und ihr Zustand werden auch am Samstag bei unserem Mädelsabend das Thema des Abends werden. Jeder gute Vorsatz von ihr, das durfte ich oft genug miterleben, wurde zumeist rasch wieder verworfen. Vincenz bemüht sich, das Thema zu wechseln und berichtet mit leuchtenden Augen von dem Vorhaben bald zu verreisen.

„Soll ich euch die Kolumne vorlesen?", zieht Lotte die Aufmerksamkeit zurück zu sich. Vincenz und ich nicken. Worte sind gerade nicht nötig. Lotte greift nach ihrer großen Umhängetasche und bringt ihren Laptop zum Vorschein. Warum sie ihn eingepackt hat, frage ich mich. Ob sie schon beim Kommen vorhatte, uns ihren Beitrag vorzulesen? Meine Frage behalte ich für mich und höre Lotte aufmerksam zu.

„Grandios, meine Liebe! Wie stolz ich nur auf dich bin! Glaube mir, zunächst habe ich schon befürchtet, alles, wirklich alles an Gefühlen, die du in der vergangenen Nacht hattest, wäre zu Papier gekommen. Stolz bin ich auch zu hören, dass du Rücksicht auf deine Leserinnen und Leser nimmst und sie nicht mit deiner großen Trauer zurücklässt, sondern den Text hoffnungsvoll zu Ende verfasst hast. Das ist eine große Leistung, liebe Lotte!" Vincenz strahlt über das ganze Gesicht und zu meiner Freude hat er auch wieder an Farbe gewonnen. Lotte ist in seinem Herzen, mich freut es für beide.

„Wie hat dir mein Beitrag gefallen?" Lotte schaut mich erwartungsvoll an.

„Gut, ja, richtig gut. Noch bin ich emotional gefangen von deinen Worten hier am Tisch, von dem, was ich gestern miterleben konnte und jetzt von deiner Kolumne. Wie Vincenz sagte, ich bin auch stolz auf das Ende der Kolumne und hoffe sehr, du beschreitest diesen Weg und trägst die Hoffnung schon im Herzen."

Lotte wirkt erleichtert auf unsere Reaktionen.

„Darf ich dein Badezimmer benutzen? Auch dein Make-up? Ich muss nachher noch in mein Café", packt Lotte ihren Laptop wieder ein.

„Was für eine Frage", lächele ich Lotte an.

„Franz hat mich enttäuscht", betont Vincenz, während ich den Tisch abräume. Um Vincenz etwas abzulenken fange ich erneut an, von Wolfi und seiner Entwicklung zu berichten.

„Wir fahren zusammen nach Limburg", teile ich Lotte mit, nachdem sie aus meinem Badezimmer kommt. „Du siehst schon besser aus", begutachte ich meine Freundin. „Und denke daran, ich bin immer für dich erreichbar, auch in der Nacht!"

Vincenz verlässt zeitgleich mit uns mein Haus.

„Kopf hoch! Das hast du mir versprochen! Wir sollten übrigens alle gemeinsam für ein Wochenende verreisen", verabschiedet er sich.

Samstag

Petra

Auf dem Weg zum ICE-Bahnhof in Montabaur freue ich mich schon auf Karin. Unsere Begrüßung ist herzlich und wir beide reden sogleich los. Jede von uns hat eine Menge zu erzählen. Jetzt denke ich, wie schön, dass Karin in meiner Nähe weilt. Beim Einsteigen in meinen Wagen finden wir noch immer kein Ende, uns über uns und über das Erlebte der letzten Wochen auszutauschen. Mein Herz pocht, als ich auf Lotte zu sprechen komme. Sogleich wird meine Stimme leiser und die Unbeschwertheit der letzten Minuten ist verflogen. Karin nickt. „Ina hat mich angerufen." Sie stöhnt kurz auf. „Das Handeln von Franz war verletzlich und ich hoffe von Herzen, unsere Freundin Lotte ist von diesem Mann geheilt." Karins Stimme ist mit einem Male energisch geworden. Trotzdem, so ganz glauben kann ich nicht, was Karin ausgesprochen hat.

„Meine Zweifel bleiben bestehen, zumindest für die nächsten zwölf Monate. Sollte Lotte bis dahin nicht wieder rückfällig in Sachen Liebe zu Franz geworden sein, dann bin ich beruhigt. Lotte müsste sich einmal in einen ganz normalen Mann von nebenan verlieben."

Karin sieht mich amüsiert von der Seite an. „In dem kleinen Dorf, wo Lotte lebt, gibt es nicht viele heiratswillige Männer in ihrem Alter."

Immerhin nach diesen Worten können wir wieder lachen und wechseln auch das Thema.

In meiner Wohnung angekommen, bereite ich gemeinsam mit Karin den Tisch für den Abend vor „Chips für später hast du eingekauft?"

Ich nicke geduldig und bleibe auch ruhig, als Karin sich nach dem Bestand an Bockwürstchen in meinem Kühlschrank informiert. „Noch kann ich rasch in einen Supermarkt laufen", ist ihre Erklärung.

Meine Freundin, so mein Gedanke, hat diese Kalorienzufuhr nicht nötig um zu überleben, im Gegenteil. Wie ich direkt sehen durfte, sitzen genügend Chips-Tüten schon jetzt auf ihrer Hüfte und haben freudig ein neues zu Hause bei Karin gefunden. Natürlich sage ich nicht, was mir gerade durch den Kopf gegangen ist. Ich lächele Karin an. „Selbstverständlich habe ich genügend Bockwürstchen eingekauft. Oder denkst du, ich lasse meine Freundinnen auf Diät sitzen? Für euch habe ich auch eine Schüssel mit Kartoffelsalat vorbereitet, unter der strengen Anleitung von Ina, die mir noch am gestrigen Abend ihr Rezept mitgeteilt und mir ans Herz gelegt hat, auf keinen Fall etwas an den Zutaten zu ändern."

So, wie Karin mich ansieht, hat sie daran gezweifelt, dass ich der Kalorienzufuhr zustimme und auch noch Chips eingekauft habe. „Dafür gibt es als Vorspeise eine leichte Tomatensuppe", füge ich amüsiert nach.

Karin verzieht kurz ihr Gesicht und bringt eine gespielte Enttäuschung an den Tag. Mit Inbrunst tönt sie jedoch: „Zum Glück darf keine von uns Freundinnen an dem Hauptgang etwas verändern." Nach ihren Worten steht Karin von ihrem Stuhl auf und nimmt den Kartoffelsalat aus dem Kühlschrank. „Mit der Mayonnaise bist du sparsam umgegangen?", gespielt theatralisch rührt Karin nochmals den Kartoffelsalat um und fügt vier große Löffel mit Mayonnaise hinzu. Beim Zusehen rebelliert schon mein Magen, auch diese Gedanken lasse ich unausgesprochen.

„Sieht doch lecker aus", begutachtet sie ihre Krönung des Salates. Dabei ist ihre Stimme schmachtend.

Punkt 18 Uhr klingelt es an meiner Tür und Lotte und Ina stehen vor uns. Ina, das fällt mir sogleich ins Auge, sieht hübsch aus. Ihre Haare scheinen frisch frisiert zu sein, sie ist leicht geschminkt und für ihre Verhältnisse flott gekleidet. Nur Lotte sieht noch immer mitgenommen aus. Ich beschließe sogleich, mir nächste Woche einen Abend für sie freizuhalten. Mir ist bekannt, dass unsere Freundin es hasst, alleine in ihrem Haus zu leben und jetzt, wo Franz ausgezogen ist, wird es für sie nicht leicht sein.

„Karin, warum hast du mich nicht angerufen? Du kannst doch immer bei mir schlafen", kommt auch sogleich die Frage über Lottes Lippen. Karin ist bemüht, das Thema Übernachtung nicht aufkochen zu lassen und ihr gelingt es, mit geschickten Worten das Thema zu wechseln. Diesen Satz aus Lottes Mund hatte ich im Vorfeld bereits erwartet. Wie eine Wahrsagerin fühle ich mich beim Einschenken der Sektgläser. Unsere Mädelsabende sind Kult.

„Auf uns vier!", stoße ich mit meinen Gästen an. „Wir lassen es uns heute Abend so richtig gut gehen!" Mehr Worte kann ich nicht zur Begrüßung sagen, Lotte übernimmt sogleich das Zepter. „Hoffentlich überlebe ich die nächsten Wochen", lässt sie sich mit dem Glas Prosecco auf mein Sofa fallen. Ups, so soll der Abend nicht laufen.

„Komm an den Tisch Lotte, wir essen erst einmal Kartoffelsalat und Würstchen, dann sieht die Welt wieder rosiger aus." Karin gelingt es tatsächlich, unsere Lotte mit Kartoffelsalat und der Aussicht auf Würstchen an den Tisch zu locken. Immerhin der Appetit ist noch nicht verloren gegangen, somit besteht für Lottes Seelenheil große Hoffnung, soweit kenne ich die Freundin inzwischen. Für meine Tomatensuppe, die ich zunächst aufdecke, ernte ich immerhin von Ina Lob.

„Sehr lecker", löffelt sie zwei Teller aus.

„Jetzt kommen wir aber zum richtigen Essen", beeilt sich Karin im Anschluss, die Suppenteller wegzuräumen. „Auf eine Vorspeise müssen wir nicht bei jedem Treffen zurückgreifen", setzt sie nebenbei nach.

„Ich habe dich verstanden, meine Liebe!", stehe ich ebenfalls auf und hole meinen Tomatensalat aus dem Kühlschrank, den ich extra für mich vorbereitet habe. Würstchen und Kartoffelsalat sind nicht meine Welt.

„Kein Wunder, Petra, dass du so schlank bleibst", kaut Karin genussvoll auf ihrem Würstchen. „Davon würde ich niemals satt werden!"

Grinsend verfalle ich in Schweigen. Wie erwartet steigt die Stimmung meiner Gäste mit jedem weiteren Bissen an. Lotte nippt unentwegt an ihrem Glas und die rosigen Bäckchen sind nicht zu übersehen.

„Ina hat mir von deiner neuen Kolumne berichtet", schaue ich Lotte an. Sie kaut und nickt. „Ich habe es gestern wieder getan", lässt Lotte abrupt ihr Besteck neben den Teller fallen. Immerhin hat sie schon drei Würstchen und eine gute Portion Kartoffelsalat verspeist.

„Nimmst du uns mit zu deinen Gedankensprüngen? Oder hat deine Anspielung zu deiner Kolumne gehört? Gibt es schon erste Rückmeldungen?" Meine Worte kommen nicht richtig bei Lotte an.

„Ach, Petra! Ja, es gibt schon Rückmeldungen, was mich glücklich macht." Sie macht eine Pause und ich weiß noch immer nicht, was Lotte mit ihrer Andeutung sagen möchte.

„Hört mal zu!" Lotte grinst und schaut verlegen für einen kurzen Moment auf ihren leeren Teller, dann gleitet ihr Zeigefinger über den Rest vom Ketchup und wir dürfen Zeuge werden, wie Lotte genüsslich den Finger ableckt.

„Lotte?"

„Petra? Du bist nicht meine Mami. Aber gut, es geht um mein Leben und somit verbunden um meine Zukunft und wie ich damit umgehe, was mir mit Franz passiert ist. Jede von uns muss am Ende des Tages mit dem eigenen Handeln zurechtkommen", Lotte redet und redet und wir blicken uns verwundert an. Wirklich verstehen wir nicht, was sie uns mitteilen will.

„Kannst du etwas deutlicher werden, meine Liebe?" Meine Frage wird von Ina mit einem kräftigen Nicken untermalt. „Dann befülle ich jetzt die Gläser wieder und du, Lotte, holst tief Luft und im Anschluss redest du nicht so geschwollen oder wirr, nenn es wie du möchtest, wir verstehen gerade nur Bahnhof." Karin geht an meinen Kühlschrank und ich kann amüsiert sehen, Lotte hat die Ansage von ihr verstanden.

„Die letzten Tage waren alles, nur nicht leicht für mich. Immerhin musste ich das Erlebte verarbeiten und dabei noch jede Nacht alleine in meinem Haus verbringen. Beides gehört nicht zu meinen Favoriten unter der Rubrik: Ich fühle mich gut!"

„Oh, ich ahne es, du lässt gleich eine Bombe los, Lotte", blicke ich sie verwundert an.

„Keine Kritik! In Ordnung?" Lotte fordert unser Einverständnis.

„Es geht um eine neue Kontaktanzeige, die ich verfasst und abgesendet habe", platzt es aus ihrem Mund heraus.

„Nein!" Meine Hand halte ich mir anschließend vor den geöffneten Mund.

„Du hast es wieder getan?" Ina raunt mehr, als dass sie es laut spricht. Sie lehnt sich zurück. Verwundert bin ich zu beobachten, Ina schweigt im Anschluss, das ist neu. Erwartet habe ich Vorwürfe aus ihrem Mund.

„Wir müssen uns wieder regelmäßiger treffen und reden", höre ich Karin sagen. Nebenbei fängt sie an, den Tisch abzuräumen. An der Spüle dreht sie sich zu uns um. „Gibt es in deinem gesunden Haushalt auch Eis?"

„PUH!" Etwas verärgert stehe ich auf. „Chips, Eis, Erdnüsse, alles, was dazu beiträgt, euch in den nächsten Tagen hüftig sitzend zu begleiten, ist in meinem Haushalt für euch vorrätig", gebe ich geduldig Auskunft. Karin verfällt in lautes Lachen. „Lieb von dir, Petra. Du hast dich richtig für uns in Unkosten gestürzt."

Meinen Kopf schüttele ich automatisch. „Nicht dafür, Karin. Vielmehr dürft ihr danke sagen, dass ich diese Produkte in meinen Einkaufswagen gelegt habe. Euch zu verwöhnen, liegt mir als Gastgeberin am Herzen."

Ina schiebt ihren Teller zur Seite und bleibt mit Lotte auf dem Stuhl sitzen, während Karin und ich für Ordnung sorgen. Erst, als meine Freundinnen ihr Eis löffeln, kommt wieder ein Gespräch auf.

„Männer sind eine komische Spezies. Ich kann nicht mit und nicht ohne Mann leben", Lotte blickt mich fragend an.

„Lies uns lieber den Text vor, den du an die Agentur gesendet hast", werfe ich über den Tisch.

„Höre ich einen Vorwurf in deiner Stimme?", instinktiv schiebt Lotte ihr Eis ein Stück von sich weg.

"Nein!" Ich zucke nur mit den Schultern. „Leben und leben lassen, das wollten wir doch beherzigen."

Lotte zieht das Eis wieder zu sich und lächelt mich an. „Ich brauche euch doch, meine kleine Ersatzfamilie. Ein Mann ist nun einmal etwas anderes als eine beste Freundin."

„Wiederhole deine Worte noch einmal", lacht Karin. Ich beobachte, wie auch sie nochmals zu dem großen Eisbecher greift und ihre Schüssel erneut füllt. Lotte hebt ihren Löffel in die Höhe, sie blickt versonnen in die Runde. „Mit euch kann ich über alles, wirklich alles reden. Mit einem Mann habe ich Sex und das brauche ich eben auch, um glücklich zu sein."

So, wie Lotte es sagt, klingt es doch ganz vernünftig, denke ich und spreche meine Überlegungen auch gleich aus. Ina löffelt weiter an ihrem Eis ohne einen bissigen Kommentar abzugeben, es wirkt schon befremdlich auf mich. Karin ist Feuer und Flamme, endlich mehr von Lotte und ihren neuen Aktivitäten in Sachen Männer zu hören. „Wie schön war es damals, die ersten Reaktionen auf deine Kontaktanzeige gemeinsam zu lesen", schwärmt sie versonnen und lächelt dabei. Lotte so scheint es dem Anschein nach, hat sich wieder mental gefangen und genießt die Aufmerksamkeit. „Gut, dann weihe ich euch noch in mein letztes Geheimnis ein", leckt Lotte sich einen Rest vom Eis an ihrem Mund ab. Auf mich wirkt es komisch und ich muss ein Lachen unterdrücken. Gemeinsam mit Ina räume ich den Esstisch nun bis auf unsere Sektgläser frei. Die allgemeine Schlacht um meine Essensbestände ist gerade gestoppt. Ina, das beobachte ich verwundert, füllt unsere Gläser auf und setzt sich wieder an den Tisch. Kurz blicke ich sie an und frage mich, was diese Veränderung hervorgerufen hat und wie lange sie anhalten wird. Johann, so mein Fazit, scheint Ina gutzutun. Dankbar in dem Gedanken, mit Ina endlich in Ruhe an einem Tisch sitzen zu können, geselle ich mich wieder zu den Freundinnen. Die Zeit, als ich mit Inas erstem Mann ein Verhältnis anfing, wir uns Tag um Tag näherkamen, sie ist für Bruchteile von Sekunden vor meinem geistigen Auge. Mit Marc lebe ich inzwischen zusammen und darf sagen, er ist das Beste, was mir passieren konnte. Dass Ina inzwischen ihren Frieden mit mir finden konnte, daran habe ich zunächst nicht glauben wollen. Wie gut nur, die Zeit hat viele Wunden geheilt und uns Freundinnen noch mehr zusammengeschweißt.

„Ich brauche deinen Laptop, Petra", tönt Lottes Stimme an meine Ohren. Sogleich bin ich wieder aus meinen Gedanken herausgerissen und im Jetzt angekommen. „Wolltest du uns nicht deine Kolumne vorlesen?", verwundert beobachte ich Lottes Handeln. „Die Kolumne kann gerne später unser Thema sein", strahlt Lotte meinen Laptop an. Mit neugierigen Blicken verfolgen wir Minuten später, wie Lotte sich auf der Plattform anmeldet, die eine Zukunft zu zweit verspricht. „So", jauchzt Lotte und zieht den Laptop noch ein Stückchen näher an sich heran. „Es kann losgehen, meine Lieben! Taucht mit mir ein in meine Zukunft und somit verbundene Hoffnung auf ein neues Glück zu zweit."

Ich nippe an meinem Prosecco, Karin tut es mir gleich.

„Liebesschwüre in der Nacht, das wünsche ich mir von dir."
Kurz blickt Lotte von dem Laptop auf, sucht unseren Blickkontakt.

„Wow", raunt Karin und kichert.

„Lies weiter", fordere ich Lotte auf. Ina bleibt schweigsam. „Abenteuer habe ich genügend erlebt, jetzt suche ich einen Mann, der keine Bindungsängste zeigt und zeitgleich das Talent besitzt, eine Frau auf Händen zu tragen und ihr auch noch nach Monaten etwas Verrücktes ins Ohr flüstern möchte. Ich suche einen lieben Mann, der sich im Haushalt einbringt, mir im Garten hilft, am Wochenende mein Auto wäscht und mit mir ins Kino geht. So, wie meine Großeltern einmal zusammengelebt haben, wie ihr es von euren Eltern eventuell kennt, so möchte ich mit dir leben. Zusammenhalten und an einem Strang ziehen, egal, wie windig es wird.

Alle Antworten möchte ich ganz altmodisch als Brief mit Foto erhalten. Bitte sucht den ersten Kontakt über die Agentur, die alle Briefe direkt an mich weiterleitet. Bei Gefallen melde ich mich zurück."

„Hoppla, meine Liebe", bemerke ich sogleich, „du verlangst eine Menge von deinem neuen Traummann. Aufräumen, Hausarbeit, denkst du nicht, damit gleich sämtliche Kandidaten zu verschrecken?"

Lotte schiebt den Laptop ein Stück von sich weg. „Nein, dieses Mal möchte ich mich auf kein Spiel mehr einlassen. Wem meine Anforderungen und Wünsche nicht gefallen, der kommt nicht in mein Haus."

Ina nippt an ihrem Glas, stellt es geräuschvoll auf den Tisch zurück und gewinnt ungewollt unsere Aufmerksamkeit. „Sorry, das war keine Absicht", dreht sich das Glas in ihren Händen. „Mir gefällt, was Lotte sagt und dass sie inzwischen weiß, was sie genau von einem Mann möchte."

Schweigen breitet sich aus. Keine von uns kann richtig glauben, dass diese Worte aus dem Mund von Ina gekommen sind. Selbst Lotte ist überrascht. „Du, Ina? Ich habe mit Vorwürfen gerechnet und einer Belehrung, doch endlich die Suche nach einem Mann aufzugeben." Lotte trinkt ihr Glas leer und blickt im Anschluss zu mir. „Gibt es heute keine Chips?"

Die Frage habe ich erwartet, jedoch nicht gleich nach dem Eis. Ohne eine Bemerkung gehe ich zum Schrank und fülle eine Schüssel mit Chips auf.

„Wir können uns gemütlich auf mein Sofa setzen", schlage ich vor und stelle die Schüssel, ohne auf eine Antwort zu warten, auf den Wohnzimmertisch ab. Meine Freundinnen folgen mir. Karin zieht sich zwei Kissen vom Sofa und macht es sich auf meinem Teppich vor dem Wohnzimmertisch gemütlich. Lotte gesellt sich zu ihr und für Ina und mich bleibt das Sofa übrig. „Wie in alten Zeiten", philosophiert Lotte. „Wie oft haben wir in meinem Wohnzimmer gesessen und geredet, über alles Mögliche, Pläne geschmiedet und uns getröstet, wenn es sein musste."

Für Minuten ist nur das Kauen meiner Freundinnen auf ihren Chips zu hören. Ein Blick auf die Schüssel zeigt mir, ich muss eine neue Tüte der leckeren Kalorienzufuhr öffnen, bevor ich dazu aufgefordert werde. Für mich mache ich einen Teller mit Erdbeeren, was registriert, aber nicht kommentiert wird. Inzwischen kennen und respektieren wir untereinander lieb gewonnene Angewohnheiten.

„Hat sich Franz bei dir gemeldet?" Karins Frage macht Lotte kurz verlegen.

„Allerdings, mehr als nur einmal."

Kurz halte ich in meinem Handeln inne. „Du hast aber nicht geantwortet?"

Lotte schüttelt ihren Kopf. „So schnell wird er nicht aufgeben, das kenne ich schon. Für Franz ist sein kleiner Ausrutscher vorbei und unser Leben kann einfach so weiterlaufen, zumindest in seinen Augen. Mir sind die Augen geöffnet und deshalb steht mir auch der Sinn nach einer Kontaktaufnahme zu einem neuen Mann."

Nach Lottes Bekundung weichen unsere Themen ab zu Inas neuer Haarfarbe, die allgemein gelobt wird, was Ina erröten lässt. „Hoffentlich gehe ich ab heute alle vier Wochen zum Nachfärben", gibt sie offen zu.

„Wir werden dich daran erinnern", lacht Lotte. „Am besten, du meldest mich jedes Mal mit an, dann fahren wir zusammen und nach dem Verschönerungstermin gibt es Kuchen in meinem Café."

Gegen 23 Uhr sind wir erneut bei dem Thema Männer angekommen. Von Karin erfahren wir, es geht ihr inzwischen gut mit Hermann Josef. „Meine Vorstellung von der perfekten Freundschaft habe ich in eine Schublade gesteckt", prostet sie uns zu. Lotte steht auf und geht zu meinem Kühlschrank, danach hören wir das Plopp, was auf eine weitere geöffnete Flasche Prosecco zurückzuführen ist.

„Vom Grunde her bin ich richtig glücklich und mir kann niemand sagen, es gibt sie, die grenzenlose Liebe zwischen Mann und Frau." Karin blickt uns zufrieden an.

„Es gibt diese Liebe", bringt Ina sich ein und überrascht mich damit aufs Neue. „Zwischen einer Mutter und ihrem Kind gibt es diese grenzenlose Liebe und das natürliche Vertrauen."

Da weder Karin, Lotte noch ich in den Genuss gekommen sind, Mutter zu werden, schweigen wir. Für einen Moment beneide ich Ina um ihren Wolfi. „Du kannst sehr glücklich sein", sage ich ihr.

„Und mit den Männern? Zu welchem Resultat kommen wir heute Abend?", will Lotte wissen. Unsere Gläser sind wieder bis zum Rand gefüllt und so langsam glühen unsere Wangen. „Deine Aussage vom Anfang des heutigen Abends scheint doch zu stimmen", betont Karin. „Ohne Männer geht es nicht und mit Mann ist es auch kompliziert, so in etwa habe ich deine Worte in Erinnerung."

Ina lehnt sich gemütlich in meinem Sofa zurück und ich freue mich, sie so locker zu sehen.

„Wer möchte heute bei mir übernachten?" Meine Frage wird rasch von Lotte beantwortet. „Ich bleibe gerne bei dir und Karin." Mein nächster Blick gilt Ina. Sie hebt ihre Hände. „Nein, ich rufe mir ein Taxi", sagt sie unvermittelt und zieht ihr Handy zum Vorschein.

Der nächste Morgen

Karin

Lotte hat uns noch am gestrigen Abend gefragt, ob wir nicht gemeinsam in ihrem Café frühstücken möchten. Das Angebot habe ich sogleich angenommen. Zuvor habe ich den Kühlschrank von Petra inspiziert und außer Grünzeug und Milch nichts gefunden, das mir die Aussicht auf ein feudales Frühstück geben konnte. Petra hat sich bereiterklärt, ebenfalls mitzukommen, was ich klasse finde.

„Für mich ist mein Kühlschrank allerdings ausreichend gefüllt, um euch ein schönes Frühstück zuzubereiten", setzte Petra nach. Ihre Stimme klang normal, was mir zeigt, Petra war wirklich einverstanden und nahm mir meinen kritischen Blick in ihren Kühlschrank nicht übel.

Für mich fängt ein guter Tag mit einem großzügigen Frühstück an. Brötchen, Butter, Marmelade, Käse, Wurst, Rührei und ein Milchkaffee dürfen auf keinen Fall fehlen. Mit Hermann Josef kann ich leider nicht so üppig frühstücken, die bissigen Kommentare zu den unnötigen Kalorien verderben mir jedes Mal aufs Neue meine Schlemmereien. Umso mehr freue ich mich auf die Aussicht, von Lotte verwöhnt zu werden. In diesem Punkt haben wir viele Gemeinsamkeiten. Kleine Sünden in Form von Kalorien versüßen mir den Tag und heben meine Stimmung, das war schon als Teenager so. Daher habe ich nie zu den ranken und schlanken Girls der Jahrgangsstufe gehört, was mich damals traurig stimmte. Immerhin habe ich als eine der ersten Mädels einen Busen bekommen, was mir den Neid der anderen Schulkameradinnen gewiss werden ließ. Richtig genossen habe ich die Blicke der Jungs und ebenso die der anderen Mädchen. Meine neidvollen Blicke auf deren schmale Taille gehörte ebenso zu meiner Pubertät, was sich bis heute nicht geändert hat. Hermann Josef bemüht sich immer noch, mich für Sport zu motivieren. Turnschuhe habe ich in allen Farben, passende Outfits ebenso. Dass mir diese Geschenke nicht wirklich wichtig sind, ich habe es versäumt, von Anfang an zu betonen. Meine Liebe gehört Hermann Josef, auch wenn er es mir nicht immer leicht macht und mich dadurch schon in eine prekäre Situation gebracht hat. Kopfschüttelnd denke ich an meinen Direktor im Kunstmuseum. Zufrieden bin ich im Nachgang nur mit der Gewissheit, dass dieser Mann auf weibliche Formen steht, sie auch anschmachtet und mir die Gewissheit schenken konnte, ich bin hübsch, so wie ich bin. Wie verrückt doch alles ist. Lieben ist nicht leicht und vielleicht sollten alle Teenager dieser Erde ein Buch an die Hand bekommen, das ihnen erklärt, was Liebe ist. Mein erster Liebeskummer hatte mich richtig aus der Bahn geworfen. Für den Moment der großen und enttäuschten Gefühle, damals mit 16 Jahren, wollte ich nicht daran glauben, jemals für einen anderen Jungen schwärmen zu können als für unser ‚Genie`, wie wir den Klassensprecher nannten. Es gibt so viele Dinge, die ich nicht wusste, da meine Mutter nie mit mir über intime Dinge sprach. Ob sich das bei der heutigen Jugend geändert hat? Ob sie die ersten Informationen über das Internet suchen und finden? Mein knurrender Bauch lässt mich aus den Erinnerungen an die Jugend herausschlüpfen. Lotte kommt in dem Moment zu mir, sie strahlt mich richtig an. „Schön, dass du dich etwas aufgehübscht hast", necke ich sie.

„Unter keinen Umständen lasse ich mich in der Öffentlichkeit ohne Rouge sehen oder mit Rändern unter meinen Augen. Die Wände haben Ohren, du weißt, was ich meine?"

Ja, mir ist sofort klar, Lotte möchte verhindern, dass irgendjemand Franz die Information zukommen lässt, sie leide und sehe schlecht aus.

„Richtig so, meine Liebe!", klopfe ich ihr auf die Schulter. „Was macht unser Püppchen? Ist sie noch am Planschen?"

„Das habe ich gehört, Karin! Etwas mehr Respekt wünsche ich mir von euch." Petra steht unverhofft hinter mir. Sie sieht atemberaubend schön aus.

„Wahnsinn! Stylst du dich jeden Tag so? Dann ist es kein Wunder, dass deine Beziehung funktioniert", schaue ich Petra mit Bewunderung an.

„Wieso wunderst du dich? Für mich ist es normal und ich liebe es, mich morgens hübsch zu machen. In erster Linie tue ich alles für mich, dann kommt erst mein Partner. Nur wer sich selbst lieben kann, wird auch geliebt", schnappt Petra sich ihren Haustürschlüssel und öffnet mit Schwung die Tür. „Sollten wir nicht losgehen? Ich möchte nicht riskieren, zwei ausgehungerte Frauen von eurer Sorte an der Seite zu haben", verschwindet sie schon im Flur.

„Für meine Freundinnen nur das Beste", stellt Lotte uns gegen 11 Uhr einen großen Teller mit Rührei und Speck vor die Nase. „Ich habe auch Sahne für die Zubereitung des Rühreis genommen, es soll uns doch munden", lässt sie sich neben mir auf dem Stuhl nieder. Kurz habe ich den skeptischen Blick von Petra bemerkt und gegrinst. Die Aushilfe von Lotte kommt an den Tisch und stellt einen Teller mit frischen Pfannkuchen ab sowie ein großes Glas Nutella.

„Heute schlemmen wir so richtig und denken nicht an dumme Kalorien, die sich mit Freuden auf unseren Hüften niederlassen. Das wird unser Tag!" Lotte strahlt bei ihren Worten und ich tue es ihr gleich. Jetzt scheint der Moment gekommen, an dem unsere liebe Petra ihre Geduld verliert. „Und was ist mit mir?", stemmt sie die Arme in die Hüften. „Alles, was ich sehe, ist pures Hüftgold", wirft sie Lotte vor.

„Du hast ja recht, sorry." Lotte eilt in die Küche und kommt Minuten später mit einem Tablett zurück. „Zufrieden?" Während Petra sich über Knäckebrot und Frischkäse freut, lege ich mir schon den zweiten Pfannkuchen auf den Teller. „Bei Hermann Josef darf ich das nicht essen", kaue ich munter los. Auch Lottes Rührei koste ich und natürlich den leckeren Kaffee, den Lotte uns mit frischer Sahne serviert.

„Auf unsere Hüften und alles, was wir lieben", greift Lotte endlich auch zu Messer und Gabel. Mir entgeht nicht, Lotte findet ebenfalls Gefallen an den Köstlichkeiten und steht mir in nichts nach.

„Das hat gutgetan!" Den Satz höre ich aus ihrem Mund gut dreißig Minuten später. Petra hat uns unterdessen unterhalten, was ihr leichtfiel. Sie hat hin und wieder an ihrem Brot geknabbert und ihr Mund war nicht ständig mit Köstlichkeiten gefüllt, die sie vom Reden abhielten. „Es gibt ein neues Buch, das Abnehmen ganz leicht macht", höre ich plötzlich aus Petras Mund.

„Müssen wir in solch einem herrlichen Moment über deine Diät sprechen? Du verdirbst uns den Appetit, Petra!" Meine Bemerkung nimmt sie gelassen.

„Gut, dann bekommt jede von euch zum nächsten Geburtstag das Buch von mir geschenkt."

„Möchtet ihr noch eine Runde Kaffee mit einem Schuss frischer Sahne?" Lotte steht schon von ihrem Platz auf.

„Für mich nur einen Espresso", kommt die direkte Antwort von Petra.

„Wie du das nur durchhalten kannst, Petra. Dir entgehen so schöne Glücksmomente. Wirklich, die Figur ist doch nicht das Wichtigste im Leben. Du musst dich einmal fallenlassen und genießen können. Für mich ist der heutige Morgen wie ein Fest der Gaumenfreuden. Der gestrige Abend war auch schon so gelungen. Wer hätte gedacht, dass mir in Dresden Kartoffelsalat und Bockwürstchen mit euch zu essen, so fehlen würde. Jedes Wochenende denke ich einmal mindestens daran und sehne das nächste Treffen herbei", meine Worte spiegeln meine Gefühle wider. Petra macht kurz ihren Mund auf, sagt dann aber doch nichts. Mir ist es gerade egal. Ich fühle mich so gut, wie lange nicht mehr. Beherzt fische noch den letzten Pfannkuchen vom Teller und bestreiche auch diesen mit Nutella.

„An den Worten von Lotte ist doch ein Stück Wahrheit. Unter Frauen kann ich mich viel mehr entfalten und so sein, wie ich sein möchte", plaudere ich munter weiter. Petra hüstelt kurz. „Im nächsten Jahr schenke ich dir ein Abonnement im Fitnessstudio. Das Buch alleine wird nicht helfen. Glaube mir, Karin, für mich gehören Sport und gesunde Ernährung zum täglichen Ablauf dazu. Es ist für mich auch keine Quälerei, auf deine Lieblingsspeisen zu verzichten", bekundet Petra. Ich glaube ihr nicht und finde, Petra redet sich nur glücklich.

„Du wirst es selbst erleben, Karin. Eine gesunde Woche hilft dir schon, die Sichtweise zu deinem Essverhalten und zum Thema Bewegung zu ändern."
Auf diese Worte zu antworten, bekomme ich keine Gelegenheit. Plötzlich steht ein Mann an unserem Tisch.
„Sie haben sich den schönsten Platz im Café ausgesucht. Wie schade, ich bin heute wohl zu spät dran."
Meine Augen suchen Petra, sie zuckt mit ihren Schultern. Mir scheint, auch sie kennt den Mann nicht und kann seine Worte nicht einschätzen.

„Jeder der freien Tische hier im Café bietet einen guten Platz, um aus dem Fenster zu sehen. Sie werden sich auch dort", ich zeige auf einen freien Tisch in unserer Nähe, „bestimmt wohlfühlen."

Der Mann nickt. „Sicherlich. Nur, hier unter dem Portrait fühle ich mich am wohlsten."

„Vielleicht haben Sie das nächste Mal mehr Glück." Petra sagt diese Worte tonlos und widmet sich im Anschluss ihrem Espresso, was den Fremden nicht weiter stört.

„Gelungen, richtig gelungen das Portrait dieser einmaligen Dame", hören wir und schon gehört unsere Aufmerksamkeit wieder dem Mann.

„Haben Sie Lydia Lowere gekannt?" Neugierig taxiere ich ihn. „Ich möchte nicht stören", nickt er uns kurz zu und dreht sich auch schon von uns weg. Petra tippt sich an ihre Stirn.

„Wirklich komisch, sein Verhalten."

Lotte kommt zurück zu uns, als sich der fremde Mann gerade umgedreht hat und das Café wieder verlässt. Sie starrt dem Mann nach, was uns sofort auffällt.

„Lotte? Hier spielt die Musik", tönt Petra und klopft mit dem Finger auf den Tisch. Lotte stört es nicht, sie zeigt keinerlei Reaktion und haftet nur mit ihrem Blick an diesem Mann.

„Möchtest du das Tablett behalten oder bekomme ich meinen Kaffee?", zupfe ich an Lottes Arm. Geistesabwesend blickt sie noch immer dem fremden Mann nach und macht keine Anstalten, sich zu uns zu setzen. Als Lotte sich dann doch ruckartig zu uns umdreht, strahle ich sie in der Erwartung auf einen frischen Milchkaffee an. Doch weit gefehlt! Klirrend kommt das Tablett auf dem Tisch zum Stehen.

„Habe ich etwas verpasst? Was bitte schön soll das Verhalten von Lotte jetzt?" Petra reagiert schneller als ich. Lotte ist, nachdem sie das Tablett vor unserer Nase abgestellt hat, hinter dem Fremden hergeeilt.

„Ob sie den Mann kennt? Sie kann doch keinem fremden Mann nachlaufen?" Meine Worte werden von Petra unterstützt. Ich greife nach meinem Milchkaffee und nehme gerade den ersten Schluck, da steht Petra auf und greift nach ihrer Tasche. Ihrem Gesichtsausdruck ist anzusehen, Lottes Verhalten kann sie nicht verstehen.

Noch im Stehen greift Petra nach dem frischen Espresso auf dem Tablett. „Lotte wird immer mannstoller", höre ich Petra sagen und beobachte, wie sie im nächsten Moment einen Schluck des schwarzen Glücks zu sich nimmt.

„Bleib gelassen, Petra. Lotte wird uns eine Erklärung zu ihrem Verhalten schon noch liefern, davon bin ich überzeugt."

Lotte

In dem Augenblick, als ich den Mann wieder in meinem Café sah, war ich zunächst beklommen. Vor wenigen Tagen erst saß er unter dem Gemälde von meiner verstorbenen Tante Lydia Lowere und ich war bereits in diesen Minuten schon gefesselt von der Aussagekraft seiner blauen Augen. Bereits in diesem Moment wusste ich, es gibt ein Geheimnis um diesen Mann, das ich unbedingt erkunden möchte. Erschrocken haben meine Freundinnen auf mein spontanes Verhalten reagiert, als ich abrupt das Tablett abstellte und dem fremden Mann nachgeeilt bin. Nur wenige Meter von meinem Café entfernt konnte ich ihn aufholen. Ich beiße die Zähne zusammen und spreche ihn an. „Sie haben meine Tante Lydia Lowere gekannt?" Außer Atem stehe ich neben ihm, mir scheint, er blickt mich belustigt an.

„Sie sind hartnäckig", darf ich als erste Worte aus seinem Mund hören. In dem Moment, als er mir in meine Augen blickt, bekomme ich weiche Knie. So ein Blau, wie seine Augen es zeigen, habe ich zuvor noch nie gesehen. Vielleicht spinne ich und bilde mir wieder einmal ein, dieser Mensch sei etwas Besonderes und auf der Suche nach mir. Verzückt lächele ich ihn an.

„Lydia Lowere war einmal meine große Liebe", höre ich ihn ganz selbstverständlich sagen. Einen Moment will ich nicht glauben, was ich gerade gehört habe.

„Guten Tag Frau Wolke", höre ich eine Frau in meiner unmittelbaren Nähe sagen. Jetzt erst registriere ich die anderen Menschen um uns herum.

„Das glaube ich nicht", blicke ich noch tiefer in das Blau seiner Augen. Ohne dem Mann die Gelegenheit für eine Reaktion zu lassen, füge ich nach: „Das verwundert mich doch sehr. Wieso waren Sie befreundet, ein Paar? Meine Tante war viel älter als Sie und", ich unterbreche mich selbst. Mir fallen mit einem Male Details ein, die ich von dem Leben, das Lydia Lowere geführt hat, erfahren habe. Besonders auch zu ihrer Vorliebe für jüngere Männer.

Der Fremde scheint zu ahnen was ich denke und lacht mir ins Gesicht. „So viele Fragen, schöne Frau? Die Vorliebe von Lydia für jüngere Männer dürfte bekannt sein." Er dreht sich um und ich schaue ihm unbeholfen nach. Plötzlich hält er in der Bewegung inne und blickt mich noch einmal an. „Wie ich beobachten konnte, waren sie nicht alleine im Café und die beiden Frauen, die unter dem Gemälde saßen, gehören zu Ihnen. Ich denke, Ihre Freundinnen erwarten Sie schon wieder, habe ich recht?" Seinen Gesichtsausdruck kann ich nicht deuten. Auch bin ich mir nicht sicher, macht er sich gerade lustig über mich oder zeigt er Verständnis? Ersteres scheint mir der Fall zu sein und der Realität, die ich anscheinend verloren habe, näherzukommen. Unwohlsein breitet sich in mir aus und so, wie er mich jetzt ansieht, finde ich, seine Augen tragen ein gewöhnliches Blau und ich hinterfrage mein eigenes Verhalten.

Sekunden bleibe ich wie angewurzelt stehen, dann erst bin ich in der Lage zurückzugehen.

„Du läufst einem fremden Mann nach, nur weil er schon einmal Gast in deinem Café war? Kein vernünftiger Mensch kommt auf diese Idee!" Petra schüttelt ihren Kopf bei meiner Erklärung und ich kann sehen, sie ist mehr als verwundert über mein Verhalten. „Deine Idee mit der neuen Kontaktanzeige ist eine Sache und sicherlich bist du damit nicht alleine unterwegs. Einem Mann hinterherzulaufen, das finde ich", Petra unterbricht ihre Worte und greift nach ihrer Tasche.

„Gewöhnungsbedürftig, Lotte", beendet sie dann doch noch ihren Satz.

Richtig geschockt schaue ich meine Freundin an und sage laut: „Glaube mir, Petra, mit dem Mann stimmt etwas nicht. Er saß vor wenigen Tagen hier unter dem Gemälde von Lydia Lowere und ich habe es schon in diesem Moment gespürt, es gibt ein Geheimnis um diesen Mann." Meine Stimme überschlägt sich, leider sind meine Hände auch in Bewegung und ich werfe die Tasse von Petra um. Glücklicherweise hat sie ihren Espresso schon ausgetrunken und es passiert kein größeres Unglück. Selbst die Tasse bleibt von einem Bruch verschont, was ich als eine gute Botschaft aufnehme.

„Es ist alles gut, Lotte. Mich geht es vom Grunde auch nichts an. Keine Ahnung, wieso ich jetzt so reagiert habe. Ich denke einmal, ich mache mir Sorgen um dich. Du liegst mir am Herzen und ich kann nicht zusehen, wie du dich zum Narren machst, für einen Mann." Petra umarmt mich und Karin, dann geht sie. Im Weggehen dreht sie sich nochmals um. „Karin? Du meldest dich?" Auf eine Antwort wartet Petra nicht. Hektisch öffnet sie die Tür und verschwindet kurz darauf aus unserem Blickfeld.

„Ich muss noch zum ICE-Bahnhof gebracht werden", schielt Karin auf ihre Uhr. „Petra scheint mich gerade vergessen zu haben. Keine Ahnung, was in ihren hübschen Kopf gekommen ist. Normalerweise ist sie immer so ruhig und taff."

„Ich fahre dich, das mache ich wirklich sehr gerne. Außerdem haben wir so noch etwas Zeit zum Reden", sage ich und winke zeitgleich meiner Bedienung. Auf der kurzen Fahrt gelingt es uns, abzuschalten von dem gerade erst Erlebten. Wir reden tatsächlich ununterbrochen, vermeiden es allerdings, noch einmal auf den Vorfall in meinem Café zu sprechen zu kommen. Am ICE-Bahnhof angekommen, springt Karin rasch aus meinem Auto und bleibt noch in der geöffneten Tür stehen. „Wir telefonieren? Versprochen? Wenn sich der Mann wieder in deinem Café zeigt, halte dich etwas zurück, Lotte. Sollte es ein Geheimnis geben, dann finden wir es heraus. Petra hat in einem Punkt recht: Laufe dem fremden Mann nicht nach. Mir kamen sein Auftritt im Café und ebenso sein Verhalten komisch vor. Vielleicht hat er einen kleinen Vogel im Oberstübchen und will dir nur auf diesem Weg näherkommen", Karin blickt mich bittend an. Mir ist unangenehm, dass sie nun doch noch einmal auf das Thema zu sprechen kommt.

„Ja, Mama", werfe ich ihr entgegen.

„Sehr gut! Dann hast du meine Worte also richtig aufgenommen. Jetzt muss ich mich aber beeilen!" Schon lässt Karin die Tür mit einem Schubs in ihr Schloss fallen. Ich schaue ihr noch nach, bis sie im Bahnhof und aus meinem Sichtfeld verschwunden ist. Eine Weile sitze ich noch in meinem parkenden Auto, so als würde ich nur darauf warten, der Zug habe Verspätung und somit käme Karin wieder zurück. Erst, als ich von einem Bahnhofsmitarbeiter angesprochen werde, ob er mir behilflich sein kann, verlasse ich den Vorplatz und fahre los.

Zurück in meinem Café komme ich nicht mehr zum Grübeln. Etliche Gäste warten auf ein heißes Getränk und ein Stück der legendären Marzipantorte. Erst gegen Abend kommen die Erinnerungen an den fremden Mann und der Wunsch, mich mit ihm zu unterhalten, zurück. Immer wieder schiele ich beim Aufräumen auf die Eingangstür und wünsche mir, der Mann käme zurück. Die mahnenden Worte von Petra und Karin sind vergessen. Ich denke mir stattdessen, selbst alt genug zu sein, um diese Situation richtig einschätzen zu können.

August von Bergtal

Gerade denke ich, wie doch das Leben uns lenkt. Von Vincenz habe ich von dem kleinen aber feinen Café in Limburg erfahren und damit verbunden von seiner Neigung zu Lotte, der Besitzerin. Wie sehr er doch von dieser junge Frau geschwärmt hat. Lotte scheint zu merken, ich bin nicht nur ein gewöhnlicher Gast in ihrem Café, sie scheint sehr gute Antennen zu haben für das Verhalten ihrer Mitmenschen. Vincenz hat mich absichtlich in das Künstlercafé geschickt. Mit Sicherheit war ihm meine Reaktion auf das Gemälde von Lydia gewiss. Für diesen Mann gibt es keine unüberlegten Handlungen. Er hat mich einmal mehr manipuliert, wie schon so oft in den Jahren zuvor. Lydia Lowere, so meine Gedanken, wenige Wochen war ich an der Seite dieser wunderbaren Frau unterwegs. Für mich war es eine verrückte Zeit, die ich stets positiv in Erinnerung behalten werde. Wieso nicht das Leben aus der ganz eigenen Brille beobachten und leben, wie es mir guttut, habe ich mir damals gesagt. Viel zu viele Menschen sitzen in einem Glashaus und funktionieren nur noch für die Außenwelt. Sie halten eine Fassade aufrecht in der Hoffnung, das Richtige zu tun. Für mich war diese Art zu leben, angepasst und passend für eine Schublade, niemals der richtige Weg. Schon als kleiner Junge war ich anders als meine Schulkameraden, wollte immer besonders sein und habe mich bemüht, dies über meine Kleidung zum Ausdruck zu bringen. Wir hatten nicht viel Geld und ich musste schon als kleiner Junge sehr erfinderisch sein. Selbst bunte Knöpfe habe ich mir an meine Jacke genäht, besser gesagt von meiner Oma annähen lassen, um mich von den anderen Kindern optisch abzugrenzen. Oma hat zu meiner Freude alles mitgemacht, was ich mir so ausgedacht habe. Das Gefühl, ich bin angekommen, aufgehoben und umsorgt, war nicht von Lydia ausgegangen, dafür aber eine Faszination, wie sie mir niemals zuvor begegnet war. Lydia war so ganz anders als die anderen Frauen in ihrem Alter, meine Oma war auf ihre Art auch schon anders als die Frauen im Dorf. Eine Kittelschürze trug sie nur beim Kochen und Putzen und selbst dann war sie stets darum bemüht, frisch frisiert und mit roten Lippen unterwegs zu sein. Ich muss meine Ader zum Außergewöhnlichen von ihr geerbt haben.

Gemischte Gefühle waren in mir, als Lydia Lowere mich das erste Mal zu sich einlud. Anfänglich war ich unsicher und Lydia hatte das bemerkt. Nach dem ersten Schluck Champagner zur Begrüßung in ihrer Villa sprach sie mich sofort darauf an. Von ihr habe ich später auch gelernt, richtig selbstbewusst meinen Weg zu suchen und zu beschreiten. So wenig Kompromisse als möglich an das Leben zu machen, das war auch eine ihrer Angewohnheiten. Ich habe niemals mehr eine Frau getroffen, die auch nur annähernd so bewusst gelebt und geliebt hat wie Lydia. Trotz ihrer Sprunghaftigkeit war ihr niemand im engeren Umfeld wirklich böse. Diese Frau hat es verstanden, jeden Mann für sich zu gewinnen und richtig einzusetzen. Raffiniert war Lydia, das wurde mir damals auch schnell bewusst. Diese Frau hat viel gegeben, jedoch auch viel genommen und dem jeweiligen Begleiter abverlangt.

Als ich das erste Mal, wirklich aus reinem Zufall, in das Café kam, ihr Gemälde über den Tischen hängen sah, meine Knie wurden weich. Erst drei Tage später war ich in der Lage, erneut das Café aufzusuchen. An diesem Vormittag kam eine ganze Reisegruppe hinzu, was mich dann auch wieder dazu bewog zu gehen. Meine Erinnerung wollte ich nicht im Umfeld von großem Geplapper Revue passieren lassen. Meine Gedanken an Lydia sind für den ruhigen Moment gemacht. Mit einem guten Glas Rotwein habe ich mir an diesem Abend erlaubt, in die Vergangenheit einzutauchen. Für Lydia habe ich als

Anwalt gearbeitet. Sieben Jahre war ich zunächst für diese einzigartige Frau der Ansprechpartner in unserer Kanzlei.

Mein Weg in das beschauliche Limburg hat mich kurz aus der Bahn geworfen, mich emotional stranden lassen. Eigentlich war ich zu einem Termin bei einem befreundeten Architekten unterwegs. Mein Hang zu süßen Köstlichkeiten hat mich das Café ansteuern lassen. Wie gut mich doch auch Vincenz schon kennt und einzuschätzen weiß. Inzwischen habe ich mich über die Besitzerin des Cafés, Lotte Wolke, kundig gemacht. Kaum glauben wollte ich, sie ist die Nichte von Lydia Lowere. Sie trägt die gleichen Gene in ihrem Körper und doch erscheint mir Lotte Wolke eine ganz andere Person als ihre Tante zu sein. Sicherlich, Lotte ist als eine hübsche Erscheinung zu bezeichnen. Lydia jedoch hatte Ausstrahlung und Anziehungskraft in ihren Augen. Ein Wimpernschlag dieser Frau und ich war wie Wachs in ihren Händen. An dem Tag, als ich es Lydia zu leicht gemacht habe, anfing ihr nachzulaufen, immer zu jedem Vorschlag zu nicken und meine Begeisterung zu bekunden, verlor ich ihre Zuneigung. „Langeweile kann ich mir in meinem Alter nicht erlauben", sagte sie offen zu mir. Zunächst haben wir noch zusammen gegessen, Champagner getrunken und Austern geschlürft. Es hat mich einige Tage gekostet zu verstehen, was sie mir gesagt hatte mit ihren Worten. Und jetzt treffe ich ihre Nichte, die allem Anschein nach an mir Interesse gefunden hat. Wieso sonst läuft mir diese junge Frau nach? In den nächsten Tagen habe ich beruflich noch in der Region zu tun, werde also die Gelegenheit suchen und finden, mit Lotte Wolke ins Gespräch zu kommen. Kennenlernen möchte ich auch Anton Wall, den Mann, der das Portrait von Lydia kreiert hat. Ob ich mir auch ein Gemälde dieser Frau anfertigen lassen soll? Diese Frage fängt an, in meinem Kopf immer mehr Bestand anzunehmen. Überhaupt, ich denke viel zu oft an die Vergangenheit. Zurückschauen bringt nichts, immer nur geradeaus soll ein Blick haften, so meine Devise, zumindest bis zu dem Tag, als ich das Café zum ersten Mal betrat.

Lydia Lowere war wie ein Kristall. Einmalig und facettenreich. Sie passte in keine Schublade und sie verhielt sich auch so. Champagner am Morgen, wieso nicht! Noch im hohen Alter in die Edel-Disco gehen, auch das war Lydia. Täglich auf High Heels herumlaufen, selbstverständlich! Mit ihr habe ich so viele verrückte Dinge getan. Grinsen kann ich noch bei dem Gedanken daran, mich von Lydia dazu bewegen lassen zu haben, barfuß in meine Bank des Vertrauens zu gehen.

„Wer nicht mehr das Kind in sich spürt und zulässt, einmal aus den Zwängen des Alltags auszubrechen, kennt das wahre Leben nicht." Ja! Lydia hatte für viele Verhaltensmuster einen Spruch parat. Mich hat sie damit und mit so vielem anderen beeindruckt. Später kam Hermann Josef in ihr Leben und für mich hatte Lydia kaum mehr Zeit. Einige Monate habe ich getrauert, mich gefragt, wie kann sich diese Frau in einen noch jüngeren Mann verlieben? Ich war schon 25 Jahre jünger als Lydia. Hermann Josef war wie ein Schuljunge an ihrer Seite.

Durch Lydia lernte ich wichtige Geschäftspartner kennen, die mich von alleine niemals in ihre Nähe gelassen hätten. Später fühlte ich nur noch große Dankbarkeit für die Zeit an der Seite von Lydia. Dem kurzen Moment, den ich mit ihr teilen durfte und allem Schönen, dem ich dadurch begegnet bin. Hermann Josef hatte schnell gelernt, an der Seite von Lydia seinen Vorteil zu finden. Immer öfter fiel sein Name in den besten Gesellschaften, wurde er als Notar empfohlen und oftmals gelobt. Sein tadelloses Auftreten, seine für mich arrogante Art, neuen Menschen zu begegnen, haben ihn besonders anziehend für Lydia und ihre Umwelt gemacht. Einige Male habe ich die zwei beobachtet, wie sie sonntags zum Brunch sind, in das Restaurant, in das ich früher Lydia begleitet habe.

Champagner wurde serviert, Lachs, die feinsten Früchte, diese Frau verstand es zu leben. Mir kam in dieser Zeit zu Ohren, mit Hermann Josef verbinde Lydia nur eine platonische Liebe. Sie wollte nicht alleine sein und sicherlich fand sie Gefallen daran, dass die Menschen dieses ungleiche Paar wirklich überall, wo sie auftauchten, beobachteten. Auffallen und im Licht der Öffentlichkeit zu stehen, waren ihr sehr wichtig.

Auf meine Arbeit kann ich mich kaum konzentrieren, was mir schon Kritik von meinem wichtigsten Klienten eingebracht hat. In den letzten Monaten habe ich meinen Weg verloren, meine innere Balance. Eines Tages kam mir eine Idee und spontan habe ich diese umgesetzt. Einmal habe ich nur an mich gedacht und meinen Vorteil dabei gefunden. Der Weg der Vernunft, so habe ich mein Handeln zunächst vor mir selbst entschuldigt und verantwortet, wann immer mir das schlechte Gewissen zusetzte. Oft habe ich in der Nacht Magenschmerzen verspürt, die mir die Nachtruhe genommen haben. Auch noch heute, wenn mein Gewissen mich plagt, kenne ich diesen Schmerz.

Vincenz darf und will ich nicht verlieren. Mir kommt es gerade so vor, als drehe sich alles in meinem Kopf. Die Tatsache, dass Vincenz einmal an der Seite von Lydia weilte, er jetzt ausgerechnet mich als den Mann seines Vertrauens sieht, ist schon einmalig. Lydia hat die Menschen zusammengebracht. Ihre leichte Art, ihre liebenswürdige Haltung jedem gegenüber, habe ich so nie mehr an meinem Menschen beobachten dürfen. Sie war eine lebendige Frau. Küssen war für Lydia wie Sprudel im Wasser. Ohne ging überhaupt nichts. So unterschiedlich wir beide waren, so nah war sie mir. Später habe ich oft über unsere Verbindung nachgedacht und heute frage ich mich, war ich zu diesem Zeitpunkt zurechnungsfähig? Ein

Mann, der noch im Saft steht, hätte doch an jeder Straßenecke eine junge und frischere Partnerin finden können. Wieso nur war ich Lydia so verfallen? Einziger Trost für mich ist die Tatsache, selbst ein Mann wie Vincenz war dieser Frau hörig. Hunderttausende von Euros hat er ihr geschenkt. Ein Lächeln von Lydia und alle Prinzipien waren über Bord.

„Ich war in Limburg, in Lottes Café", habe ich Vincenz gestern gesagt. Er hat gelächelt, was nicht oft vorkommt.

„Dann haben Sie auch Lotte persönlich kennengelernt? Sie ist wie eine Tochter für mich."

Nach diesen Worten wurde sein Gesicht wie versteinert und ich dachte zu wissen, seine Gedanken waren zurück zu seiner verstorbenen Tochter gewandert. Geduldig habe ich gewartet, bis Vincenz in der Lage war weiterzusprechen. „Lydia Lowere hat uns zwei Männer zum Narren gehalten, fast zeitgleich. Immer wieder musste ich miterleben, Lydia ist an Ihrer Seite aufgeblüht. Bei mir waren es wohl nur das Geld und die Geschenke, die sie nie ganz auf Abstand kommen ließen. Zu gerne wäre ich mit dieser Frau alt geworden. Ihr Ende, nein, daran will ich nicht denken. Nur eines ist gewiss. An meiner Seite wäre Lydia noch heute am Leben."

Später bin ich noch einmal auf Lotte zu sprechen gekommen und durfte im Anschluss mehr über diese junge Frau erfahren. Der Verlust seiner Frau und Tochter hat Vincenz nie verwunden. In diesem Moment habe ich mich für mein Verhalten ihm gegenüber geschämt. Als Lydia Lowere Vincenz damals fallen ließ und anfing, sich für mich zu interessieren, ich habe keine Sekunde darüber nachgedacht, wie Vincenz sich fühlen muss. Wie sehr der Mann doch unter meinem Verhalten gelitten haben muss, ich habe es weder geahnt noch gespürt. Zu tunnelartig war mein Blick auf diese Frau. Sie hat mit ihrem

Finger geschnippt und ich bin schwach geworden. Heute sehe ich mit Schrecken auf mein damaliges Verhalten zurück. Kurz denke ich darüber nach, mit Vincenz über meine Gedanken zu sprechen, dann aber lasse ich es sein.

„Möchten Sie mir die Freude machen und einer Einladung folgen?" Über diese Worte von Vincenz, die mich aus meinen Gedanken rissen, war ich erneut verwundert. Natürlich habe ich ihm zugesagt. Kurz war ich bewegt, mit ihm über mein finanzielles Handeln zu sprechen. Ihm zu sagen, was ich getan habe, kam mir als richtig vor. Feige war mein Verhalten ihm gegenüber aufs Neue und so habe ich geschwiegen.

In weniger als drei Stunden bin ich Gast im Hause von Vincenz und jetzt frage ich mich, was darf ich erwarten? Natürlich bin ich über Rosalinde und seine Liebe zu dieser Frau informiert.

Auch die Tatsache, dass Johann sein Sohn ist und er das erst im hohen Alter erfahren durfte, ist mir nicht neu.

„Lotte werden Sie auch treffen und näher kennenlernen", hat Vincenz mir für den heutigen Abend angekündigt. Seine weiteren Worte: „Diese wunderbare Person werde ich bestimmt nicht auch noch an Sie verlieren", stieß er anschließend aus. Mir war nicht wohl in diesen Minuten und auch jetzt, vor dem Treffen, spüre ich erneut, ich habe Angst. Meine Existenz ist eng mit dem Wohlwollen von Vincenz verbunden. Lediglich mein Name hat mir immer wieder Türen geöffnet, die sonst verschlossen geblieben wären.

„Lotte ist eine junge Frau, viel zu jung", habe ich bemüht locker geantwortet. Vincenz hat mich mit hochgezogenen Augenbrauen angesehen. „Was ist das Alter? Das biologische Alter ist uns auferlegt wie eine Bürde."

Ja, damit war ich mit ihm einer Meinung.

„Mein lieber August, warten wir geduldig ab, was die Zukunft uns bringen wird. Ich zumindest bin in ruhigem Fahrwasser angekommen und kann für mich sagen, ich bin glücklich mit dem Leben und zufrieden mit den Höhen und Tiefen, die ich bis heute erleben durfte und musste." Kurz hielt Vincenz inne. „Selbst mit meiner familiären Vergangenheit kann ich inzwischen gut leben. Lotte, Rosalinde und besonders Johann haben mir dabei geholfen."

Dass ich ausgerechnet jetzt, kurz vor dem Treffen mit Vincenz, wieder an diese Worte denken muss. Mich macht das Aufeinandertreffen nervös. Vielleicht ist das auch der Grund, weshalb ich mich für die Einladung besonders in Schale geworfen habe. Meine Kleidung habe ich bewusst gewählt. Vincenz bevorzugt Anzüge, damit liegen Welten zwischen uns. Mich in der Freizeit in einen Anzug zu zwängen, das ist nicht mein Ding. Ich mag Farben und so habe ich einen roten Kaschmirpullover mit einer grünen Hose kombiniert. Meine neuen Schuhe setzen den nötigen Akzent und ich fühle mich jünger als mein biologisches Alter es aufzeigt. Für Rosalinde habe ich einen Strauß Blumen gekauft. Schwer fiel mir zunächst, das passende Gastgeschenk für Vincenz zu finden. Wie eine Eingebung musste ich am Nachmittag an seine Vorliebe, gute Zigarren zu rauchen, denken. Glücklicherweise hatte ich noch eine Schachtel in meinem Bestand, die seinem erlesenen Geschmack entsprechen wird.

„Pünktlich, mein lieber August, so, wie ich es von Ihnen gewohnt bin", öffnet mir Vincenz die Tür zu seinem Haus. Sein Lächeln wirkt echt und ich fange an, beim Beschreiten der Türschwelle, lockerer zu werden. Vom Grunde her kann Vincenz mir dankbar sein. Seit vielen Jahren bin ich ein treuer

Kämpfer in seinem Sinn und für sein Wohl. Eine kleine Belohnung habe ich mir also verdient. Schade nur, Vincenz ist nicht von alleine auf die Idee gekommen, mir etwas zu schenken.

Stimmen klingen schon im Flur an meine Ohren, die auf weibliche Gäste schließen lassen. „Lotte und Rosalinde bereiten schon den Aperitif für uns vor", führt Vincenz mich in sein Wohnzimmer. Der Tisch, so kann ich gleich sehen, ist für vier Personen eingedeckt. Was nur hat Vincenz vor? Wieso will er nur, dass ich Lotte näher kennenlerne? Der Mann, so ist mir bewusst, überlässt nichts dem Zufall. Vielleicht plant er ein Spiel mit mir, möchte herausfinden, wie ich auf Lotte reagiere? Niemals wird er wollen, dass ich ihr näherkomme, nur, ich lasse mir nichts mehr vorschreiben, von niemandem. Ein unwilliger Blick von Vincenz trifft mich und unvermittelt spüre ich ein Ziehen in meinem Magen.

Rosalinde kommt mit einem Glas Champagner auf mich zu, begrüßt mich herzlich. Von Vincenz habe ich viel über diese Frau erfahren. „Sagen Sie Rosalinde zu mir", stoßen wir die Champagnergläser aneinander.

„August", stemme ich heiser hervor. Aus der Küche kommen nun die Stimmen von Vincenz und Lotte, wie ich vermute, zumindest kann ich Vincenz im Wohnzimmer nicht mehr sehen. Rosalinde verfängt mich in ein Gespräch und ich kann dem, was ich an Wortfetzen aus der Küche aufschnappe, nicht mehr folgen. Rosalinde taxiert mich, sie bemüht sich nicht einmal um Unauffälligkeit. Selbstbewusst ist ihr Auftreten, das merke ich sofort.

„Wie gefällt Ihnen das Gemälde?" Rosalinde zeigt auf ein Portrait, das über der Kommode hängt. Mir fehlen zunächst die Worte. Meine Seele rebelliert. „Überwältigend", stoße ich hervor und hüstele, was mir unangenehm ist.

„Ja, das Gemälde ist wirklich von großer Schönheit und Aussagekraft. Der Künstler ist ein Freund der Familie. Es gibt eine ganze Reihe dieser Portraits, das Model, so weiß ich, inspirierte ihn bei seiner Arbeit. Die Leichtigkeit, diese Lebendigkeit, die ihm gelungen sind, in den Augen festzuhalten, ein Traum!" Rosalinde blinzelt mich von der Seite an, erhofft eine Regung auf ihre Worte in meinem Gesicht zu finden. Diese Freude bereite ich ihr nicht. Für den Moment behalte ich meine Nerven und zeige mich nach außen gelassen und ruhig. Auch hier im Haus von Vincenz stoße ich auf ein Gemälde von Lydia Lowere. Während im Café die blauen Farben den Ton angeben und, das ist mir direkt ins Auge gefallen, perfekt zu den Augen von Lydia passen, hebt der Künstler die Schönheit hier in Grünnuancen hervor.

„Für Sie habe ich den Platz mit direktem Blick auf diese wunderschöne Frau ausgesucht", das Lächeln von Rosalinde kann ich nicht einordnen.

„Sie haben doch die Frau auf dem Gemälde längst erkannt? Lydia Lowere", fügt sie zufrieden nach. „Sie waren alle Freunde, das hat mir zumindest Vincenz verraten", werde ich aufgeklärt. Wie selbstverständlich beobachtet Rosalinde mich und meine Reaktion auf ihre Worte. Erneut bemühe ich mich, gelassen zu bleiben. Versonnen nippt sie an ihrem Champagner, ich tue es ihr gleich um Zeit zu gewinnen.

„Lydia Lowere hat auch mein Leben geprägt und positiv verändert. Sichtweisen, die ich zuvor auf das Leben und die Menschen, die mir begegnet sind, hatte, alles wurde auf den Kopf gestellt durch diese Frau."

Vincenz kommt in diesem Augenblick mit Lotte in den Wohnraum und gesellt sich an meine Seite. „Lydia war der Inbegriff von Weiblichkeit und Verführung", höre ich ihn erstaunt sagen. Mein Blick wandert zu Rosalinde, sie schaut auf den Boden und ich ahne zu wissen, spätestens jetzt ist auch ihre Geduld an die Grenzen geraten. Keine Frau mag es, wenn der Mann, den sie liebt, von einer anderen Frau so lobend spricht, auch nicht, wenn sie bereits tot ist.

„Lotte hast du in ihrem Café schon gesehen", stellt Vincenz uns vor. „Damit der Abend auch locker bleibt, schlage ich vor, auch ihr beide geht auf ein vertrautes Du über."

In meinen Ohren sind diese Worte kein Vorschlag, sondern ein Befehl. Zögerlich halte ich Lotte meine Hand entgegen und bin begeistert zu spüren, sie zögert nicht eine Sekunde. Im Anschluss klirren unsere Gläser aneinander und Lotte plaudert gleich munter los. Freudig höre ich Lotte zu, sie berichtet mir stolz von ihrer Tante Lydia Lowere und ich kann an ihren leuchtenden Augen sehen, sie verehrt diese Frau.

„Wie gerne wäre ich öfter in ihrer Nähe gewesen und oft schon habe ich mir gewünscht, Lydia wäre meine Mutter gewesen."

Ihre Worte verwundern mich kurz, trotzdem hinterfrage ich diese Bemerkung nicht. Meine Vorahnung, dass es der guten Stimmung einen Abbruch bereiten könne, lässt mich zurückhaltend reagieren. Mir ist nach Entspannung und jedem Stress möchte ich aus dem Weg gehen. Rasch erkundige ich mich nach ihrem Café und wie von mir erwartet, springt Lotte freudig auf das Thema an.

„Meine Marzipantorte ist legendär, damit habe ich bisher noch jeden meiner Kunden kulinarisch begeistern können", findet sie nach Minuten endlich ein Ende. Erfreut bin ich, als mich Vincenz im Anschluss in ein Gespräch verwickelt, das mir angenehmer ist als über Torten zu plaudern. Dankbar bin ich über das Verhalten von Vincenz. Entweder ist er noch ahnungslos oder aber er hat verstanden, wie fähig und wertvoll meine Arbeit für ihn ist.

Lotte

Mein lieber, väterlicher Freund Vincenz ist für Überraschungen noch nicht zu alt. Sein Anruf am Mittag, die Bitte, ich solle mich hübsch anziehen und mit ihm und Rosalinde zu Abend essen, habe ich in der Gewissheit angenommen, hier wartet eine Überraschung auf mich. So gut kenne ich Vincenz inzwischen doch. Nur, dass ausgerechnet er mich dem Unbekannten aus meinem Café vorstellt und uns an einem Tisch zusammenbringt, damit konnte ich nicht rechnen. August wirkt charmant und als ich im Verlauf der Gespräche höre, er ist nur zehn Jahre jünger als Vincenz, bin ich doch verwundert. August habe ich wesentlich jünger eingeschätzt, eventuell liegt es auch an seiner Art sich zu kleiden. Immer wieder prosten wir uns zu, die Stimmung steigert sich noch, als Rosalinde das Abendessen von einer Haushälterin servieren lässt.

„Ich bin so satt", lehne ich mich gegen 21 Uhr in meinem Stuhl zurück, meine Hände liegen auf meinem Bauch.

„Für den Nachtisch hast du aber noch ein Plätzchen frei?"

Rosalinde sieht mich besorgt an. „Den habe ich selbstgemacht heute Nachmittag."

Was soll ich sagen, morgen werde ich etwas zurückhaltender mit dem Essen umgehen. Ich nicke ihr ergeben zu.

„So ist es richtig, Lotte!", fange ich das Strahlen von Rosalinde auf. Während sie in die Küche geht, blicke ich mich in der kleinen Runde um.

„Wieso ist keiner der Männer, die mit meiner Tante Lydia Lowere liiert waren, gekränkt?" Meine Frage stelle ich August. Zufrieden und grinsend lehnt er sich ebenfalls in seinem Stuhl zurück. „Ihre Art, mit den Mitmenschen zu kommunizieren, ihnen zu begegnen, war mehr als einmalig. Es gab niemals ein böses Wort aus Lydias Mund und sie hat zu keinem Zeitpunkt den Eindruck hinterlassen, für die Ewigkeit in den Armen nur eines Mannes liegen zu wollen. Mit offenen Karten zu spielen, hat diese Frau beherrscht."

August, so kann ich sehen, lächelt beseelt und scheint in Gedanken Szenen der Vergangenheit vor Augen zu haben.

„Du bist so ganz anders als Lydia", setzt er unverhofft nach. Mir gefallen seine Worte überhaupt nicht und mit einem Male sitze ich gerade am Tisch.

„Nicht verkrampfen, liebe Lotte", mischt Vincenz sich in meine Unterhaltung mit August ein. Für den Moment bin ich irritiert. „August spricht aus der Erinnerung heraus und Lydia ist tot, das dürfen wir nicht vergessen."

Was, so überlege ich, will mir Vincenz damit sagen? Nicht alles, was über meine verstorbene Tante erzählt wird, entspricht der Wahrheit? Über Tote soll man bekanntlich nicht böse reden, nur, wieso wird von der männlichen Gattung solch eine Verehrung betrieben? Ich muss doch denken, Lydia war der Inbegriff einer weiblichen Person, die man begehrt und geliebt hat. Somit bleibt für mich als Frau kein guter Platz mehr übrig. Traurig muss ich an Franz denken. Lydia hätte ihm mit Sicherheit sein Verhalten ausgetrieben und er wäre meiner Tante wie ein Schoßhündchen nachgelaufen.

„Was mache ich nur falsch?" Meine Frage unterbricht für einen Moment die Unterhaltung der anderen am Tisch.

„Wir sollten uns auf meine Couch setzen", sagt Vincenz und bittet unvermittelt Rosalinde, den Tisch abräumen zu lassen. „Unseren Nachtisch können wir auch etwas später einnehmen. Jetzt genieße ich erst einmal eine deiner guten Zigarren, mein lieber August, die du mir mitgebracht hast." Gönnerhaft hält Vincenz auch August die Schachtel hin. Kurz darauf werden Rosalinde und ich in Rauch getaucht.

„Ja, ja, liebe Lotte, mir ist bewusst, du magst es nicht sehen, wenn ich rauche", wirft Vincenz mir zu, als ich gerade mit den Händen nach frischer Luft wedele. Meine Frage von vorhin ist mir inzwischen peinlich und um ehrlich zu sein, bin ich froh, Vincenz hat auf seine Weise das Thema gewechselt und meiner Frage keine weitere Bedeutung zuteil werden lassen.

„Kann ich dich morgen in deinem Café besuchen?" Die Frage von August kommt unerwartet und ich fange an zu husten. Alle Augen ruhen auf mir. „Wieso?" Nicht wirklich intelligent ist meine Gegenfrage, jedoch ehrlich. August zieht erneut und voller Genuss an seiner Zigarre und ich nutze die wenige Zeit, um ihn zu betrachten. Vor mir sitzt ein Mann, der sehr viel Zeit in sein Äußeres investiert. Ob August damit etwas verbergen will? Gibt es ein Geheimnis um ihn? Seine Art mir zu begegnen, finde ich interessant und doch schwingt ein kleines Stück Vorsicht in mir, was diesen Mann betrifft. Oder bin ich inzwischen Männern gegenüber allgemein misstrauisch geworden? Die Stimme von August holt mich aus meinen Gedanken heraus.

„Zum einen möchte ich den Künstler Anton Wall kennenlernen, der das Gemälde von Lydia Lowere auf Papier gebracht hat und dann möchte ich mit dir, liebe Lotte, gerne ein Stück von der bekannten Marzipantorte essen."

Mein Blick wandert zu Vincenz, der genüsslich an seiner Zigarre zieht und kleine Wölkchen in die Luft pustet. Erhofft habe ich mir, aus seinem Blick erkennen zu können, wie er zu den Worten von August steht. Zögerlich frage ich Rosalinde nach einem Espresso und biete auch gleich an, sie in die Küche zu begleiten. „Ich denke, wir möchten jetzt alle einen Espresso trinken", stehe ich schon auf meinen Füßen.

„Für mich lieber einen Whisky", höre ich Vincenz sagen. Irritiert sehe ich ihn an. Auf meinen Lippen liegt: In deinem Alter? Du hast schon Rotwein getrunken, rauchst eine Zigarre, das ist nicht gesund. Rosalinde ist es zu verdanken, dass ich nichts sage.

Sie bittet mich mit in die Küche zu kommen, um die kleine Koffeinzufuhr vorzubereiten.

„Wieso glaubst du nicht mehr an dich und deine Stärken, Lotte?" Rosalinde sieht mich beim Zubereiten des Espressos kurz von der Seite an. „Du bist jung, hübsch, dein Café läuft hervorragend, alles Punkte, die dich glücklich machen müssten."

„Mit einem Mann an meiner Seite wäre mein Leben auch perfekt, nur …", ich breche meine Worte ab.

„Kein Mann auf der Welt kann dein Leben perfekt werden lassen. Liebe dich selbst und du wirst geliebt", verteilt Rosalinde die Tassen auf einem Tablett.

„Ein Spruch von Lydia Lowere", nehme ich ihr das Tablett ab und gehe damit zurück zu Vincenz und August.

August nimmt mir den Espresso lächelnd aus den Händen und berührt wie zufällig mein Hände, einen Moment länger als notwendig. Ruckartig blicke ich zu Vincenz. Er scheint nichts von Augusts Verhalten mitbekommen zu haben. Rosalinde bringt im Anschluss noch ihren Nachtisch, dem niemand widerstehen kann. Im Anschluss kommt ein allgemeiner Smalltalk auf, der mich müde werden lässt. Beim Verabschieden aus der kleinen Runde sieht mich August traurig an und versucht mich davon zu überzeugen, noch zu bleiben.

„Ich muss morgen noch sehr viel erledigen und es ist auch schon spät geworden", lächele ich seine Bitte weg. Vincenz begleitet mich bis an seine Haustüre.

„Nimm dich in Acht vor August, meine Liebe", kurz umarmt er mich und ich kann sein Rasierwasser riechen, das mir in der Zwischenzeit schon vertraut ist. Wie gut mir seine Nähe doch tut. Bei ihm darf ich das kleine Mädchen sein und darf mich umsorgt fühlen.

„Dass du keine Belehrung von mir annimmst, ich bin darüber informiert", lässt Vincenz mich in die Nacht entschwinden. Im Umdrehen rufe ich ihm zu: „Du irrst, lieber Vincenz. Ich habe in den letzten Monaten sehr viel dazu gelernt. Schlaf nachher gut und danke für den schönen Abend." Mit raschen Schritten eile ich zu meinem Taxi. Vincenz hatte zuvor darauf bestanden und mich an meinem Haus abholen lassen, sodass ich auch ein Glas Alkohol trinken konnte.

„Unter keinen Umständen lasse ich dich mit Alkohol noch Auto fahren", diese Worte kenne ich inzwischen aus seinem Mund. Er meint es gut und denkt mit Sicherheit noch immer an den Moment zurück, als er die Nachricht vom Unfalltod seiner Frau und Tochter bekam. Ob sie damals Alkohol im Blut hatte? Ihn fragen möchte ich nicht. Sicherlich ist jede Erinnerung noch immer schmerzhaft für Vincenz.

Noch im Taxi erhalte ich eine WhatsApp von Franz auf mein Handy.

Liebe Lotte,

stur und unnahbar nenne ich dein Verhalten mir gegenüber. Wieso rufst du mich nicht an? Noch besser, komm einfach vorbei und ich öffne dir die Tür mit Sehnsucht und Liebe im Herzen. Streitereien kosten nur unnötige Energie. Nimm mich doch bitte so, wie ich bin, etwas unstetig und verrückt. Was aber nichts an der Tatsache ändert, dass ich mich gerne, ab und an, mit dir treffen möchte.

Franz

Was für ein Idiot, denke ich und lösche die Nachricht sofort nach dem Lesen. Bildet sich der Mann doch tatsächlich ein, ich springe in sein Bett, wann immer er nach mir ruft? Zwischenzeitlich kann ich ja arbeiten und auf den holden Herren und seinen Anruf warten. Aus dem Taxi steige ich in der Gewissheit, immer mehr Abstand zu Franz und seinen Annäherungsversuchen zu gewinnen. Hoffentlich, so meine Überlegung beim Aufschließen meines Hauses, bleibe ich auch in der Zukunft standhaft und halte Abstand von diesem Mann, dem ich schon genügend nachgeweint habe. Gähnend fahre ich meinen Laptop hoch um zu sehen, ob schon Antworten auf meine Kolumne eingegangen sind. Tatsächlich finde ich drei Rückmeldungen meiner Leserinnen. Neugierig mache ich es mir vor dem Laptop gemütlich, kicke meine Schuhe von den Füßen und fange an zu lesen.

Liebe Lotte Wolke,

für mich ist es immer ein Genuss, Ihre Zeilen zu lesen. Automatisch stelle ich mir das, was ich lese, vor meinem geistigen Auge vor und überlege im Anschluss, wie hätte ich mich verhalten in Lottes Situation. Die Liebe kann schon den Alltag durcheinanderbringen, im positiven wie im negativen Sinn. Glücklicherweise kenne ich Ihre Probleme im Umgang mit Männern nicht aus eigener Erfahrung. Schlicht und leise verläuft meine Ehe nun schon seit fast vierzig Jahren. Eventuell lese ich die Zeilen deshalb so gerne, weil sie mich gedanklich auf die Reise schicken. Sie schreiben sehr schön und mir gelingt es immer wieder, völlig in Ihre Sorgen und auch in die Momente des absoluten Glücks einzutauchen. Ehrlicherweise muss ich aber auch betonen: So, wie Sie leben, Frau Wolke, das wäre nichts für mich. Leben und leben lassen, haben Sie einmal so schön geschrieben, da bin ich ganz Ihrer Meinung.

Darf ich Ihnen zum Abschluss meiner Zeilen einen Tipp geben, von Frau zu Frau? Nehmen Sie Abstand von Franz und finden Sie den Mann, der es versteht, Sie auch zu verwöhnen. Mein Wunsch ist es, Sie finden das private Glück und schreiben in der Zukunft von einem harmonischen Familienleben. Wieso kochen Sie nicht einmal mit einem Mann zusammen und fügen in Ihre Kolumne ein Rezept für uns Leserinnen ein, das wir nachkochen können. Wissen Sie, liebe Lotte Wolke, ich freue mich schon auf die nächste Zeitschrift und damit auf Ihre neuen Zeilen.

Bleiben Sie Ihrem Herzen treu und folgen dem guten alten Bauchgefühl bei der nächsten Männerauswahl.

Mit besten Grüßen
Edith W.

Nach dem ich die Worte von Edith gelesen habe, hole ich mir ein Stück Käse aus meinem Kühlschrank. Kurz überlege ich, die beiden anderen Nachrichten lieber am nächsten Morgen zu lesen. Aufgekratzt in mein Bett zu gehen, bedeutet einer schlaflosen Nacht entgegenzublicken, was mir nicht gefällt. Tatsächlich entscheide ich mich für meine Bettruhe und schalte meinen Laptop aus.

Der nächste Morgen

Petra

Lottes Anruf kommt, als ich gerade die Bank betrete. „Sorry, Lotte, ich muss jetzt arbeiten", will ich die Freundin von einem langen und ausschweifenden Dialog abhalten.

„Kommst du in der Mittagspause in mein Café? Bitte, Petra", jammert sie gleich los. Meine Zusage gebe ich spontan, obgleich meine Pause für den Einkauf von Lebensmitteln verplant war. Die Tatsache, Lotte ruft mich schon um 8 Uhr am Morgen an, weckt meine Neugierde. In meiner Fantasie geht es bei Lotte bestimmt um die ersten Reaktionen auf ihre Kontaktanzeige. Nun gut, denke ich mir, während ich meine Jacke ausziehe, dann wird meine Mittagspause alles aber nicht langweilig ausfallen.

Bis um 12 Uhr habe ich keine Gelegenheit mehr über Lottes frühen Anruf zu philosophieren. Dann aber streife ich rasch meine Jacke über, angele meine Handtasche und verlasse mit schnellen Schritten die Bank. Lottes Café liegt nur wenige Schritte entfernt und ich freue mich schon auf die Freundin.

„Endlich!" ruft Lotte mir beim Betreten des Cafés entgegen, streift sogleich die Schürze aus und gibt der Aushilfe ein Zeichen, sie ab jetzt in Ruhe einen Kaffee trinken zu lassen. Mit einem Tablett in den Händen eilt Lotte mir nach zu einem freien Tisch.

„Ich muss ein paar Kalorien zu mir nehmen", stellt sie ein Stück Kuchen vor sich ab. „Für dich", wandert ein kleiner Teller mit drei Miniplätzchen, selbst gebacken natürlich, zu mir. Beseelt lächele ich. Für mich ist es ein Gräuel, zu schwerem Essen gezwungen zu werden und es hat lange gedauert, bis meine Freundinnen dies akzeptieren konnten.

„Was ist passiert, Lotte?" Mit aufgerissenen Augen sehe ich sie über den Rand meiner Tasse an. „Schmeckt köstlich, wie immer", stelle ich meinen Kaffee wieder auf den Tisch.

„Die Ereignisse überschlagen sich, Petra!", höre ich aus Lottes Mund und muss dann zusehen, wie sie zunächst die volle Gabel zu ihrem Mund führt.

„Tut das gut!", dringt noch an meine Ohren. Ein entnervtes „Erzähle jetzt schon!" kann ich nicht unterdrücken.

„Männer", blickt Lotte mich verschwörerisch an.

„Ja, ja", ich nicke sanftmütig, „ohne sie geht es nicht und", weiter komme ich nicht.

„Meine Sterne stehen richtig, alles fügt sich zum Besten für mich." Lotte hebt die Gabel und ich befürchte das Schlimmste. „Mein Horoskop hat es schon angekündigt und an die Fügung der Sterne glaube ich", steckt sie erneut ein Stück Kuchen in ihren Mund.

„Was hat dein Horoskop dir angekündigt? Steckt Franz wieder hinter allem? Du verfällst doch nicht wieder in alte Rollen und nimmst erneut Kontakt zu ihm auf?" Ich blinzele die Freundin an. Lotte hebt ihre Hände, die Gabel gleitet zum Glück auf den Teller und bleibt dort liegen. „Franz hat mir geschrieben, immer wieder in den letzten Tagen und selbst in der letzten Nacht. Seine Worte haben mir auf der einen Seite sehr geschmeichelt und doch haben sie mich auch an den letzten Sommer erinnert. Mit den gleichen Worten hat er damals um mich geworben und ich bin darauf hereingefallen, habe ihm geglaubt. Wenn du möchtest, ich lese dir eine der Nachrichten einmal vor."

Ein lautes „Nein!" kann ich nicht unterdrücken. Vom Nachbartisch schauen zwei ältere Damen zu uns rüber. „Bist du auf seine Nachricht eingegangen, hast du ihm zurück geschrieben?"

„Ich habe ihm nicht mehr geantwortet, dafür fehlt mir gerade die nötige Zeit", darf ich aus Lottes Mund hören. „Eigentlich muss ich sagen, mir fehlt die nötige Lust, mich wieder auf die Spielchen von Franz einzulassen. Was denkt sich der Mann nur? Hält er mich wirklich für so naiv? Für ein kleines Dummchen, mit dem er umgehen kann, wie er möchte? Dieses Mal hat er den Bogen mehr als überspannt. Nimmt er doch einfach diese Frau mit in mein Haus, vergnügt sich mit ihr noch in meinem Bett, das hat mich richtig angewidert! Die anschließende Putzorgie war auch nicht nach meinem Geschmack aber notwendig. Nein, Petra, ich sage mir inzwischen jeden Morgen beim Aufstehen: Lass die Finger von Franz! Damit komme ich gut über den Tag."

Möglicherweise ist meine Freundin endlich aufgewacht. Das, was Lotte sagt, klingt sehr vernünftig. Allerdings war meine Freundin in der Vergangenheit nicht ausdauernd, was ihre Vorsätze anbetrifft. Besonders, wenn es um Franz ging. Wirklich beruhigend finde ich daher ihre Worte nicht. Zu gut kenne ich meine Freundin und ihre spontanen Handlungen.

„Franz hat mir richtig zugesetzt, das werde ich nicht vergessen", legt Lotte kurz ihre Hand auf meine. Nickend greife ich zu einem der Miniplätzchen. „Richtig lecker", führe ich die Unterhaltung kurz in eine falsche Richtung.

„Bei mir ist alles selbstgebacken", geht Lotte auch gleich auf mein Lob ein. „Wirklich schade, Petra, dass du meine Marzipantorte nicht magst. Schau mich nur an, bin ich zu dick? Nein! An den Hüften halten sich ein paar Röllchen fest, wen stört das? Du kannst dir ruhig ein oder zwei Mal in der Woche, in deiner Pause, ein Stück Marzipantorte gönnen, Petra."

„Stopp!" Meine Stimme ist erneut vor Aufregung etwas zu laut für ein Café. Etwas gedämpfter füge ich nach: „Mir ist bewusst, gerade habe ich versucht, das Thema in eine andere Richtung zu lenken, jedoch war das ein Fehler, Lotte. Wir reden jetzt über Männer und nicht über Plätzchen oder Marzipantorte, bitte, Lotte!"

Die Damen vom Nachbartisch haben ihre Ohren gespitzt und kichern verhalten. „Ja, ja, das Thema Männer bleibt bis ins hohe Alter interessant. Leider gibt es kein Patentrezept, wirklich schade. Wir hätten es Ihnen gerne an die Hand gegeben", gibt eine der Damen Auskunft. Dann greifen sie nach ihren Handtäschchen und winken zum Abschied. „In der Liebe gibt es Höhen und Tiefen, davon sollte Frau sich nicht einschüchtern lassen. Jede Frau muss im Verlaufe des Lebens ihre eigenen Erfahrungen mit den Männern machen und das Wichtigste, finde ich, ist aus den Fehlern zu lernen. Naschen tut gut, wenn Sie verstehen was ich meine", kichernd blickt sie uns an. In ihrem Gesicht breitet sich das Lächeln aus und mir gefällt, was ich sehe. Nicht verstecken muss sie ihre vielen Falten, allerdings, das ist mir direkt aufgefallen, sind es gerade diese Linien, die ihr so viel Ausdruck im Gesicht verleihen. „Meine Freundin hier hat es geschafft und war fünfzig Jahre mit einem Mann verheiratet", fügt sie heiter an.

„Und ich war immer glücklich", setzt ihre Freundin energisch nach. Mit einem Winken verabschieden sie sich nun wirklich von uns. Unsere Blicke haften auf den beiden Frauen, bis sie das Café verlassen haben. Ist ja süß, denke ich mir.

„Hoffentlich sitzen wir in dreißig Jahren auch so beisammen", füge ich nach.

„Die beiden Frauen scheinen ja ihr Leben gut gemeistert zu haben, jede auf ihre Art, wie wir heraushören konnten. Somit gibt es auch für mich noch Hoffnung und deshalb bitte ich dich, lass uns wieder über mich und mein Privatleben reden."

Dieses Mal ist es Lotte, die zum Thema des Treffens zurückfindet. Kurz bin ich überrascht, lange Zeit lässt Lotte mir nicht, sie redet schon wieder auf mich ein.

„Über Franz reden wir beim nächsten Treffen mit Ina und Karin. Jetzt geht es um August."

Mein Blick scheint Bände zu sprechen. Von Lotte bin ich einiges an Überraschungen gewöhnt, jedoch komme ich aktuell bei dem Tempo nicht mit.

„Ach, den kennst du ja noch nicht, zumindest nicht richtig", trällert Lotte. Ihr Blick ängstigt mich. Mit einem Male ist meine Freundin wieder freudig am Strahlen, kichert verwegen und verdreht ihre Augen. „Der Mann hat das gewisse Extra!"

Für mich ist sie zu aufgedreht, zu euphorisch und der Ton ihrer Stimme verrät mir, jetzt platzt gleich eine Bombe. Mit Lotte als Freundin an meiner Seite wird es mir niemals langweilig werden, das habe ich allerdings schon vor langer Zeit verstanden. Nur, so höre ich in mich hinein, wie kann Lotte von einem Mann auf den nächsten zu sprechen kommen? In ihrem hübschen Kopf läuft etwas so richtig aus der Bahn. Männer sind eine richtige Gefahrenquelle für Lotte. Auf der einen Seite will sie nicht alleine leben und stürzt sich viel zu schnell von einem in das nächste Abenteuer hinein, andererseits ist sie ein herzensguter Mensch.

„Erinnerst du dich an den Mann, der uns hier in meinem Café aufgefallen war? Ich meine den Mann, der unbedingt unter dem Gemälde von Lydia Lowere sitzen wollte", Lotte strahlt mich unentwegt an.

„Der Typ, dem du aus dem Café nachgelaufen bist? Ich fasse es nicht, Lotte!" Spontan verändert sich meine Körperhaltung, ich verschränke meine Arme vor der Brust und lege mich zurück an die Stuhllehne, nehme räumlichen Abstand zu Lotte.

„Du wirst langsam spießig, Petra", schüttelt Lotte ihren Kopf. „Während unsere Ina immer aufgeschlossener wird, habe ich bei dir den Eindruck, du wirst zu einer Mama, die mich erziehen möchte."

Ihre Worte bewegen mich. Wieso nur rege ich mich hier so auf, ermahne ich mich sogleich und schäme mich für meinen emotionalen Ausbruch. In der letzten Zeit benehme ich mich meiner Freundin gegenüber in der Tat wie eine Mutter.

„Ok, Lotte, es tut mir leid. Ich habe einmal mehr überreagiert. Keine Ahnung, was mit mir los ist."

Meine Worte finden Anklang und Lotte strahlt. „Ich freue mich, das zu hören. Ja, in einem Punkt gebe ich dir ja recht. Dass ich August nachgelaufen bin, war nicht überlegt."

Kurz entsteht eine Pause und ich glaube zu ahnen, Lotte denkt nach. Um ihr Zeit zu lassen, nippe ich an meinem Kaffee. Das, was Lotte mir im Anschluss berichtet, ist wie aus einem Roman.

„Nein, das glaube ich jetzt nicht", verblüfft lehne ich mich zurück. „Vincenz hat euch vorgestellt, beim gemütlichen Abendessen?" Lotte nickt. „Genau! Außerdem war August meiner verstorbenen Tante vor etlichen Jahren auch nähergekommen. Lydia hat das Leben ausgekostet", Lottes Stimme überschlägt sich.

„So, wie du es jetzt sagst, klingt es für mich, als hättest du etwas verpasst."

„Nein, auf keinen Fall, Petra. Mein Leben und die Männer, die mir bisher begegnet sind, waren aufregend genug. Ich verehre meine Tante noch nach ihrem Tod und das, was ich Stück für Stück von Lydia Lowere erfahre, es ist genug Stoff für zwei Romane." Lotte nippt an ihrem Cappuccino. „Sehnen wir uns nicht alle öfter einmal nach dem, was wir nicht haben? Mir erscheint Lydia Lowere noch nach ihrem Tod so schillernd und beneidenswert, ich muss einfach von meiner Tante schwärmen. Diese Leichtigkeit, die diese Frau lebte, wird wohl niemals in mein Leben Einzug halten", Lotte stöhnt. Auf ihre

Worte möchte ich nicht eingehen, vielmehr interessiert mich August, von dem Lotte gerade angefangen hat zu erzählen.

„Wie stellst du dir deinen weiteren Umgang mit August nun vor?" Neugierig möchte ich mehr hören und schiele nervös auf meine Uhr. Meine Pause ist gleich zu Ende. Ich hoffe sehr, Lotte sprudeln die Worte gleich aus ihrem Mund und ich kann meine Neugierde stillen. Ihre Aushilfe kommt an unseren Tisch und schon beim Blick in ihr besorgtes Gesicht ahne ich, meine Neugierde wird jetzt nicht mehr gestillt.

„Hier ist genug für vier Hände zu tun. Ich schaffe es nicht alleine, alle Bestellungen rauszugeben."

„Ja, natürlich komme ich zum Helfen", höre ich Lotte sagen, noch während ich meinen Gedanken nachhänge.

Das ist der Punkt für mich, meine Tasche umzuhängen, Lotte kurz zu umarmen und die Freundin dann wieder hinter den Kuchentresen eilen zu lassen. Wie schade, denke ich beim Verabschieden. Bis zum Ende meiner Mittagspause ist es mir nicht gelungen, den totalen Einblick in das Liebesleben meiner Freundin zu erhaschen. Daher frage ich, die Türe schon in der Hand haltend: „Können wir uns am Abend sehen? Komm doch um 20 Uhr zu mir, Lotte! Marc geht noch zum Tennis und wir können in Ruhe reden."

Zu meiner Freude überlegt Lotte nicht lange und sagt dem Treffen zu. „Freue mich riesig, Lotte", rufe ich ihr strahlend zu, dann verlasse ich das Café. Dass Lotte meine Einladung angenommen hat, wir am Abend noch einmal in Ruhe über August und vielleicht auch Franz sprechen können, finde ich beruhigend.

Mir fällt es schwer, mich im Anschluss wieder auf die Kunden der Bank zu konzentrieren. Beim Aufsuchen der Toiletten tippe ich eine Nachricht an Ina. „Hast du Zeit für ein spontanes Treffen um 20 Uhr bei mir? Lotte schwebt im Liebesrausch. Gruß Petra."

Bis 17 Uhr finde ich keine Gelegenheit, die Antwort von Ina zu lesen. Heute scheinen alle Kunden großen Redebedarf zu haben, wie ich denke. Zwei Minuten nach meinem Feierabend greife ich unvermittelt nach meiner Tasche und suche mein Handy. Mit Feuereifer lese ich Inas Rückmeldung.

„Hallo Petra, ich komme selbstverständlich zu dem kleinen Treffen. Unsere Freundin lässt nicht lange auf die nächste Überraschung warten. Ich bringe Kartoffelsalat und Würstchen mit, Ina."

Sogleich schüttele ich mich. Die Vorlieben meiner Freundinnen zu der bekannten Kalorienzufuhr wird mir nie gefallen, trotzdem muss ich lernen, mich mit Kommentaren zurückzuhalten. Lottes Worte von heute Mittag haben mir zugesetzt. Auf keinen Fall möchte ich jetzt die Freundin sein, die immer mit erhobenem Zeigefinger ankommt. Mir ist völlig klar, Lotte werde ich nur mit Geduld verändern können.

Zu Hause angekommen, bereite ich eine Schüssel mit Tomatensalat vor, belege Vollkornbrote mit Frischkäse und Radieschen.

„So viel Mühe für Ina und Lotte?", spöttelt Marc. „Wie ich beide Frauen kenne, bleibst du auf der gesunden Kost sitzen."

Marc sieht so gut aus, wie ich denke. Glücklich werfe ich ihm einen Handkuss entgegen, lachend umarme ich ihn, bevor ich antworte: „Ja, das befürchte ich auch. Trotzdem muss ich Kartoffelsalat und Würstchen etwas entgegensetzen", verschließe ich die Lippen von Marc.

„Vielleicht findest du Freude an einem Vollkornbrot?", frage ich, nachdem ich mich von ihm gelöst habe.

„Das Angebot nehme ich gerne an", spitzt Marc seine Lippen. „Den Nachtisch, den ich hoffentlich am Abend von dir angeboten bekomme, werde ich gewiss auch nicht ausschlagen." Mit einem langen und intensiven Kuss verabschiedet er sich wenig später von mir.

Kurz nach 20 Uhr sitzen Ina und Lotte an meinem Küchentisch. Wie zuvor angekündigt, kommt Ina bepackt mit Leckereien in meine Wohnung.

„Hast du Ketchup?", schielt Lotte in meinen Kühlschrank, ohne auf eine Antwort zu warten. Ich öffne mit einem Plopp den Prosecco und fülle die Gläser.

„Mach deine Augen auf, meine Liebe. Im unteren Fach liegt eine Flasche Ketchup."

„August ist ein Mann der besseren Gesellschaft", tönt Lotte wenig später zwischen zwei Gabeln Kartoffelsalat. Grinsend beäuge ich die befüllten Teller der beiden Freundinnen. Weder Lotte noch Ina schaffen es, ihr Gewicht zu halten, grübele ich und lasse meinen Blick über ihre Körper wandern.

„August möchte mich mit nach Baden-Baden nehmen, mir sein Anwesen zeigen", höre ich aus Lottes Mund.

„Anwesen? Ich denke, er arbeitet für Vincenz?" Meine Skepsis ist geweckt. „Gut, von Anwesen war keine Rede. Aber sein klangvoller Name und sein Auftreten ..." Lotte greift nach einer weiteren Bockwurst. Ich beobachte ihr Handeln. Ina, die bisher nur zugehört und nebenbei gegessen hat, schiebt ihren Teller zur Seite. „Das hat gut getan. Mit euch Mädels kann ich wenigstens essen, was ich möchte", sie strahlt. Oh, oh, überlege ich. Eine neue Baustelle tut sich gerade auf, so meine Befürchtung. Ob sie Probleme mit Johann hat?

„Lotte, in meinen Augen bist du einmal mehr sehr naiv in deinem Handeln. Einzig beruhigend für mich ist die Tatsache, Vincenz kennt den Mann und hat euch vorgestellt", äußert Ina ganz selbstverständlich. Mir leuchten die Worte von Ina ein. „Wieso hat er dich nur zu dem Essen dazu gebeten und dich mit dem Mann zusammengebracht? Gab es von Vincenz im Vorfeld eine Erläuterung zu der Einladung?"

117

Meine Frage bleibt unbeantwortet, was mich gerade nicht stört. Mir munden mein Tomatensalat, das Brot mit Frischkäse und die Radieschen ebenfalls.

Ina lässt nicht so leicht locker. „Ich kann Rosalinde fragen. Eventuell kann sie uns auch etwas über August berichten. Grundlos lädt Vincenz niemanden ein, so gut kenne ich ihn inzwischen."

„Ihr seht das Leben zu kompliziert, meine Lieben. Vergesst nicht, die schönen Momente im Alltag zu erkennen." Lotte steckt eine weitere Gabel Kartoffelsalat in ihren Mund. Plötzlich lässt sie ihre Gabel fallen und trällert:

„Außerdem habe ich die ersten Reaktionen auf meine Anzeige erhalten", übernimmt Lotte wieder das Gespräch. Für einen Moment verdrehe ich meine Augen und suche sogleich Blickkontakt mit Ina. Sie schüttelt ihren Kopf ganz leicht und sicherlich ist das bei ihr eine automatische Reaktion auf Lottes Worte. Bewundernswert, wie sich Ina inzwischen zurückhalten kann. Sie muss sehr an sich gearbeitet haben dafür. Ich atme langsam aus und denke mir, sicherlich ist Rosalindes Einfluss gut für die Freundin. Eine so patente Frau als zukünftige Schwiegermutter an der Seite zu haben, ist ein ganz großes Glück. Unsere Lotte lässt nicht locker und fordert uns direkt zu einer Reaktion auf. „Seid ihr nicht neugierig? Wollt ihr nicht wissen, wer mir geschrieben hat?" Lottes Stimme ist hoch und sie blinzelt uns schelmisch an.

„Los, erzähl schon, wer hat sich gemeldet? Bist du von einem der Männer begeistert? Hast du die Briefe mitgebracht?", reagiere ich als Erste. Nicht wirklich hat mich die große Neugierde gefangen, vielmehr denke ich, das nächste Chaos rollt auf uns zu. Nur um gute Laune zu mimen, habe ich nachgefragt. Außerdem möchte ich auf keinen Fall in die Rolle der spießigen Freundin rutschen, der Gedanke macht mir Angst.

Lotte leckt sich über ihre Lippen und fingert etwas Ketchup aus dem Mundwinkel, reibt ihre Hände an der Serviette und zieht ihre Tasche auf den Schoß. „Vier Briefe lagen heute schon in meinem Briefkasten", sie zieht das Gut zum Vorschein. „Männer kommen in mein Leben", lacht Lotte albern und übertrieben.

„Verschlossen? Du hast die Briefe noch nicht geöffnet, Lotte? Ich erkenne meine Freundin nicht mehr", Ina lacht und zieht die Briefe aus Lottes Hand, um den Absender zu begutachten. „Am Ende ist Franz wieder als Anwärter auf freie Kost, Logis und einen Einzug in dein Bett darunter."

„Wahrscheinlich würde er wirklich gerne wieder bei mir Einzug halten, besonders in mein Bett. Seine neue Eroberung hat in ihm nur einen One-Night-Stand gesucht und gesehen."

Wir lachen auf Lottes Worte vor Freude los. Schadenfreude wohl gemerkt.

„Das geschieht Franz zurecht", muss ich loswerden. Ina nickt mir zu.„Eine richtige Blamage für meinen Don Juan." So, wie Lotte das sagt, scheint sie schon über den größten Schmerz hinweg zu sein, was jetzt wirklich zeitnah geschah und ich auch so äußere.

„Ob ich wirklich schon über das neuerliche Ende meiner Beziehung mit Franz hinweg bin? Keine Ahnung. Jetzt gerade tut es mir gut zu hören, was ihm passiert ist und wie ausgerechnet er sich in einer Frau getäuscht hat.

"Wir nippen an unseren Gläsern und lassen das sacken, was Lotte gesagt hat. Kaum, dass unsere Gläser geleert sind, eilt Lotte zu meinem Kühlschrank. „Prickelndes Glück", schenkt sie die beliebte Flüssigkeit nach. „Soll ich jetzt?" Im Anschluss hält sie die Umschläge hoch, die Ina wieder auf dem Tisch abgelegt hat.

„Natürlich, wir sind doch gespannt auf deine Männer-Ausbeute", rufe ich. „Ach, ich habe übrigens für euch einen Becher mit Erdbeereis eingekauft." Auf meine letzten Worte ernte ich Lob, das wirkt schon wieder sehr vertraut.

„Karin fehlt noch in unserer Runde", hilft Ina mir beim Abräumen. Lotte holt unterdessen zwei kleine Schüsseln für sich und Ina zum Vorschein und aus meinem Tiefkühlfach das Erdbeereis. Für mich legt sie einen Joghurt mit Löffel heraus. Ich bin zufrieden.

Für zehn Minuten, in denen jede von uns löffelt und ihr Glück individuell beim Nachtisch sucht und findet, kehrt Ruhe ein.

„So, jetzt bin ich mental gestärkt für die Männerwelt", beglückt zieht Lotte den ersten Umschlag an sich heran und öffnet diesen mit den Fingern. Zuvor hat sie uns den Absender vorgelesen, der uns nichts sagte. „Ein Bewerber aus Köln also", trällert Lotte zufrieden, zieht den Brief aus dem Umschlag und zeitgleich ein beigefügtes Foto. Drei Frauen zeigen plötzlich die gleiche Reaktion. Ina ist am schnellsten und zieht das Foto vor ihre Augen. Prustend vor Lachen steht sie auf. Ina so zu erleben, wirkt befremdlich auf mich und doch freue ich mich, sie so locker zu sehen.

„Lotte!" Ina hält sich die Hand vor den Bauch und lacht noch immer. „Wenn das der erste Preis ist, dann möchte ich bitte nur den zweiten haben." Ina windet sich, was ich lustig finde und so nicht von ihr kenne. „Ich stelle mir euch beide gerade vor, Lotte", sprudelt sie vor Lachen hervor. „Immerhin würdet ihr überall auffallen und ich denke einmal, wir Freundinnen hätten unseren Spaß bei dem Anblick."

Meine Neugierde läuft zur Höchstform auf, mein Versuch, das Bild zu erhaschen, schlägt fehl. Lotte kommt mir zuvor. Rasch stehe ich von meinem Sitzplatz auf und eile an ihre Seite.

„Oh, weh!" Lotte lässt den Brief mit samt dem Foto aus ihren Händen gleiten. „Lydia Lowere hat im Alter noch attraktivere Männer ins Bett gezogen. Muss ich an mir zweifeln?"

Jetzt halte ich das Foto in meinen Händen. „Der Mann dürfte von der Größe her einen Kopf kleiner sein als du", schmunzelnd lege ich das Foto zurück zu dem Brief. „Vom Gewicht her liegt er locker in der 200-Kilogramm-Kategorie."

Lotte, das kann ich sehen, wirkt deprimiert.

„Auch dickere Männer haben ein Anrecht auf die Liebe und können einer Frau viel geben", schlägt Ina sich auf die Seite des vermeintlichen Verehrers. Lotte schüttelt ihren Kopf. „So meine ich das doch nicht. Ich muss aber das Gefühl haben, ich begehre ihn und bei diesem Foto kommen keine Gefühle auf."

Das wiederum kann ich verstehen.

„Schade eigentlich. Ich habe auch direkt auf sein Äußeres negativ reagiert und gelacht. Vom Grunde her sind wir oberflächlich und gemein", gibt Ina uns kund. Die ganze Angelegenheit nimmt uns die Freude des Abends und das wiederum gefällt mir nicht.

„Möchtest du den zweiten Brief öffnen?" Meine Frage kommt zögerlich über meine Lippen. Die Befürchtung, es geht so weiter und die Stimmung kippt total, beeinflusst mein Verhalten.

Lotte schiebt mir einen Brief zu und legt einen Brief vor Ina. „Öffnen, meine Lieben! Jetzt kommt eventuell der Hauptgewinn in mein Leben", bemüht locker lässt Lotte ihre Stimme klingen. Einmal drehe ich meinen Brief in den Händen und kann beobachten, zumindest aus dem Augenwinkel heraus, Ina tut es mir gleich. „Brauchst du ein Messer?" Ina ist aber schon dabei, den Briefumschlag mit ihrem Finger zu öffnen. Mir gefällt nicht, was ich sehe und daher stehe ich auf und hole mir ein Messer zur Hilfe. Keine Lust hege ich darauf, mir meine hübschen Fingernägel zu ruinieren.

„Wer sagt es denn? Wir kommen deinen Wünschen langsam näher", hebt Ina ihre Stimme. „Vom Äußeren her könnte er dir gut gefallen, Lotte." Wir starren zu Ina und die Neugierde überschlägt sich bei uns.

„Welche Haarfarbe hat der Kandidat? Welche Augenfarbe und ist er größer als ich?" Lotte kommt richtig in Schwung und ihr Betteln zeigt Erfolg. Ina grinst, hält das Foto hinter ihrem Rücken versteckt und fügt nach: „Nur einen Wermutstropfen habe ich, der Mann wirkt auf mich so, als würde er sich eine Freude daraus machen, auf Kontaktanzeigen zu antworten. Nicht unterschätzen dürfen wir, es gibt genügend Männer, die nur ein Abenteuer suchen."

„Frauen, die nur an einem Abenteuer interessiert sind, gibt es auch", wirft Lotte ein. Ich hebe kurz meine Augenbraue, bleibe aber ruhig, was Lotte dazu bewegt, mich nach meiner Meinung zu befragen. Kurz sträube ich mich, versuche Zeit zu gewinnen, da mir die Situation nicht behagt. Ina scheint gerade gute Antennen zu haben für meine Gefühlslage. Sie blinzelt mir kurz zu, dann hält sie das Foto des Anwärters auf Lottes Herz in die Höhe. Ich lächele in mich hinein und bevor ich meinen Blick ebenfalls auf das Foto richte, höre ich schon Lotte sagen: „Oh! Das kann ich jetzt nicht verstehen."

Meine Aufmerksamkeit gehört nun auch dem gezeigten Kandidaten.

„Das, das darf doch jetzt nicht wahr sein!", stammelt Lotte und streicht sich eine Strähne aus dem Gesicht. Mit einem Male hat sie Schweißperlen auf der Stirn.

„Petra, schau dir den Mann einmal an! Erinnerst du dich an ihn?"

Beim zweiten Hinsehen bin ich im Bilde. „Der Mann aus deinem Café. Der, dem du nachgelaufen bist." Kurz verstumme ich, dann jedoch füge ich nach: „Wie klein die Welt nur ist. Am gestrigen Abend hast du noch nichts von seinen Vorlieben geahnt und doch hat er schon angefangen, dir zu gefallen", ich lache. Die Situation hat für mich in der Tat etwas Komisches an sich.

Ina verzieht ihr Gesicht. „Habe ich etwas verpasst? Dann kennt Lotte den Mann schon? Soll ich den Brief trotzdem vorlesen?"

Es wird langsam spannend am Tisch. Das Foto ist wirklich aussagekräftig und Lotte, das lässt sich nicht leugnen, zeigt Interesse.

„Wir haben gestern bei Vincenz gemeinsam zu Abend gegessen. Und jetzt habe ich seinen Brief hier vor mir liegen und seine Anfrage auf ein Kennenlernen. Auf mich hat er nicht den Eindruck gemacht, über eine Kontaktanzeige eine Frau zu suchen."

„Dann ist dieser Mann der besagte August? Hat er dir gestern Avancen gemacht?" Ina wirkt wieder wie eine Lehrerin auf mich. Lotte wirkt durcheinander aber nicht unglücklich.

„Ob er sich lieber für mich entscheiden würde, die Lotte, die er gestern kennenlernen durfte, oder für die unbekannte Frau, der er geantwortet hat?"

Wir schweigen.

„Durch dein Foto in der Kontaktanzeige muss er dich doch wiedererkannt haben, Lotte. Kam von seiner Seite gestern am Abend keine Anspielung in diese Richtung?" Ich denke ernsthaft darüber nach, was der Mann für ein Spiel spielt.

„Mich würde interessieren, ist das Interesse an der Lotte von gestern Abend, die er bei Vincenz in einer gediegenen Atmosphäre hat kennenlernen dürfen, größer als für die Lotte, die Kontaktanzeigen schreibt?" Ina wirkt ebenfalls nachdenklich.

„Wie war denn nun sein Verhalten dir gegenüber am gestrigen Abend? Hat er versucht, dir näherzukommen? Wollte er deine Handynummer?"

„Ina, deine Frage ist berechtigt. Gestern am Abend dachte ich wirklich, August hat ein Auge auf mich, auf Lotte Wolke geworfen. Jetzt aber bin ich mir nicht mehr sicher." Lotte blickt uns unsicher an. Ausgerechnet Ina bringt sich wieder ein und das, was Ina sagt, verwundert mich aufs Neue.

„In deiner Kontaktanzeige hast du doch dein Profilbild und ich denke, August muss dich schon am gestrigen Abend erkannt haben, Lotte." Ina legt ihre Hand kurz auf die von Lotte und fügt nach: „Somit kann doch alles noch einen guten Verlauf nehmen."

„Ina, du verwunderst mich, positiv gesehen. An deiner Theorie ist viel Wahres dran. Stellen wir uns einmal vor, August hat Lotte bereits gestern wiedererkannt und sich bewusst um Lotte bemüht. Wohlgemerkt, um die Lotte, die ihm von Vincenz wie eine Tochter vorgestellt wurde."

Lotte blickt mich skeptisch an. „Du denkst jetzt bitte nicht, er sei auf ein eventuelles Erbe aus, das ich von Vincenz zu erwarten habe? Das dürfte doch zu sehr mit der Glaskugel in die Zukunft gesehen sein. Ich bin nicht die leibliche Tochter und was soll sich August von der Nähe zu Vincenz versprechen?"

Lotte kaut auf ihren Nägel und ich ermahne die Freundin. „Kommen wir doch noch einmal auf dein Profilbild zurück. Kannst du uns das Foto nicht einmal zeigen?"

Ich stehe nach meinen Worten auf und hole meinen Laptop hervor. „Bitte, Lotte!", fordere ich die Freundin im Anschluss auf, sich auf der Seite einzuloggen, auf der sie auf Männersuche geht.

„Bitte schön!", schiebt Lotte uns den Laptop hin, nachdem sie sich eingeloggt hat.

„Nein, das kann nicht sein! Auf dem Bild bist du Jahre jünger Lotte, was hast du dir nur dabei gedacht? Ich finde dein Verhalten total daneben!" Ina spricht aus, was auch ich denke.

Wie oft schon wurde über Menschen gelästert und diskutiert, die mit falschen Angaben unterwegs sind und jetzt zieht meine Freundin am gleichen Strang.

„Mein Foto, das muss ich gestehen, ist nicht das Neueste und zeigt mich von meiner allerbesten Seite, geschönt, um die Wahrheit zu sagen. Er wird mich nicht erkannt haben."

Lotte scheint aber von dem Bild angetan zu sein, führt unser Augenmerk noch auf das Kleid, das sie trägt und betont, wie vorteilhaft sie auf dem Foto aussehe.

„Lotte! Wie kannst du nur? Das tut doch niemand und außerdem kommt die Wahrheit doch viel zu schnell und ohne Weichzeichner heraus", schüttele ich meinen Kopf. „Du bist doch eine Naturschönheit. Wenn du möchtest, mache ich gerne neue Fotos von dir. Mein Handy hat eine sehr gute Kamera."

„Keine schlechte Idee, Petra. Ich überlege gerade, will August nun einen engeren Kontakt zu mir aufbauen?" Sie windet sich. „Schreibe ich nun zurück oder nicht? Was meint ihr?"

„August ist auf der Suche nach einer neuen Partnerin, darin sind wir uns einig", lehne ich mich im Stuhl zurück und nehme einen Schluck Prosecco zu mir. Meine Freundinnen tun es mir gleich. „Ihm antworten und auf ein Treffen eingehen, dürfte schwierig werden für dich, Lotte. Spätestens in dem Moment ist deine Tarnung aufgeflogen. Wie wäre es", für eine Minute muss ich schweigen. Grinsend trinke ich einen weiteren Schluck Prosecco und genieße die Aufmerksamkeit meiner Freundinnen. „Wieso triffst du dich nicht einfach mit August, jetzt wo ihr euch auf privatem Wege begegnet seid und antwortest nicht auf die Kontaktanzeige." Meine Idee fängt an, mir sehr gut zu gefallen. „Vergiss nicht, Lotte, August hat dir gegenüber auch nichts von seiner Aktivität berichtet und dass er auf Kontaktanzeigen antwortet."

Lotte windet sich, das ist nicht zu übersehen. Auch Ina scheint über meine Worte nachzudenken.

„Traurig finde ich überhaupt den Gedanken, auf diesem Weg einen Partner zu suchen. Ich denke, man muss schon sehr einsam und verzweifelt sein." Lotte hüstelt auf die Worte von Ina, sagt aber kein Wort.

„Lotte muss sich doch nicht schämen, eine Kontaktanzeige aufgegeben zu haben. Sehr viele Menschen finden auf diesem Weg einen neuen Partner", muss ich mich einbringen. Lotte greift in die Schüssel mit Chips, die inzwischen vor uns steht und kaut geräuschvoll und gedankenverloren. „Dass die Liebe so kompliziert verlaufen muss. Alles, was ich möchte, ist eine ganz normale Beziehung, Liebe ohne Leiden, mehr nicht."

Wir nicken unisono. Unsere Gläser fülle ich nach. Die erste Flasche ist bereits leer und ich öffne eine zweite Flasche Prosecco.

„Brause für Erwachsene", schiebe ich Lotte ihr Glas vor das Gesicht. Sie nickt. „Mein Spruch, liebe Petra. Er erinnert mich an den letzten Sommer und an unsere Zeit an Bord des Kreuzfahrtschiffes. Oh, weh!", Lotte hält ihre Hände vor ihr Gesicht. „Meine neuerliche Annäherung mit Franz inbegriffen. Mein Leben ist wirklich schillernd und nicht als normal einzustufen." Ihre Hände lässt sie wieder auf den Tisch gleiten und ich kann sehen, sie leidet unter der Vergangenheit.

„Du wolltest doch deiner verstorbenen Tante Lydia Lowere näherkommen, du scheinst auf dem richtigen Pfad unterwegs zu sein", werfe ich grinsend ein.

„Wir lernen alle aus unseren Fehlern, auch du, Lotte", legt Ina ihre Hand auf die unserer Freundin. Mich rührt die Szene und ich bemühe mich, mir nichts von meiner plötzlichen Sentimentalität anmerken zu lassen. Es tut so gut, mit den Freundinnen zu reden. Neue Sichtweisen bekommt man nur, wenn die Ohren auch offen bleiben für Einwände von außen.

„Ich werde mich mit August treffen, in jedem Fall. Mir hat gefallen, was ich gestern über ihn erfahren habe und was ich beobachten durfte. Ich meine, sein positives Verhalten am Tisch. Von Franz bin ich diesbezüglich wirklich nicht verwöhnt worden. Der Mann hat mit dem Ellenbogen auf dem Tisch gelegen und das Essen in sich hineingestopft. Nein, in ein schickes Lokal hätte ich Franz niemals mitnehmen dürfen."

Jetzt muss ich schmunzeln. Ausgerechnet Lotte spricht von guten Manieren bei Tisch, das wundert mich doch. Wenn ich die Freundin so beobachte, ich habe oft Bedenken, mit ihr in ein Lokal zu gehen, so nachlässig, wie sie am Tisch sitzt und oft nur mit der Gabel isst. August, so scheint es mir, kann Lotte guttun, zumindest in dem einen Punkt.

„Wie alt ist August?" Meine Frage bringt Lotte kurz zum Stammeln. „Alles gut bei dir? Der Prosecco ist dir aber noch nicht in den Kopf gestiegen?" Ich lache laut.

„Sein Alter ist doch kein Problem für dich, Lotte? Wie alt ist August?", bohrt Ina nach. Sie beugt sich ein Stück zu Lotte und ich beobachte, Lotte fühlt sich jetzt noch unwohler. „August ist gut 10 Jahre jünger als Vincenz", sagt sie zaghaft. Ich lehne mich zurück, denke mir, aha, das ist ja ein Altersunterschied von rund dreißig Jahren. Ina bringt meine Gedanken zu Wort. „Lotte! Mit deinem Temperament hält August keine fünf Jahre durch."

Jetzt pruste ich los. „Ina! Unsere Freundin ist doch keine Männer fressende Pflanze."

„Aber auch keine klassische Hausfrau, die einem Mann täglich um die gleiche Uhrzeit ein liebevoll gekochtes Essen serviert und dann mit ihm gemütlich vor dem Fernseher weilt, bis sie in völliger Eintracht ins Bett gehen."

„Lieben Dank auch, ihr seid tolle Freundinnen. Habt ihr schon vergessen, ich sitze auch mit am Tisch und kann hören, wie ihr über mich redet", ihre Stimme klingt belustigt.

Zu meiner Freude lachen wir nun gemeinsam und lassen unsere Gläser aneinander stoßen. Ina und Lotte greifen anschließend wieder nach den Chips und knabbern versonnen und zufrieden, selbstverständlich auch geräuschvoll, vor sich hin. Mich stimmt das gewohnte Bild milde und ich fange an zu entspannen. Das, was ich von August erfahren habe, ist nicht sehr viel. Daher nehme ich mir fest vor, gleich morgen werde ich noch einmal darüber nachdenken und überlegen, wie und wo ich mehr über den Mann erfahren kann.

„Was hat August dir geschrieben, also der Frau, der er auf die Kontaktanzeige geantwortet hat?" Ina bringt zu Wort, was auch mich interessiert. Lotte grinst verwegen. Uns war nicht entgangen, Lotte hat zwischenzeitlich den Brief, der noch vor Ina lag, zu sich gezogen und den Text überflogen. „Gut, wie ihr möchtet, dann lese ich euch seine wenigen aber", Lotte grinst frech, „gewagten Anspielungen vor."

Kurz blicke ich Ina in ihre Augen und mir entfährt ein: „Oh, nein!" „Wir werden jetzt aber nicht spießig, liebe Petra? Unseren Spruch, leben und leben lassen, sollten wir immer im Herzen tragen", Lotte fordert Solidarität. Mir missfällt, dass sie mich für heute schon das zweite Mal ermahnt, nicht spießig zu werden.

„Gut, es ist natürlich dein Leben und deine Entscheidung. Aber als Freundin kann und will ich mir nicht den Mund verbieten lassen, zumindest dann nicht, wenn ich in Sorge bin."

Kurz herrscht Ruhe über unseren Köpfen.

„Willst du uns jetzt die Zeilen von August vorlesen?" Meine Stimme lasse ich versöhnlich klingen. Lotte nickt zu meiner Erleichterung und hebt den Brief vor ihre Augen.

„Das Leben gemeinsam zu beschreiten, ist mein Wunsch", fängt Lotte an zu lesen und unvermittelt hängen wir an ihren Lippen. „Soweit gefällt mir der Anfang schon einmal", trällert Lotte.

„Lies bitte weiter!", fordere ich neugierig.

„Mein Alter ist als reifer Jahrgang zu sehen. Das Beste kommt zum Schluss, so möchte ich mich vorstellen. Ein Wein, der genügend Zeit hatte zu reifen, ist der beste und der teuerste im Regal.

Profitiere von meiner Erfahrung, nicht nur in alltäglichen Dingen, auch beim Sex. Lieben ist beglückend und befreiend. Entdecke mit mir deinen Körper neu. Ich spreche nicht lange um meine Wünsche herum, bin aber auch offen für deine Wünsche und Träume. Kurzum, ich wünsche mir ein privates Kennenlernen.

Nutze den Tag und jede Nacht, mein Handy bleibt angeschaltet und ich erhoffe mir eine Nachricht von dir. Aus deinen Zeilen habe ich gelesen, du bist eine sinnliche Frau, die ohne Tabus ihr Leben lebt, so wie es ihr gefällt.

August"

Lottes Stimme klang beim Vorlesen verzaubert oder soll ich sagen, fremd?

„Der Mann ist sehr direkt", bringe ich ein. Das, was ich außerdem in meinem Kopf an Bemerkungen habe, halte ich zurück.

Ina schüttelt ihren Kopf. „Er hat Angst, zu viel Zeit zu verlieren", sie lacht hämisch. „Was an seinem reifen Alter liegt."

Lotte blickt uns skeptisch an. „Ihr seid gemein!"

„Lotte, mit dem Mann kommen Probleme in dein Haus, davon bin ich jetzt schon überzeugt. Du findest gerade noch seine direkte Art toll und verlockend, das spüre ich und habe ich beim Vorlesen auch aus deiner Stimme herausgehört.

Bedenke aber bitte, wer sich so anpreist, hat etwas zu verbergen. Vielleicht ist es ein Trick von ihm, einsamen Frauen zu imponieren?" Ich nicke, ohne es bewusst gewollt zu haben. Mein Blick wandert zu Lotte.

„Bei gutem Rotwein denken wir ab heute an August", prustet Lotte und hebt ihr Glas Prosecco.

„Grandios deine Einstellung, ich bin verwundert von dir, Lotte", gebe ich offen zu.

Lotte erklärt uns im Anschluss, die Zeit der großen Naivität sei vorbei. Mit und durch Franz sei ihr grenzenloses Vertrauen in Männer gesunken.

„Ich werde August treffen, erwähne jedoch zunächst nichts von der Kontaktanzeige." Lotte wirkt aufgedreht und auch die Stimmung von Ina und mir steigt. Meine Wangen glühen, was sicherlich an dem Prosecco liegen wird. Endlich finden wir auch Zeit für andere Themen, die uns ebenfalls unter der Woche beschäftigt haben. Ina berichtet von Wolfi und wie er anfängt, nicht mehr alles zu essen, was sie ihm hinstellt. Kurz gehen Lotte und ich darauf ein, bemüht, gute Tipps zu geben, obgleich wir beide keinerlei Erfahrung mit Kindern haben. Später kommen wir auf die Planung des nächsten Mädelsabends, natürlich mit Karin, zu sprechen und plaudern alle munter los.

„Mit dem Auto dürft ihr aber nicht mehr nach Hause fahren", hören wir eine männliche Stimme sagen.

„Marc? Du bist schon wieder zu Hause?", verdutzt blicke ich auf meine Armbanduhr. Die Zeit ist nur so verflogen, muss ich jetzt feststellen.

„Das ist ja einmal eine herzliche Begrüßung", lacht Marc. Aus Rücksicht auf Ina verzichten wir darauf, uns zu küssen. Mir liegt nicht daran, alte Wunden aufzureißen oder unnötigen Ärger heraufzubeschwören.

„Dann spiele ich jetzt einmal Taxifahrer und bringe Lotte und Ina nach Hause", seine Stimme klingt ausgeglichen und so, wie er das Angebot ausspricht, können meine Freundinnen nicht ablehnen.

„Du vergisst aber nicht, mich auf dem Laufenden zu halten", beschwöre ich Lotte beim Verlassen meiner Wohnung. Ina umarmt mich herzlich und ich habe nicht das Gefühl, etwas läge zwischen uns Frauen. Die Zeit der großen Verletzungen scheint überstanden. Ina hat ihren Frieden mit der Tatsache gefunden, Marc und ich sind jetzt ein Paar. Beim Abräumen meines Tisches denke ich, es liegt auch an Johann. Oft hatte ich meine Zweifel, was die Beziehung der beiden betrifft. Ina könnte viel hübscher und weiblicher aussehen, würde sie sich nur öfter einmal aufhübschen, wie ich es nenne. Bei ihr müsste nicht einmal das große Programm aufgefahren werden. Ina, das ist nicht zu leugnen, ist eine natürlich schöne Frau. Nur eben die oft müde und fahle Haut könnte etwas Farbe vertragen, das Haar einen regelmäßigen Besuch beim Friseur und ihre Röcke dürften gut zehn Zentimeter kürzer sein. Immerhin sagt Ina inzwischen selbst, sie müsse sich mehr pflegen und ich kann kleine Veränderungen schon sehen.

Die Zeit, bis Marc wieder zurück ist, nutze ich und rufe noch Karin an. „Hoffentlich hole ich dich nicht aus deinem Bett", erkundige ich mich sogleich bei ihr. „Alles gut", lacht Karin mir entgegen. Ihre Stimme gefällt mir, sie scheint zufrieden zu sein. „Hermann Josef ist noch unterwegs, müsste aber gleich wieder zu Hause ankommen", fügt sie nach.

„Dann mache ich es ganz schnell. Marc wird auch gleich zurück sein und ich will gerne noch ein Glas Wein mit ihm auf der Couch trinken und die Nachrichten ansehen."

Im Anschluss bringe ich Karin rasch auf den neuesten Stand in Sachen Liebe bei unserer Freundin.

„Unsere Lotte", prustet Karin los, nachdem ich berichtet habe, was ich inzwischen erfahren durfte. „Dann ist August der geheimnisvolle Mann aus dem Café. Mit einem weniger dramatischen Auftritt gibt sich unsere Lotte nicht ab."

Wir lachen beide. „August hast du gleich auf dem Foto erkannt?" Karin lässt nicht locker, bis sie über alle Details im Bilde ist.

„Wir telefonieren in den nächsten Tagen wieder", beende ich das Telefonat, als unsere Wohnungstür geöffnet wird.

„Lass mich raten, Petra", kommt Marc näher, „du hast jetzt mit Karin telefoniert?"

Wie gut er mich kennt. Rasch liegen meine Lippen auf den seinen und ich spüre seine Zunge in meinem Mund. „Ich liebe dich", raunt er mir in meine Ohren.

„Ich bin so unendlich glücklich, nicht dieses Liebeschaos von Lotte zu durchleben", ziehe ich Marc mit auf die Couch. „Ich liebe dich!" Zufrieden und erregt kuschele ich mich an Marc und es tut mir so gut zu spüren, auch er begehrt mich und reagiert noch immer so leidenschaftlich auf meine Annäherungen und Aufforderungen zu mehr Nähe, wie zu Beginn unserer Beziehung.

Der nächste Tag

Vincenz

Meine liebe Lotte und ihr Hang zu den Männern. Ob alle jungen Frauen so sind? Vom Grunde kann und will ich es mir nicht vorstellen. Jetzt zeigt sie also Interesse an August. Nein, so habe ich mir den Verlauf des Abends nicht vorgestellt und auch nicht gewünscht. Es war Lotte direkt anzumerken, wie sehr sie auf August als Mann reagiert hat. Geschickt hat er Lotte umgarnt und mit netten Worten eingewickelt. Lotte wirkt auf mich wie ein Mensch, der ständig auf der Suche nach Anerkennung und Liebe buhlt, sich nach einem Menschen sehnt, der sich um sie kümmert. Ob sich Lotte in ihrer Kindheit vernachlässigt gefühlt hat? Ich bin über ihr angespanntes Verhältnis zu ihrer Mutter informiert. Diese Frau macht es niemandem leicht, das durfte ich bei einem meiner Besuche im Heim feststellen. Mir lag es am Herzen, Lottes Mutter kennenzulernen. Sie vielleicht zu unterstützen, war meine Intention. Nicht gerechnet habe ich mit dem Dickkopf der Frau. In diesen Minuten habe ich Lotte noch tiefer in mein Herz geschlossen. Kurz schweifen meine Gedanken ab, dann aber habe ich August wieder vor Augen.

Innerlich schelte ich mich dafür, Lotte diesem Mann vorgestellt zu haben. Würde ich August nicht besser kennen, als man seinen Anwalt im Allgemeinen kennt, mit dem man im Büro zu tun hat, ich wäre jetzt nicht so aufgebracht. Von August weiß ich zu viel und es gibt einige Punkte in seinem Leben, die mir nicht gefallen. Mein Prokurist hat mich am Morgen angerufen und das, was der Mann mir zugetragen hat, lässt meine Nervosität noch größer werden. Ich fühle mich unwohl und müde. Mit einem Male spüre ich mein Alter in den Knochen. Nein, denke ich unvermittelt, nicht das Alter setzt mir zu, sondern die Sorge um Lotte. Mit dieser jungen und fröhlichen Person ist wieder Leben in meinen Alltag gekommen. Für diese Momente des Glücks bin ich dankbar und froh. Jetzt aber muss ich mich erneut um Lotte und ihre Zukunft sorgen. Sie ist eine oft sture junge Frau, die nicht auf mich hören möchte. Meine Lebenserfahrung tut sie ab und meint, ich zeige das Verhalten eines alten Mannes, was mich trifft. Diese Worte mag ich nicht hören. Lotte lacht meine Einwände weg, wie sie alle Sorgen von sich schiebt.

Meine Vergangenheit, die Momente, in denen sich mein Privatleben mit August gekreuzt hat, sind Schnee von gestern. Damit habe ich keine Probleme mehr, ansonsten würde ich den Mann nicht als meinen Anwalt immer wieder zu Rate ziehen. Von ihm weiß ich, er ist ein Mann, der fast jeder Frau nachsteigt, bis er sie in seinem Bett hatte. Bei ihm ist es mir egal und ich komme nicht auf die Idee, ihn darauf ansprechen oder verändern zu wollen. Anders ist es mit Lotte. Sie liegt mir am Herzen und ich tue mich schwer mitanzusehen, wie sie sich verhält. Nein, es ist einfach so, ich schäme mich für Lotte. Wie für eine Tochter empfinde ich für diese junge Frau. Bemühe mich immer wieder, ihr auch finanziell zu helfen und überlege, sie in meinem Testament einzubringen. Und doch spüre ich tief in meinem Inneren, Lotte ist anders als ich sie gerne sehen möchte. Leben und leben lassen, wie oft schon hat mich der Spruch von Lydia Lowere begleitet und sich als die Wahrheit behauptet. Einen Menschen ändern zu wollen, bedeutet doch, ich kann ihn so nicht lieben und annehmen, wie er sich mir zeigt, wie er lebt.

Ich muss tief Luft holen. Lotte ist mir sehr an mein Herz gewachsen und ich will nicht mit ansehen, wie sie erneut leidet. Kaum, dass sie und Franz im letzten Sommer wieder zueinander gefunden haben, ist die Beziehung nun beendet. Mit Franz habe ich geredet, ihn zu Hause aufgesucht und mit ihm ein Bier getrunken. Lottes Wohl lag mir dabei am Herzen. Dadurch habe ich Franz näher kennengelernt und auch ihn, trotz seiner ganz eigenen Art, ins Herz geschlossen. Anders als Lotte natürlich, aber ich fand meinen Frieden mit der Verbindung der beiden und war tatsächlich davon überzeugt, sie haben eine gemeinsame Zukunft vor sich. Kaum habe ich an eine gemeinsame Zukunft der beiden geglaubt, mir eine engere Verbindung wie eine Verlobung gewünscht, stand Lotte weinend vor mir und die Beziehung war beendet. Und jetzt will Lotte eine Liaison mit August anfangen, das sorgt mich sehr, besonders nach dem heutigen Telefonat. Sollte an den Worten meines Prokuristen ein Funke Wahrheit sein, dann platzt bald eine Bombe und Lotte fällt erneut in ein tiefes Loch der Traurigkeit. Ob ich einmal über meinen Schatten springen und doch ein Gespräch mit August suchen soll? Mit Lotte zu sprechen, wird wenig Erfolge bringen, davon bin ich leider überzeugt. Wie traurig alles für mich ist. Menschen, die ich liebe, kann ich nicht so schützen, wie es sinnvoll wäre.

„Dir geht es nicht gut? Ich kann sehen, du machst dir Sorgen?", Rosalinde steht im Raum. Nicht einmal bemerkt habe ich, dass sie den Raum betreten hat, so war ich von meinen Gedanken gefangen. Ich nicke müde und lasse mich in einen Sessel mit Blick auf meinen wunderschönen Garten fallen. Sanft spüre ich die Hand von Rosalinde auf meiner Schulter. Es tut so gut, diese Frau in meiner Nähe zu haben.

„Wieso machen es sich die jungen Leute so schwer? All die unnötigen Verletzungen und dann das hin und her", ich stöhne laut auf. Rosalinde setzt sich auf den Sessel mir gegenüber und lächelt sanft. „Es geht um Lotte und ihre Bemühungen um August und um sein Verhalten ihr gegenüber, nicht wahr?" Wie gut Rosalinde mich doch versteht. All die Jahre, die wir beide haben verstreichen lassen, Jahre, die uns nicht vergönnt waren, sind wie verflogen. Ist die Harmonie zwischen uns

135

eventuell so ausgeprägt, weil wir wissen, wie sehr man einen liebenden Menschen auch vermissen kann?

„Glaubst du, August ist kein geeigneter Partner für Lotte? Geht es dir um den Altersunterschied?" Rosalinde steht nach ihren Worten auf und bietet an, uns einen Tee zu holen. Ohne ihr zu antworten, nicke ich nur. Auch ihre Frage bezüglich Lotte und August lasse ich unbeantwortet. Vom Grunde her weiß ich nicht einmal, was ich sagen soll und wie meine Meinung ist.

Völlig hin- und hergerissen bin ich bei dem Punkt. Mein Verstand sagt, lass Lotte ihr Leben auskosten und was schon sagt das Alter über einen Menschen aus. Mein Bauchgefühl jedoch sagt mir, Lotte wird ein Tempo an den Tag legen, mit dem August nicht lange mithalten kann. Allerdings, so mein nächster Gedanke, bei dem Tempo, wie August die Frauen wechselt, kann es keine große Rolle spielen. Innerlich wünsche ich mir schon, August lernt in den nächsten Tagen eine neue Frau kennen, der er seinen Charme schenken wird. Je schneller Lotte ihre Augen geöffnet bekommt, umso besser für sie.

„Kommt August zu der nächsten Vernissage von Anton?"

Ich nippe zunächst an dem Tee, den Rosalinde mir reicht, und knabbere einen Keks. „Wir sollten es in Erwägung ziehen, ihn einzuladen oder zumindest den Künstler bitten, dies zu tun. Für Anton wird es sich lohnen. August ist ganz begeistert von den Bildern, die er malt und besonders die Portraits mit Lydia haben es ihm angetan. Die Vergangenheit lässt niemanden zur Ruhe kommen", beende ich meine Worte. In meinem Kopf stellt sich sogleich die Frage, von welchem Geld August die Gemälde begleichen wird? Sollte sich bewahrheiten, was ich gehört habe, es wäre eine Katastrophe.

„Zu viele Jahre liegen zwischen unserer ersten Begegnung und dem Jetzt und Hier. Vergessen habe ich dich nie. Du denkst, August geht es ebenso mit Lydia?" Rosalinde holt mich aus meinen Gedanken heraus. Ihre Worte gefallen mir nicht.

Brummelnd greife ich erneut nach dem Tee und stecke mir einen weiteren Keks in meinem Mund, um einer Antwort zu entkommen. Mir graust vor Rosalindes nächster Frage, die nicht auf sich warten lässt. „Bedeutet die Erinnerung an die gemeinsame Vergangenheit zwischen Lydia und dir für dich noch etwas Besonderes?"

Auf die Frage möchte ich nicht antworten, mir war nach etwas Ruhe, nicht nach neuem Stress. Rosalinde lässt nicht locker und fragt weiter: „Hast du abgeschlossen mit der Zeit und kannst du die Portraits ohne Gefühle betrachten?"

Nein, so denke ich. In diese Richtung sollte die Unterhaltung nicht laufen. Freudig höre ich die Klingel der Haustür und schneller als es für einen Mann in meinem Alter angebracht ist, springe ich aus meinem Sessel. „Dann schaue ich doch mal, wer uns besuchen möchte", eile ich aus dem Blickwinkel von Rosalinde.

„Ina! Wie schön, dich zu sehen. Und Wolfi hast du auch mitgebracht!"

Überschwänglich bitte ich Ina mit dem Kleinen in das Wohnzimmer. Rosalinde reagiert, wie von mir erwartet, geduldig und ohne mir ein böses Wort entgegenzubringen. Sie freut sich, Ina und Wolfi zu sehen und ihr Gesicht zeigt dies auch. Wie sehr ich diese Frau doch liebe. In meinem Alter so eine innige Verbindung erleben und kosten zu dürfen, dafür bin ich unendlich dankbar. Ina bittet Rosalinde auf Wolfi aufzupassen, was Rosalinde sehr gerne übernimmt.

„Mit den Kindern ist es so schön, Vincenz. Ihr Lachen ist so rein und es stört nicht, dass mein Gesicht alt und voller Falten ist. Der kleine Wolfi sieht in mir nur eine Person, die er lieb hat, das tut mir so gut." Strahlend und mit Wolfi auf dem Arm blickt mich Rosalinde an.

„Meine Liebe tut dir nicht gut? Mache ich etwas falsch, Rosalinde? Habe ich dich vernachlässigt?" Erschrocken blicke ich die Frau an, die mein Herz wieder glücklich macht.

Strahlend kommt Rosalinde mit Wolfi noch ein Stück näher. „Vincenz", sie lächelt mich an. „Deine Liebe brauche ich, um mich als Frau glücklich und wertvoll zu fühlen. Die Liebe von Wolfi weckt wieder meine Muttergefühle. Beides zu spüren, ist ein Traum für mich."

Kurz denke ich an die Jugend von Johann und die Tatsache, als Vater war ich nicht für ihn da. Viele Jahre habe ich versäumt und somit diese Liebe nicht spüren dürfen, von der Rosalinde gerade spricht. „Du warst bestimmt für Johann eine liebevolle Mutter. Wie gerne hätte ich ihn aufwachsen gesehen und seine Entwicklung mitverfolgt." Ich seufze laut.

„Wir müssen mehr an die schönen Momente denken, auch du, Vincenz. Sei nicht so traurig, das macht mich auch traurig." Rosalindes Worte bewegen mich und sogleich bemühe ich mich, wieder einen anderen Gesichtsausdruck aufzusetzen.

Wolfi und seiner lieben Art, wie er sich bewegt und meine Hand nimmt, verdanke ich, dass ich auch nach wenigen Minuten positiv gestimmt bin und mich schon viel glücklicher fühle.

Karin

Meine Freundin Lotte. Auch am nächsten Morgen habe ich Lotte und den neuen Mann in ihrer Nähe, August, in meinem Kopf. In der Frühstückspause kommt mein Handy zum Vorschein und ich versuche, meine Freundin zu erreichen.

„Karin? Musst du nicht arbeiten?", trällert mir Lotte Sekunden später entgegen.

„Petra hat mich über den neuesten Stand in Sachen Liebe und August informiert und darüber hinaus bin ich auch sehr neugierig zu hören, welche Männer sich bei dir auf deine Kontaktanzeige sonst noch gemeldet haben." Von Lotte höre ich zunächst nur ein Kichern.

„Willst du mir nicht Einblick in deine Seele gewähren?" Betont locker werfe ich ihr meine Frage entgegen.

Lotte, das ist mir bewusst, freut sich über meine Anteilnahme.

„Weißt du, Karin, mein Leben verläuft nicht nach einer Norm und ich kann trotzdem sagen, ich erlebe dadurch immer wieder Höhen, die anderen Frauen verwehrt bleiben. Sich immer wieder zu verlieben, bedeutet auch neue Schmetterlinge im Bauch zu spüren. Meiner Mutter wird mein Verhalten missfallen. Sie hat mir das Ende meiner Beziehung zu Franz schon angekündigt, da habe ich ihr das erste Mal von diesem Mann erzählt." Lotte schweigt kurz und ich warte geduldig. So gut kenne ich meine Freundin, um zu wissen, sie redet gleich weiter. „Karin? Empfindest du mich und mein Verhalten als gestört? Sich zu verlieben ist doch etwas Schönes und ich denke, es ist ein Geschenk, dies zu erleben."

Ich stöhne kurz, allerdings verhalten. „Verlieben ist vom Grunde her auch sehr schön, weniger schön sind die Gefühle zum Ende der Liebe. Wer sich oft verliebt, muss automatisch auch mit dem nachfolgenden Liebeskummer zurechtkommen. Ebenso mit den Tränen und der Gewissheit, wieder alleine im Bett zu liegen. Mit beidem, liebe Lotte, hattest du in der Vergangenheit sehr zu kämpfen."

„Du bist sehr direkt, Karin."

„Nur weil ich dich so gut kenne und dich so sehr mag. Mir geht es doch nicht darum, dich zu kritisieren, auf keinen Fall. Ausgerechnet ich, die selbstbestimmt ihr Leben lebt und sich auch keinem Zwang unterwirft, werde nicht mit erhobenem Zeigefinger vor dir stehen", jetzt lache ich laut.

„Was für Worte!" Lottes Stimme hört sich jetzt gereizt an, was mir leidtut. „Meine Mutter kritisiert mich ständig und sie hätte überhaupt kein Verständnis für meine aktuelle Situation oder meinen Liebesstatus."

Ja, mir ist bewusst, was Lotte ausdrücken möchte. „Deine Mutter ist unveränderbar, du musst sie so annehmen, wie sie jetzt im Alter ist." Klappern ist aus dem Hintergrund zu hören. „Lotte? Was tust du gerade?" Mich irritieren die Hintergrundgeräusche.

„Wäsche aufhängen. Eine fürchterlich langweilige Tätigkeit. Kannst du nicht wieder bei mir einziehen, Karin? Wie schön war doch die Zeit mit dir in meinem Haus und auch die gemeinsame Zeit mit Petra. Du hast dich immer um die Wäsche und gutes Essen gekümmert, Petra hat meine Papiere geordnet und mich an Obst und Gemüse gewöhnt."

Ich kann nur lachen auf die Worte meiner Freundin. „Natürlich, wir machen im Alter eine Mädchen-WG auf und nennen uns die fröhlichen Girls."

„Das klingt vielversprechend", flötet Lotte. „Nur die Tatsache, dass ich dafür bis in mein hohes Alter warten muss, sie gefällt mir nicht."

„Ich lebe nun einmal mit Hermann Josef zusammen, Lotte! Diese Tatsache möchte ich auch nicht ändern", ich hole

Luft und füge amüsiert nach: „Oder willst du dich mit August treffen, ihn mit auf deine Couch ziehen, während ich in der Küche für uns Spaghetti koche, da ich wieder mit dir unter einem Dach wohne? Eine Mädels-WG mit Sex, der durch die Wände bis in das Nachbarzimmer zu hören ist, stelle ich mir komisch vor."

„Mach dir nicht so viele Gedanken. Auch dafür habe ich schon eine Lösung, Karin. Ich würde dich einfach in der Zeit ins Kino schicken."

„Meine Pause ist gleich vorbei", komme ich auf den Grund meines Anrufes zurück. „Geht es dir wirklich gut? Muss ich mich nicht sorgen? Was haben die anderen Männer dir auf deine Kontaktanzeige hin geantwortet?"

Lotte windet sich kurz. „So viele Fragen auf einmal. Kannst du nicht wieder für ein Wochenende kommen und schläfst dieses Mal bei mir? Wir reden zusammen und ich gebe dir so viele Einblicke in mein Leben, wie du möchtest und im Gegenzug erhoffe ich mir wohlgemeinte Ratschläge für meine hoffentlich sehr hoffnungsvolle Zukunft."

So ganz unrecht hat meine Freundin natürlich nicht. Am Telefon lassen sich Liebesdinge schlecht besprechen und wenn es mir schlecht ging, kamen die Freundinnen zu mir nach Dresden. „Dieses Wochenende kann ich nicht weg, das darauffolgende Wochenende werde ich versuchen zu kommen, gut, Lotte?" Meine Freundin ist besänftigt und ich erhalte noch die gewünschten Auskünfte.

„Von den anderen Bewerbern halte ich nicht viel. August hat mir am schönsten geschrieben und geantwortet. Ina ist allerdings der Meinung, er schreibe sexistisch, das aber ist ihre Auffassung des Textes."

Oh, ja, Ina, denke ich rasch. „Das kann ich mir gut vorstellen. Nur, Lotte, so richtig klasse finde ich das Verhalten von August nicht. Wieder ein Kandidat, den du über deine

Kontaktanzeige kennenlernst, zumindest ist er auf dieser Platt-
form auch auf der Suche nach einer Frau unterwegs."

Meine Zweifel mag Lotte nicht aufnehmen und verweist auf
das private Treffen bei Vincenz. „Er war charmant, hat gute
Manieren und kleidet sich noch recht jugendlich für sein Alter." Jetzt bin ich zum Lachen aufgelegt. Lotte kokettiert mit
dem Alter von August. Nun gut, mir soll das egal sein, wenn
er es nur ehrlich mit Lotte meint.

„Ina hat mich auch schon am Morgen angerufen", jetzt
klingt Lotte betrübt.

„Bitte bringe mich auf den aktuellen Stand", fordere ich sie
auf, weiterzusprechen.

„Ina hat mich darauf hingewiesen, dass ich nicht jünger
werde und meine besten Jahre teilweise vorbei sind und ich
die Wechseljahre schon vor mir am Horizont sehen kann."

„Puh!", stoße ich aus. „An das Älterwerden möchte ich nicht
denken. Jetzt geht es mir gut und so lebe ich auch. Ina sollte
auch einmal lockerer werden. Lass dich von diesen Worten
nicht zu sehr beeinflussen, Lotte. Ina meint es gut mit dir, aber
wir alle kennen sie und ihre konservative Haltung."

Kurz höre ich wieder das Klappern, was mich dazu bewegt
aufzulegen, als Lotte sagt: „Ina meint, ich würde nicht mehr
lange auf dem Heiratsmarkt in der oberen Liga mitspielen."
Starke Worte, schießt es durch meinen Kopf. „Hautverände-
rungen, Falten, Lustlosigkeit, Ina sprach Punkte an, die ich
nicht hören möchte, jetzt zumindest noch nicht."

Mein Lachen ist echt und ich muss warten, bis ich Lotte
antworten kann. „Vom Grunde her meint Ina es nur gut mit
dir, wie bereits erwähnt, Lotte. Das, was sie dir an den Kopf
geworfen hat, beschäftigt allem Anschein nach unsere Freundin selbst. Unsere Treffen müssen wir wieder regelmäßiger
stattfinden lassen. Gemeinsam plaudern und nach Lösungen
zu suchen, das war immer unsere Stärke."

Lotte scheint mit dem Werkeln im Hintergrund fertig zu sein, zumindest höre ich keine störenden Geräusche mehr. „Lydia Lowere war bis ins hohe Alter begehrt und konnte sich die Männer aussuchen, mit denen sie die Wochenenden verbrachte."

Mir gefällt nicht, was Lotte sich da zusammenreimt und ich kann nicht anders, als es ihr auch zu sagen. „Mit Geld, liebe Lotte, hat Lydia Männer in ihre Nähe gezogen, zumindest in den letzten Jahren. Davor …", ich hole tief Luft, entscheide mich aber dafür, den Weg der Wahrheit, so wie ich ihn sehe, weiterzuschreiten. „Als Lydia mit Vincenz liiert war, hat sie ihm übel mitgespielt und den Mann finanziell ausgenommen", sage ich hart. Lotte widerspricht mir sogleich, wir verfallen in einen Disput und ich sehe nicht ein, wieder einmal diejenige zu sein, die immer nachgeben muss.

„Keinen weiteren Streit, bitte, Karin! Nicht auch noch mit dir. Das Gespräch mit Ina hat mir zugesetzt und ich weiß vom Grunde her, was ihr mir sagen wollt. Nur, gerade jetzt will ich wieder einmal Schmetterlinge in meinem Bauch spüren, das Verrückte ausprobieren und neue Wege gehen. Sollte ich eine Bruchlandung auf dem Weg haben, dann steht mir bitte zur Seite."

Ups, denke ich mir. Lotte lenkt ein und gibt unumwunden zu, sie ist nicht so dumm und hat längst kapiert, was das Spiel mit den immer neuen Männerbekanntschaften für sie bedeuten kann. Allem Anschein nach ist ein Wandel in meiner Freundin vonstattengegangen. Negative Erfahrungen, wie zuletzt mit Franz, werden dafür verantwortlich sein.

„Natürlich sind wir immer an deiner Seite. Irgendwie muss ich auch einsehen, du kannst dein Leben gestalten und erleben, wie du möchtest. Meine Art durch den Alltag zu laufen, ist auch nicht für jede andere Frau als geeignet anzusehen und doch ist diese Art und Weise genau richtig für mich."

Die Erleichterung ist Lotte in den nächsten Worten anzuhören und ich kann durch das Telefon spüren, ihre Stimmung steigt gerade wieder in die Höhe. „Ich freue mich so auf unser nächstes Treffen, Karin!"

Ich will Lotte antworten, doch da höre ich hinter mir eine Stimme. Erschrocken drehe ich mich um, sehe meinen Kollegen, der mit dem Finger stumm auf seine Armbanduhr zeigt. „Meine Pause ist lange überschritten", beende ich mein Telefonat.

Lotte bleibt in meinem Kopf, den ganzen Tag über. Leider habe ich nichts von den anderen Männern erfahren, die Lotte geantwortet haben, zumindest nichts Konkretes. Meine Neugierde ist geweckt und ich fange an mir auszumalen, was sich dieses Mal in Lottes Haus abspielen wird. Meine Zusage, das übernächste Wochenende zu kommen, ist in meinem Kopf und gleichzeitig bekomme ich Panik, mitten in Lottes Spiel zu sitzen. Es wäre nicht das erste Mal und für meine Freundin ist es kein Grund mir abzusagen, auch wenn sie sich mit einem Mann verabredet und diesen zeitgleich einlädt.

Am Abend rufe ich Petra an, die zum Glück gleich an ihr Handy geht.

„Du kannst doch auch bei uns auf der Couch übernachten", beruhigt sie mich. „Lotte will uns zum nächsten Treffen in ihr Haus einladen, dann bist du nicht alleine und wir können jederzeit reagieren, falls ein ungewünschter Gast auftaucht." Petra klingt amüsiert.

„Wie gut, liebe Petra, dass dein Leben so geordnet verläuft."

„Ja, dank dem, was mir meine Freundin so an Einblicken in ihr Privatleben schenkt, bin ich wirklich dankbar für unsere Normalität und den immer noch grandiosen Sex. Wirklich, Karin, der Sex mit Marc ist das Beste. Wann immer wir einen kleinen Streit haben, wir landen im Anschluss im Bett und der Versöhnungssex ist spitze", ihre Stimme klingt aufgedreht. „Später, wenn wir engumschlungen zusammenliegen, dann weiß niemand von uns mehr so richtig, wieso wir gestritten haben. Das ist doch Liebe, Karin."

Ja, denke ich mir, mein Sex mit Hermann Josef ist ebenfalls grandios und hat uns schon über einige Hürden zusammengeschweißt.

„Willst du sagen, Lotte hat nie diese Erfüllung mit einem Mann gefunden?" Petra verneint meine Theorie. „Bei Ina vermute ich es. Also …", Petra druckst kurz herum, scheint nach den richtigen Worten zu suchen. „Es liegt nicht an Marc, das kann ich mehr als gut beurteilen", jetzt kichert sie. „Ina wird sich nicht öffnen und beim Sex fallenlassen können. Sie ist ein Kopfmensch und ich kann mir ausmalen, unsere Ina hat schon das Frühstück im Kopf, während sie in den Armen eines Mannes liegt. Männer spüren das!"

Petras Worte gefallen mir und ich gebe offen zu, auch ich habe schon diese Gedanken über unsere Freundin Ina und ihr Privatleben gehegt.

„Lotte war mit Franz sehr innig. Das durften wir im letzten Jahr doch hautnah miterleben. Wann immer er mit der Hand geschnippt hat, Lotte lief ihm wieder hinterher. Nicht vergessen sollten wir die ganzen Demütigungen, die Franz unserer Freundin zugemutet hat. Nein, Petra, wir sollten Lotte nicht aufhalten und sie ihre Erfahrungen mit August machen lassen. Etwas Abstand zu Franz wird sie in jedem Fall durch diesen Mann finden." Meine Worte bleiben nicht lange unkommentiert. „Trotzdem bin ich der Meinung, er ist nicht der richtige Mann für unsere Freundin", bringt sich Petra ein. „Seinen Auftritt im Café und seine Affinität, unter dem Gemälde von Lydia Lowere sitzen zu wollen, das finde ich albern. Nur die

Tatsache, er wurde Lotte auch von Vincenz vorgestellt, beruhigt mich."

Mich bewegt noch etwas anderes: „Ob Vincenz den Mann nur für ein Geschäftsessen eingeladen hatte, wissen wir nicht. Es muss nicht bedeuten, dass er ihm grundsätzlich vertraut und August durch die Bekanntschaft zu Vincenz einen Ritterschlag erhält. Vorsichtig zu sein, ist immer ratsam."

„Ina wird hoffentlich über Rosalinde mehr über den Mann in Erfahrung bringen."

August

Meine Arbeit in Limburg ist fast abgeschlossen und ich finde jetzt die nötige Zeit mich intensiver um Lotte zu kümmern. Peinlich finde ich, ausgerechnet ihr habe ich auf eine Kontaktanzeige geantwortet. Lotte, das habe ich schmunzelnd festgestellt, hat ein älteres Foto für die Anzeige genommen, auf dem sie gut zehn Jahre jünger aussieht. Normalerweise schreckt mich so ein Verhalten ab und ich ziehe mich zurück, bei Lotte bin ich nachsichtiger. Absichtlich habe ich bei dem Abendessen, zu dem Vincenz uns beide eingeladen hatte, nichts gesagt. Lotte scheint davon auszugehen, ich habe sie nicht erkannt. Wieso eine so tolle und junge Frau diesen Weg wählt, um einen Partner zu finden, sie wird es mir hoffentlich erklären können. Bei mir spricht schon mein Alter dafür. In Discotheken gehe ich nicht mehr, in den Restaurants, wo ich geschäftlich zum Essen verabredet bin, ist die Atmosphäre nicht zum Flirten geeignet. Ich trenne privat und Geschäftsbereiche.

Ob Lotte entsetzt ist, wenn sie von meiner Vergangenheit erfährt? Nun, mit siebzig hat Mann nun einmal schon mehr erlebt als eine Frau, die gerade in den Anfängen der vierziger Jahre steckt. Meine Lebenserfahrung dürften ihr zu Gute kommen. Und so, wie ich Lotte am gestrigen Abend erleben durfte, wird es ihr gefallen. Diese Frau ist neugierig und hat einen Hang zur Abenteuerlust.

Seriös möchte ich meinen Beruf als Anwalt bezeichnen. Zumindest während der Arbeit bin ich es, äußerlich immer und innerlich kann ich mich zusammennehmen. Freizeit bedeutet für mich, das Leben zu genießen und es zu kosten, solange es mir vergönnt ist, auf dieser wunderschönen Erde zu weilen. Früher habe ich gelächelt, wenn ältere Menschen Sprüche zum Besten gaben, wie beispielsweise: Erst im Alter ärgert man sich über die Dinge, die man aus Rücksicht oder aus Scham, eventuell auch aus Angst, nicht ausprobiert hat. Ja! Heute kann ich diese Worte unterstreichen und muss zugeben, die Wahrheit klingt in diesen Zeilen mit. Es gibt nicht vieles, auf das ich verzichtet habe. Weib, Wein und Partys habe ich genossen und oft zügellos gelebt. Jetzt suche ich eine Partnerin, die nicht ganz diese stürmische Zeit sucht und trotzdem nicht langweilig wie ein Hausmütterchen lebt. In der klassischen Rolle des Ernährers, der am Abend von der Arbeit nach Hause kommt und sein Essen auf dem Tisch vorfindet, sehe ich mich nicht. Für mich soll das Leben bis zur letzten Minute wie eine Party verlaufen. Das, was ich bisher von Lotte erfahren durfte, gefällt mir. Für mich ist es kein Problem, dass Lotte ein Tempo vorlegt, das mir den Atem nimmt. Nein, es ist gut, dass Lotte verrückte Wege beschreitet. Mir gefällt, was ich bisher über diese Frau erfahren durfte. Ausgerechnet Vincenz fühlt wie ein Vater für diese junge Frau. Gut, der Mann hat viel durchgemacht nach dem Unfalltod seiner Frau und seiner Tochter. Zu diesem Zeitpunkt war er oft unerträglich und kaum ansprechbar. Vincenz hatte nur noch die Arbeit als Ablenkung im Kopf. Ihn jetzt so innig mit Rosalinde zu sehen, das freut mich sehr. Obgleich ich immer dachte, er gründet eines Tages eine neue Familie mit einer jüngeren Frau. Nun, vom Grunde her ist ihm die Gründung einer Familie gelungen. Rosalinde hat seinen Sohn mit in die Gemeinschaft gebracht. Mit Johann hat er einen Sohn bekommen, der noch dazu seine Gene in sich trägt. Niemals hätte ich Vincenz zugetraut, eine geheime Beziehung zu einer anderen Frau zu führen. Einen Sommer lang hat er Rosalinde geliebt. Mir kommt es vor, als habe er versucht, einen Roman nachzuleben. Tragen wir nicht alle diesen Wunsch in unserem Herzen, einen Sommer lang die große Liebe zu finden und genießen zu dürfen? Wochen voller Leichtigkeit und Liebe zu spüren, das wünsche ich mir noch heute.

Sage einer, ich sei verrückt und lebe betont locker in den Tag, dann soll er sich doch Vincenz ansehen. Vor der Ehe haben er und Rosalinde einen Sohn gezeugt und über Jahre gelogen und mit einem Geheimnis gelebt. Nein, was das anbetrifft, bin ich ehrlicher durch das Leben geschritten. Mein Verhalten war offensichtlich, meine Affären kamen leider früher oder später immer ans Tageslicht. Einige dieser peinlichen Erlebnisse würde ich gerne aus meiner Erinnerung streichen können, was nicht in meiner Macht steht. Besonders den Tag, als mich ein gehörnter Ehemann durch eine Glastür aus seiner Wohnung warf. Ein Theater war das. Die Nachbarn standen an ihren Fenstern und beobachteten das Spektakel. Mir war es unangenehm. Der Mann schrie mich immer wieder an, fand beleidigende Worte für mein Verhalten und dafür, dass ich in seinem Schlafzimmer gelegen habe, mit seiner Frau. In der Unterhose, die hatte ich gerade noch überziehen können, floh ich vom Grundstück. Nach wenigen Metern, die ich gerannt war, kam mir der Ehemann in seinem Wagen nachgefahren. Jetzt naht dein Ende, war mein erster Gedanke. Der Mann überfährt mich hier an der Straße und ich kann nichts dagegen tun, war mein nächster Gedanke. Wie eine Fügung kam ein kleines Gartentörchen in meinen Blick und ich war mit letzter Kraft darauf zu gerannt. Glück habe ich gehabt, riesengroßes Glück! Das Törchen war nicht verschlossen und ich konnte mich in den angrenzenden Garten retten. Das anschließende Krachen, das an meine Ohren drang, habe ich noch Wochen später im Traum gehört. Als die Polizei eintraf, war ich der arme Mann in Unterhosen und er der brutale Kerl, der mich halbnackt durch die Straße gejagt hatte. Ja, so denke ich heute, mein Auftritt vor der Polizei war filmreif.

Seine Frau, so habe ich später erfahren, hat sich im Anschluss von ihm getrennt. Unsere Wege haben sich nicht mehr gekreuzt, für mich war die Frau zu heiß und zu gefährlich gewesen. In jeder Hinsicht, muss ich noch immer lachen, wenn ich an die Handschellen denke, die sie mir unbedingt hat anlegen wollen. Mit einer Peitsche wollte sie mir den Po versohlen. Wie doch die Zeit läuft, die Erinnerungen an diese kurze Affäre liegen nun schon über dreißig Jahre zurück.

Noch am Fenster stehend und am Grübeln, höre ich mein Handy summen.

„Was für eine Überraschung, Lotte! Gerade habe ich an dich gedacht", bringe ich meine Freude zum Ausdruck. Beim Abendessen im Haus von Vincenz habe ich ihr meine Visitenkarte zugesteckt. Ich freue mich über den Anruf. Lotte hat mich länger warten lassen als ich dachte. Freudig fängt sie an zu reden und fragt mich, ob wir uns sehen können.

„Heute Abend? Sehr gerne. Ich bin pünktlich um 20 Uhr bei dir. Was darf ich mitbringen? Champagner?" Lottes Einladung kam unvermittelt und ich bin direkt darauf eingegangen, habe einem Treffen freudig zugesagt. Ob Lotte so feudal lebt wie Vincenz? Nach dem Telefonat komme ich wieder nicht umher, an sie zu denken. Ob ich ihr Blumen mitbringen soll oder sieht das zu spießig aus? Mache ich mich dann zu einem Trottel?

Beim Umziehen entscheide ich mich, nur eine Flasche Champagner mitzunehmen. Der Abend soll prickelnd beginnen und wird für mich hoffentlich in Lottes Armen enden, blicke ich mich vor Verlassen meines Hotelzimmers noch einmal kritisch im Spiegel an. Doch, so denke ich, für mein wahres Alter sehe ich noch sehr gut aus.

Meinen Wagen besteige ich mit bester Laune, singe auf der Fahrt auch bei einigen Liedern mit, soweit mir die Texte bekannt sind. Vincenz ruft über mein Handy an, da fahre ich gerade in das kleine Dorf, in dem Lotte lebt. Für mich wäre es zu klein, zu geordnet, normal und spießig kommt es mir in den Sinn. Das Gespräch mit Vincenz möchte ich umgehen und lasse mein Handy einfach klingeln. Beim Einparken vor Lottes Haus versucht Vincenz erneut, mich zu erreichen. Vorsichtshalber schalte ich mein Handy beim Aussteigen aus meinem Auto aus. Unter keinen Umständen soll er mir den heutigen Abend vermiesen, das weiß ich zu verhindern. Kurz flammt in mir die Frage auf, hat Vincenz etwas von meinem Deal gehört? Hat ihm jemand einen Hinweis gegeben, um mich aus dem Rennen zu werfen? Wie nur würde Vincenz reagieren, frage ich mich und spüre, diese Gedanken bekommen mir nicht.

Mein Blick schweift kritisch über das alte Haus von Lotte, je mehr ich mich der Tür nähere. Weit gefehlt war meine Eingebung, Lotte würde in dem Glanz von Vincenz leben. Jetzt bin ich verwundert. Er sprach davon, Lotte wie seine eigene Tochter zu sehen. Warum nur lässt er es dann zu, dass die junge Frau in solch einem alten Haus lebt?

„Herzlich Willkommen", steht Lotte kurz darauf vor mir. Meine Überlegungen zu dem alten Haus sind in dem Moment verflogen, als ich sie vor mir stehen sehe. Sorgen, so habe ich gelernt, müssen auch einmal hinten anstehen und warten können. Beschwingt schreite ich in ihr Haus und nur wenige Minuten später öffne ich den Champagner.

„Brause für Erwachsene", stößt Lotte wenig später mit mir an. Mir gefällt, was sie sagt, auch wenn ich es für etwas befremdlich halte. Für mich gibt es einen großen Unterschied zwischen Brause und Champagner. Mein Gesichtsausdruck scheint mich verraten zu haben, denn im Anschluss erzählt mir Lotte, der Künstler, der die Portraits von Lydia Lowere gemalt hat, habe diesen Kommentar für Champagner lokalfähig gemacht. Mir ist es egal, denke ich mir und höre nicht mehr richtig zu. Mir gefällt, was ich vor mir sehe. Lotte hat sich weiblich angezogen. Sie trägt ein hübsches, schwarzes Kleid und ich beschäftige mich viel lieber mit ihr als mit einem

Künstler, den ich nicht kenne, auch wenn ich seine Gemälde mag.

„Demnächst gibt es wieder eine neue Vernissage in meinem Café, da musst du unbedingt dazukommen. Natürlich stelle ich dir Anton, den Künstler, vor und ihr könnt über die Anziehungskraft von meiner verstorbenen Tante philosophieren." Sie nippt erneut an ihrer „Brause" und ich tue es ihr gleich. „Möchtest du auch mein Wohnzimmer sehen?", geht Lotte in einen weiteren Raum, ohne auf meine Antwort zu warten. Die Küche hat mir gefallen, jedoch in ihrer Schlichtheit nicht imponiert. Selbst das Wohnzimmer fällt für mich unter die Kategorie Landleben.

„Fühlst du dich wohl hier in dem kleinen Dorf?" Meine Frage lacht Lotte weg und es gefällt mir. Auf eine Antwort warte ich nicht mehr, stattdessen nehme ich ihr das Glas aus den Händen, stelle es gemeinsam mit meinem auf den Wohnzimmertisch. „Du siehst toll aus, Lotte", nehme ich sie in die Arme und verschließe mit meinen Lippen ihren Mund. Kurz spüre ich ein Zögern von Lotte, dann jedoch wird mein Kuss sinnlich und fordernd erwidert.

„Hast du Lust auf Sex?" Meine Frage scheint sehr überraschend für Lotte zu sein. Ein Zucken, das durch ihren Körper geht, spüre ich deutlich. Lotte stößt mich ein Stück von sich weg, schaut mir unsicher in die Augen. „Ist dein Verhalten normal für einen Mann mit siebzig?"

Jetzt liegt es an mir, ihre Frage wegzulachen. „Lass dich überzeugen", ziehe ich Lotte zu dem Sofa. Zu meiner Freude lässt sie sich auf meine Worte ein und ich darf sie zärtlich auf dem Sofa küssen, ihre Brüste streicheln und sie langsam ausziehen. „Du kannst ruhig mitmachen", muss ich Lotte ermuntern, auch mich zu streicheln. „In meinen Augen bist du so ganz anders als die Männer, die mir früher begegnet sind", wirft Lotte ein. Unvermittelt grinse ich und küsse Lotte ihre Gedanken aus dem hübschen Kopf. „Lass es einfach geschehen und genieße den Moment ohne Angst und ohne Sorgen.“

„Genau sagen, was ich von dem heutigen Abend erwartet habe, kann ich nicht“, blickt mich Lotte eine gute halbe Stunde später versonnen an. Sie liegt in meinen Armen. „Alle Erwartungen wurden jedoch von dir übertroffen“, schmiegt sie ihre nackten Brüste gegen meinen Oberkörper.

„Darf ich eine Zigarette rauchen?“ Zögerlich sehe ich die Frau an, mit der ich gerade einen wunderbar, lustvollen Sex erlebt habe.
„In der Zwischenzeit dusche ich und im Anschluss gibt es das Abendessen, zu dem ich dich eingeladen habe.“

Diese Frau ist genau nach meinem Geschmack, ziehe ich an meiner Zigarette. Für das Rauchen habe ich mich in Lottes Garten verzogen. Ungläubig blicke ich mich in dem angrenzenden Grün um. Lotte liebt es natürlich und findet allem Anschein nach Freude beim Anblick der aus dem Lot gewachsenen Bepflanzung, die geradezu nach einem grünen Daumen schreit. Viel Pflege investiert Lotte nicht in den Garten, überlege ich und puste kleine Wölkchen in die Luft. Trotzdem hat der Ort hier etwas Entspannendes und für manch einen Städter würde er als Oase der Ruhe durchgehen. Wie unterschiedlich die Menschen doch so oft ihre Sichtweise haben. Die Sehnsucht nach dem, was ich nicht bekommen konnte, ist immer schon in mir ausgeprägt gewesen. Ob ich länger als vier Wochen an der Seite von Lotte bleiben will, frage ich mich und drücke die Zigarette aus. Eingeengt leben kann ich nicht. Mein Freiheitsdrang lässt mich immer wieder weiterziehen. Oft habe ich mein Verhalten mit dem der Bienen verglichen, die von Blüte zu Blüte fliegen und immer wieder neue Freude dabei empfinden.

Lotte kommt die Stufen vom ersten Stock hinunter, ein Badetuch umhüllt ihren schönen Körper. „Vincenz ist am Telefon", hält sie mir ihr Handy entgegen. „Er sagt, er habe vergeblich versucht, dich anzurufen", setzt sie lächelnd nach. Ich zucke nur leicht mit den Schultern. Das Handy nehme ich entgegen und warte noch einen Moment ab, bis Lotte wieder im ersten Stockwerk verschwunden ist, um sich anzuziehen, bevor ich das Telefonat annehme. In dem Moment, als ich mich bei Vincenz bemerkbar mache und ihn begrüße, ruft Lotte von oben: „Möchtest du nicht auch duschen kommen?"

Räuspern dringt an meine Ohren. „Soweit bist du schon gekommen, an einem Tag?"

„Du wolltest mich sicherlich nicht wie ein Vater rügen und auf mein Verhalten zu Frauen ansprechen, Vincenz?"

Erneut klingt ein Räuspern an meine Ohren. Dieses Verhalten kenne ich, Vincenz legt es immer an den Tag, wenn er unzufrieden ist.

„Mir geht es um etwas anderes. August, du wirst ins Gefängnis kommen und somit Lotte Kummer bereiten. Wenn ich schon bei dem Abendessen in meinem Haus geahnt hätte, was ich heute weiß, ich hätte euch nicht an meinem Tisch zusammengebracht. Dass du ein Frauenheld bist, kein Problem. Lotte kann mit Männern umgehen und der nächste Liebeskummer wird nicht lange auf sich warten lassen. Du bleibst nie länger als einige Wochen bei einer Frau, daher war mir euer Kennenlernen kein Dorn im Auge."

Die Stimme von Vincenz überschlägt sich. Ich gehe erneut in den Garten und zünde mir wieder eine Zigarette an.

„Was genau willst du andeuten, Vincenz? Habe ich dich nicht in den letzten Jahren gut vor Gericht vertreten?" Augenblicklich ist meine Stimme vor Aufregung höher als gewollt. Mir passt der Moment seines Anrufes nicht und dass er sich erdreistet, mich über den Anschluss von Lotte zu suchen, ebenfalls nicht. „350.000 Euro, August, darüber will ich mit dir reden. Du hast dir mein Vertrauen erschlichen, mich in der Ansicht über Jahre zurückgelassen, alles in meinem Sinne zu regeln. Jetzt aber habe ich gehört, du hast dich in den letzten Jahren an mir bereichert, mich ausgenommen wie eine Weihnachtsgans!"

Vincenz schweigt kurz, während ich fieberhaft darüber nachdenke, wie ich ihm alles in meinem Sinne erklären kann. „Ich denke, Vincenz, jemand möchte einen Keil zwischen unsere langjährige Freundschaft treiben. Kann es sein, dein neugewonnener Sohn Johann steckt dahinter? Der feine Notar scheint liebend gerne seine Nase in fremde Angelegenheiten zu stecken", ich erzürne mich und ärgere mich sogleich darüber, so ungeschickt zu reden. Mit Sicherheit lässt Vincenz nichts auf seinen Sohn kommen.

„Johann hat herausgefunden, dass du in meinem Namen Gelder investiert hast, die Kaufverträge aber auf deinen Namen hast notariell beglaubigen lassen. Du hast dir eine teure Wohnung von meinem Geld gekauft!" Vincenz wird sehr laut, was mir nicht behagt.

„Für einen Mann wie dich, Vincenz, sind 350.000 Euro doch keine große Summe! Jahrelang war ich für dich Tag und Nacht bereit zum Arbeiten. Du hast über mich verfügen dürfen, wann immer es dir passte. Selbst Urlaube habe ich für dich unterbrochen. Mir steht diese Belohnung zu, Vincenz."

Wie dumm bin ich nur? Mir wird ganz heiß. Wieso habe ich mich hinreißen lassen, alles zuzugeben? Ich grabe mir gerade mein eigenes Grab.

„Ein Betrüger bist du, August!"

Vincenz hört sich nicht so an, als wolle er mich verstehen.

Was er nun vor hat, will ich von ihm wissen.

„Dich anzeigen und die Wohnung auf meinen Namen umschreiben lassen, was sonst?"

Seine Worte treffen mich wie Pfeile ins Herz. Offen zugeben muss ich, in den letzten Jahren auf diese Wohnung hingearbeitet zu haben. Immer wieder habe ich mir 30.000 Euro oder auch mal etwas mehr oder weniger von seinen Konten auf ein Unterkonto abgebucht. Der Wahrheit entsprechen aber auch meine Einwände. „Gab es jemals eine Prämie für mich? Alles, Vincenz, wirklich alles, was ich für dich auf den Weg gebracht habe, du hast es nie richtig honoriert." Auf eine Antwort muss ich warten. „Bist du noch am Telefon?", hake ich nach. Erneut kommt das bekannte Räuspern an meine Ohren.

„August? Telefonierst du noch immer mit Vincenz?", Lottes Stimme weckt meine Aufmerksamkeit und tönt über allem. Nicht mitbekommen hatte ich, dass sie wieder aus dem ersten Stock zurückgekommen ist. „Frage Vincenz doch, ob er zu uns kommen und mit uns essen möchte."

Meine Wut über Lottes Worte kann ich nur schwer unterdrücken, verhalten werfe ich ihr ein Lächeln entgegen und ein Handzeichen, das sie wissen lässt, ich muss noch in Ruhe weitersprechen. Hoffentlich hat sie von dem Verlauf des Telefonates keine relevanten Details mitgehört.

„Für die Einladung von Lotte bedanke ich mich. Jedoch kann ich nicht glauben, du legst ebenfalls Wert auf meine Gesellschaft am heutigen Abend?", tönt mir nun die Stimme von Vincenz wieder ans Ohr. Der Mann hat natürlich die laute Stimme von Lotte und ihre Worte aufgenommen. Verlegen ziehe ich an meiner Zigarette. „Wieso nicht, lieber Vincenz. Speisen wir doch gemeinsam, ich freue mich."

Meine Worte zeigen Wirkung, ich spüre, Vincenz ist verunsichert, was mir gefällt.

„Gut, Lotte zuliebe werde ich gerne kommen, August. Mir ist aber nicht nach einem Streit mit Zuhörer. Wir beide regeln die Angelegenheit unter uns Männern. Du kommst morgen in mein Haus, gegen elf Uhr." Damit beendet Vincenz das Gespräch. Erneut ziehe ich an meiner Zigarette, dann drücke ich auch diese aus und gehe zurück zu Lotte in die Küche. Wieder angezogen und frisch frisiert steht sie am Herd. Lotte strahlt und summt vor sich hin, ein Anblick, der mir gefällt.

„Vincenz hat deine Einladung angenommen und kommt zum Abendessen", teile ich ihr mit. Lotte dreht sich kurz zu mir um. „Möchtest du noch einen Wein aussuchen? Im Keller befindet sich ein gutgefülltes Regal. Schau mal nach, was dir gefällt und bringe bitte für Vincenz den Weißwein mit, der ganz links steht. Es ist seine Lieblingssorte."

Komisch, denke ich erneut. Die beiden müssen sich in der Tat sehr nahestehen, ansonsten würde Vincenz nicht so spontan zum Abendessen kommen. Jetzt höre ich auch noch aus Lottes Mund, sie hat seinen Lieblingswein auf Vorrat. In meine Überlegungen kommt mir eine Idee. Lotte, so glaube ich zu wissen, kann der Brückenbauer zwischen Vincenz und mir werden. Allem Anschein nach mag sie mich und beim Liebesakt war Lotte gelöst und glücklich. Nicht ausdenken möchte ich mir, sie hat mir etwas vorgespielt. Nein, verbiete ich mir selbst, meine Gedanken in diese Richtung laufenzulassen. Lotte werde ich umgarnen und somit kann Vincenz mich nicht anzeigen, das würde er Lotte nicht antun wollen. Ins Gefängnis kann ich nicht gehen, unter keinen Umständen. Das würde mein frühes Ende bedeuten.

Im Keller angekommen, nehme ich gleich zwei Flaschen von Vincenz' Lieblingswein mit. Die Sorte dürfte auch mir munden. Lotte strahle ich beim Zurückkehren in die Küche an. Diese Frau, so mein erneuter Gedanke, kann der Schlüssel zu meiner Freiheit sein. „Wie hübsch du nur aussiehst, Lotte", säusele ich ihr ins Ohr.

Meinen Wunsch, Lotte beim Eindecken behilflich zu sein, nimmt sie verwundert auf. „Mein Ex-Freund Franz wäre niemals auf diese Idee gekommen. Weiberarbeit, hat er mir stets zu verstehen gegeben, sei nichts für einen echten Mann." Ich lache und gebe mich bewusst weltmännisch. „An guter Erziehung hat es dem Mann aber gefehlt", lege ich das Besteck neben die Teller. „Wo finde ich Servietten?"

Lotte bleibt kurz stehen, dann dreht sie sich erneut um und zeigt auf eine Schublade. Im Inneren herrscht ein Durcheinander und ich habe Mühen, drei Servietten herauszufischen, die gut zueinander passen und den Eindruck wecken, hier wird gepflegt gespeist. Mir behagt Unordnung nicht und ich muss an mich halten, Lotte jetzt nicht zu kritisieren, sondern großzügig über ihre schlampige Ader hinwegzusehen. Vincenz, das ist mir bewusst, legt sehr viel Wert auf Etikette. Überrascht bin ich beim Anblick eines Services, das ich selbst als hübsch einstufe und nicht in den Schränken von Lotte erwartet habe.

„Ich denke, der Tisch wird Vincenz gefallen", meine Worte sind an Lotte gerichtet und gleichzeitig ein Lob für mich selbst. Meine Hände sind nass vor Aufregung vor der Begegnung mit Vincenz. Ob es am heutigen Abend zu einem offenen Wort kommen wird? Wird sich Vincenz hinreißen lassen, mir vor Lotte eine Szene zu machen? Innerlich bin ich auf alles gefasst. Wie sehr Lotte ihm am Herzen liegt, wird mir auch der Verlauf des heutigen Abends zeigen.

„Bist du nervös? Oder liegt es an mir und meiner Nähe?" Lotte lächelt mich an, nachdem sie wohlwollend den Tisch kontrolliert hat. „Mir zumindest hat gefallen, was ich erleben durfte", wirft sie eine Kusshand in meine Richtung und eilt sogleich wieder in ihre Küche. Was für eine Frau, überlege ich.

In eine Schublade passt sie nicht. Für den einen Moment ist sie ein Vamp und hungrig nach Liebe und Berührungen, was mich richtig scharf gemacht hat. Dann wieder steht sie wie ein Hausmütterchen in der Küche am Herd und bereitet brav das Abendessen vor. Und doch kann ich ihr die gute Hausfrau nicht abnehmen, dafür sind ihre Schubladen zu unordentlich und die Schränke, die ich geöffnet habe, ebenso. Mitten in meine Gedanken höre ich die Klingel und blicke unvermittelt auf meine Uhr. Lotte eilt vergnügt und summend an die Tür und ich darf hören, sie begrüßt begeistert Vincenz, der kurz darauf auch schon neben mir am Tisch seinen Platz findet. Unsere Begrüßung ist unterkühlt aber höflich, was Lotte verwundert. „Soll ich uns einen Aperitif servieren?"

Ohne auf die Antwort von Vincenz und mir zu warten, eilt Lotte an ein Schränkchen und holt drei Gläser zum Vorschein, die sie rasch füllt. „Ein Likörchen wirkt oft Wunder und meine Tante Lydia Lowere hatte auch schon ihre Freude daran, wie ich inzwischen hören durfte."

Weder Vincenz noch ich geben einen Kommentar ab, unisono trinken wir das Glas leer und nehmen am Tisch wieder Platz.

„Darf ich den Wein servieren?" Meine Frage verwundert nicht nur Lotte, auch Vincenz sieht mich skeptisch an. Pünktlich stand er vor Lottes Tür, nichts anderes habe ich von diesem Mann erwartet. Sein Blick, der mich beim Eintreten traf, sprach Bände. Noch immer fühle ich mich nicht wohl in meiner Haut und hege Panik vor dem Moment, wenn Vincenz die „Bombe" platzen lässt. Von der Seite betrachte ich ihn und frage mich, wieso kann er mir die Summe nicht einfach schenken? So viele Jahre war ich für ihn ein Handlanger, der

Mensch, der immer für ihn zur Verfügung stand. Ein Büttel, sozusagen. Gut, ich habe in seiner Nähe viele tolle Momente erlebt, Menschen getroffen, die mir sonst niemals begegnet wären. Natürlich konnte ich mich auch entfalten und meine Aufgaben, die ich für ihn erledigt habe, sie haben mir oft viel Freude gemacht. Gesonnt habe ich mich auch in der Gewissheit, viele meiner noch sehr jungen und strebsamen Kollegen, die versucht haben meinen Platz einzunehmen, sind an Vincenz gescheitert.

Menschen, für die er sich einmal entschieden hat, lässt er so schnell nicht fallen. In mir keimt ein Funken Hoffnung auf.

„Ihr kennt euch schon so lange", Lotte strahlt uns beide abwechselnd an.

„Ja, trotzdem sind wir zwei sehr unterschiedliche Charaktere", prostet Vincenz ihr zu.

„Hast du nicht vergessen, August zuzuprosten?" Lotte hält inne und wartet ab, bis Vincenz mir sein Glas entgegenhält, erst dann nippt sie an ihrem Wein. Mein Plan, so scheint es, geht auf. Was Lotte betrifft, wird Vincenz zu Marzipan und schmilzt in ihren Händen. Mir soll es nur recht sein, nehme ich einen guten Schluck von Vincenz' Lieblingssorte zu mir. Seinen guten Geschmack kann ich nicht leugnen. Natürlich durfte ich in seiner Nähe auch stets die feinsten Speisen essen und kam in die besten Restaurants. Ein Leben in der Nähe von Vincenz ist als besonders zu beschreiben. In meine Überlegungen dringt die Stimme von Lotte.

„Wieso kann August nicht bei dir wohnen? Es ist doch unpraktisch für ihn, im Hotel zu übernachten und ständig zwischen deinem Haus und seinem Zimmer hin- und herzufahren. Dein Haus ist riesig und drei Gästezimmer stehen frei", Lotte redet und redet und merkt nicht, weder Vincenz noch ich finden Gefallen an ihren Worten. Unermüdlich redet sie weiter und kommt mir vor wie Robin Hood in Frauenkleider. Nebenbei steckt sie das eine oder andere Stück Brot in den Mund und spricht auch kauend noch, was mich anwidert. Nein, so weiß ich, diese Frau wird niemals an meine Seite passen.

Jetzt, hier und in der aktuellen Situation ist Lotte perfekt für mich. Wenn ich aber meinen Weg und Frieden mit Vincenz wiedergefunden habe, muss ich sie verlassen.

„Meine Zeit hier ist fast beendet", werfe ich ein.

„Das sehe ich anders", mault Vincenz. Erschrocken blicke ich ihn an. Lotte klatscht unterdessen begeistert in ihre Hände. „Prima! Dann zieht August morgen in dein Haus. Ich werde ihm behilflich sein. Dann sehen wir uns doch auch wieder öfter."

„Vielleicht könnte ich auch hierher zu dir ziehen?" Meine Worte machen Lotte verlegen, so habe ich sie noch nicht gesehen. Kauend auf ihrer Unterlippe sitzt sie vor mir. Was hat sie nur? Vorhin sind wir uns so nahe gewesen und jetzt will sie mir keine Unterkunft gewähren?

„Das Kapitel habe ich gerade abgeschlossen und um die Wahrheit zu sagen, ich habe noch nicht die Scherben alle aufkehren können, die Franz hier hinterlassen hat."

Süffisant grinsend nimmt sich Vincenz einen weiteren Schluck aus seinem Glas, dann steht er unvermittelt auf.

„Deine Hotelkosten gehen selbstverständlich auf mich, August. Die Summe dürfte auch keine Rolle mehr spielen. Ich erwarte dich morgen pünktlich in meinem Haus. Für mich ist es jetzt an der Zeit zu fahren."

Während Lotte ihren väterlichen Freund ahnungslos zur Tür begleitet, verziehe ich mich erneut für eine Zigarette in den Garten. Die frische Luft tut mir gut und ich halte meinen Kopf zum Himmel. Was nur wird kommen? Weglaufen geht nicht mehr, denke ich, dafür hänge ich zu tief drin. Vom Inneren des Hauses höre ich Lotte, die allem Anschein nach an der Spülmaschine hantiert. Sie scheint bereits den Tisch abzuräumen. Mich ärgert es noch immer, wie sie mich hat abblitzen lassen und gleichzeitig weckt ihr Verhalten ein Gefühl von Kampfgeist in mir. Bisher hat mich noch keine Frau aus ihrer Wohnung geworfen.

Gegen Mitternacht lässt Lotte mich wirklich ziehen. Dass ich getrunken habe, kein Auto mehr fahren sollte, lächelt sie weg. „Ich rufe dir ein Taxi", greift sie zum Handy. Den Anruf bei dem nächsten Taxidienst kann ich gerade noch verhindern.

„Ein Gläschen nimmt mir nicht die Konzentration, ich fahre selbst bis zu meinem Hotel", küsse ich sie auf den Mund, in der Hoffnung, ich wecke neue Gelüste in ihr und sie lässt mich nicht gehen.

„Wir sehen uns", hält Lotte die Tür im Anschluss weit geöffnet und ich muss mich auf den Weg machen. Ob ich doch den Wagen vor ihrem Haus stehen lassen sollte? Beim Öffnen meines Autos kommt mir bereits der Gedanke. Die Nachbarn würden den Wagen sehen und sicherlich käme ein Getuschel zustande. Vincenz würde rasch informiert werden und würde denken, Lotte ist mir verfallen. Was für ein Idiot ich doch bin, schellte ich mich bei der Fahrt, nicht auf das Angebot, ein Taxi zu nehmen, eingegangen zu sein. Ein paar Minuten beschäftigt mich der Gedanke.

Beim Aufschließen meines Hotelzimmers werde ich von kalter und abgestandener Luft empfangen, was meine Stimmung nicht verbessert. Rauchen ist nicht gestattet in diesem Hotel, ich habe es trotzdem getan, am offenen Fenster. Auf mein Handy werfe ich noch einmal einen Blick. Zu meiner Enttäuschung ist keine Nachricht mit sehnsüchtigen Gefühlen von Lotte eingegangen. Diese Frau habe ich falsch eingeschätzt. Verärgert blicke ich in die kleine Bar in meinem Zimmer und hole mir ein Bier zum Vorschein. Grübelnd lege ich mich auf mein Bett. Ein Plan muss her, bevor es für mich unangenehm wird. Ich falle später in einen unruhigen Schlaf, der einen Traum aufzeigt, der mich schweißgebadet mitten in der Nacht wieder aufwachen lässt. Ich habe mich im Traum bereits selbst im Gefängnis sitzen gesehen.

Mein Herz rast. Der Wecker zeigt mir, es ist drei Uhr. An ein Weiterschlafen ist nicht mehr zu denken, so aufgewühlt, wie ich gerade bin. Daher verlasse ich mein Bett und laufe unruhig durch mein Zimmer. Mir fehlt die Luft zum Durchatmen und ich reiße das Fenster weit auf. Luft! Ich brauche frische Luft. Mein Herz schlägt so wild, als würde es aus meiner Brust herauswollen. Ob das jetzt ein Anzeichen ist für eine ernsthafte Erkrankung? Schweißperlen, die sich auf meiner Stirn bilden, suchen sich einen Weg über meine Wangen. Ruhig, August, du musst jetzt ruhig bleiben, rede ich mir selbst gut zu. Schüttelfrost überfällt mich, Panik breitet sich in mir aus. Wenn das jetzt meine letzte Stunde sein soll, alleine in einem Hotelzimmer zu sterben, keine schöne Vorstellung. Mit letzter Kraft ergreife ich das Telefon neben meinem Bett und wähle die Rezeption an, dann wird mir schwarz vor Augen.

Ina

Überrascht bin ich, als Vincenz unangemeldet vor meiner Tür steht. „Ich möchte mit Wolfi spielen", grinst er mich schräg an. Dass dies in meinen Augen eine Ausrede ist, ich behalte den Gedanken für mich.

„Herzlich Willkommen", bitte ich ihn in meine Küche.

„Lotte und ihre Männer", raunt Vincenz in dem Moment, als er gerade meine Küche betritt. Kurz schiele ich auf meine Armbanduhr, die mir zeigt, es ist kurz vor 14 Uhr. Im Allgemeinem kommt Vincenz nicht alleine am frühen Nachmittag zu Besuch. Ich sehe ihm auch an, er trägt Sorgen in seinem Herzen.

„Darf ich dir eine Tasse Kaffee anbieten?" Ohne auf seine Bemerkung zu Lotte einzugehen, fange ich an, die Maschine zu bedienen und hole zwei Tassen zum Vorschein.

„Um ehrlich zu sein, Ina, möchte ich von dir wissen, ob am frühen Morgen ein fremder Wagen vor dem Haus von Lotte stand." Während Vincenz mit mir spricht, geht er in mein Wohnzimmer und schaut aus dem Fenster, das sonst mir einen freien Blick bis zu Lottes Haus gewährt. Zunächst kann ich seine Frage nicht verstehen, dann aber erfahre ich von Vincenz, dass am gestrigen Abend August bei meiner Freundin Lotte eingeladen war.

„Zu einem gemeinsamen Abendessen hat Lotte mich auch eingeladen und ich musste mit anhören, wie August Lotte fragte, ob er bei ihr wohnen darf."

Überrascht öffne ich meinen Mund, schaffe es aber, meine spontanen Gedanken bei mir zu behalten und gebe nur die Auskunft, am Morgen keinen Wagen gesehen zu haben. Vincenz lässt nicht locker mit seiner Frage. „Du bist dir sicher, Ina, der Wagen stand am Morgen nicht mehr vor Lottes Haus?" „Das kann ich mit Gewissheit sagen, Vincenz", bemühe ich mich, ihn zu beruhigen. „Mit Wolfi habe ich in Nassau schon früh Lebensmittel eingekauft. Auf meinem Weg dorthin komme ich direkt an Lottes Haus vorbei. Glaube mir, Vincenz, ein fremdes Auto wäre mir aufgefallen. Wie es scheint wird Lotte doch noch erwachsen und vernünftiger im Umgang mit Männern.“

„Ja, das wäre mir sehr lieb, Ina. Lotte, so habe ich doch große Bedenken gehegt, ginge doch noch auf den Wunsch von August ein, der bei ihr einziehen wollte.“ Vincenz schnappt kurz nach Luft. „Und als er unseren Termin am Morgen nicht eingehalten hat, da bin ich nervös geworden.“ In der Stimme von Vincenz schwebt seine Nervosität mit. „Glaube mir, Ina, jetzt bin ich richtig erleichtert und gelöst“, setzt er mit einem zufriedenen Gesichtsausdruck nach.

„Allem Anschein nach hat die Trennung von Franz ihr mehr zugesetzt als ich glauben wollte.“

„Wie bereits erwähnt, Ina, August und ich waren am Vormittag verabredet, in meinem Haus“, nach diesen Worten fällt Vincenz einfach ins Schweigen.

„Du wirst noch herausfinden, wo er stattdessen war. Auf Lotte bin ich jedenfalls sehr stolz!“

Vincenz nickt auf meine Worte, er wirkt erneut sehr müde.

„August soll doch dein Freund sein? Wo liegt jetzt das wahre Problem? Ist es der Altersunterschied zwischen Lotte und ihm, der dich stört?“ Meine Fragen gefallen Vincenz nicht und er bemüht sich, mit meinem Sohn zu albern und somit lenkt er das Thema auf eine geschickte Weise in eine andere Richtung.

Ich lasse ihn gewähren und so plaudern wir im Anschluss über einen geeigneten Roller für Wolfi, wenn er etwas älter geworden ist. Auch berichtet mir Vincenz von seiner Idee, für Wolfi eine Schaukel im Garten aufzustellen. Ich kann beobachten, wie er sich in Rage redet, nur leider kommt er nicht mehr auf August zurück. Mich interessiert zu erfahren, was im

Kopf von Vincenz vor sich geht. Dass er sich um Lotte sorgt, ist mir nicht neu, es gefällt mir sogar. Für Lotte ist es mehr als nur ein Lottogewinn, so einen liebevollen Menschen an der Seite zu haben, der sich um sie sorgt und immer wieder bemüht ist, ihr das Leben zu ebnen. Seit sie Vincenz kennt, hat sich für Lotte vieles im Leben zum Positiven gewandelt. Ob nun auch der Anwalt von Vincenz Einkehr in Lottes Alltag finden wird? Meine Fragen, die mir im Kopf sitzen, lasse ich auch dort. Unter keinen Umständen möchte ich Vincenz noch aufregen, er sorgt sich schon genug. Auch am späten Nachmittag macht Vincenz keine Anstalten gehen zu wollen, was mich wirklich nicht stört. Er spielt mit Wolfi und ich freue mich, ihn endlich mit entspannten Gesichtszügen zu sehen. Nebenher koche ich ihm Tee und stelle Kuchen auf den Tisch.

Am frühen Abend kommt Johann nach Hause und ist freudig überrascht, seinen Vater zu sehen. „Kann ich mit dir über das Geschäft reden?" Rasch ziehen sich die beiden in das Arbeitszimmer von Johann zurück, ohne mir eine Erklärung zu geben. In mir wächst der Gedanke, die geheime Unterhaltung hängt mit August zusammen. Meine Neugierde ist geweckt und so versuche ich, mit zwei Gläsern frischem Orangensaft als Vorwand etwas von der Unterhaltung aufzuschnappen. Die Idee war gut, jedoch fallen Vincenz und Johann in Schweigen, in dem Moment, als ich im Zimmer auftauche. Immerhin beim Betreten durfte ich Wortfetzen aufschnappen.

„Windig erschien er mir von Anfang an. Ich lasse ihn gerade etwas durchleuchten und habe schon Kontakt zu Kollegen aufgenommen, die in den Akten namentlich erwähnt sind", höre ich Johann sagen. Mein Versuch länger als nötig zu hantieren, wird von Vincenz unterbrochen. „Lass uns doch bitte jetzt wieder alleine, Ina. Es geht um das Geschäft", versucht er sich freundlich meiner Nähe zu entledigen.

„Zum Abendessen darf ich dich einladen?", bleibe ich an der Tür zum Flur stehen.

„Bitte aber erst in einer Stunde das Essen auf den Tisch bringen", ruft Johann mir nach. Was die beiden nur vorhaben, grübele ich beim Verschließen der Tür. Mir macht es Sorgen, dass es mit August zu tun haben könne. Er ist doch ein Anwalt und somit seriös? Meine Fragen bleiben beim Vorbereiten des Essens in meinem Kopf. Der Ton der Türklingel holt mich aus meinen Gedanken heraus. Nicht gerechnet habe ich mit Lotte, die nun vor mir steht. Meine Freundin sieht aufgekratzt aus. Unsere Begrüßung ist herzlich, die Umarmung schon obligatorisch.

„Neues Parfum?", bitte ich sie, mir in die Küche zu folgen. „Du hast dich auch sehr hübsch angezogen, Lotte! Inzwischen hast du einen wirklich weiblichen Stil gefunden", betone ich lobend. Mein Blick wandert an meiner Garderobe herab. „Passt du hier zehn Minuten auf? Vincenz ist oben bei Johann und wir werden gemeinsam Abendessen. Du bist selbstverständlich eingeladen", eile ich aus der Küche in mein Schlafzimmer. Der Blick in den großen Spiegel offenbart meine neuerliche Nachlässigkeit und ich ärgere mich über mein eigenes Verhalten. Rasch werfe ich die getragene Kleidung auf einen Haufen auf dem Boden. Ein Verhalten, das mir noch vor einem Jahr zuwider gewesen ist. Dank Rosalinde werde ich lockerer im Leben und im Umgang mit den Menschen, die ich lieb habe. Sie ist viel mehr als nur die Mutter von Johann und Partnerin von Vincenz für mich. In Rosalinde habe ich eine wahre Vertraute mit viel Lebenserfahrung an meine Seite bekommen.

„Jetzt fühle ich mich wesentlich wohler in meiner Haut", kehre ich zurück in die Küche.

„Sehr gut! Du siehst klasse aus!" Lottes Worte beflügeln mich. „Nur gut, dass du vorbeigekommen bist. Von alleine wäre ich nicht auf die Idee gekommen, mich umzuziehen.

Johann ist ein Mann, der viel Wert auf Äußerlichkeiten legt, er ist damit so ganz anders veranlagt als ich. Mein Naturell passt hier aufs Land – gemütlich, praktisch und dem Wetter entsprechend wähle ich meine Garderobe aus." Mein Lachen im Anschluss ist echt. „Trotzdem gut, wenn ich ab und an daran erinnert werde, dass ich eine junge Frau bin, deren Mann sich über ein hübsches Kleid freut."

„Diese Aufgabe werde ich übernehmen. Wie oft schon habe ich deine Ratschläge befolgt, wenn auch nicht immer mit Freude", lacht Lotte zurück. Während ich das Essen fertig zubereite, fängt Lotte an, den Tisch zu decken. „Darf ich das Service nehmen?", öffnet sie meine Schränke.

„So feierlich?"

Lotte nickt. „Genieße jeden Tag, als sei er dein letzter."

„August hat dich gestern in deinem Haus besucht? Wie war euer Zusammentreffen?" Meine Frage kommt ganz automatisch über meine Lippen. Kurz dreht sich Lotte zu mir um. „Sehr schön, zumindest das Körperliche." Die Selbstverständlichkeit ihrer Worte lässt mich zucken, was Lotte nicht entgeht. „Wir sind nun einmal verschieden in diesem Punkt, meine Liebe. Ich denke mir, der Augenblick war schön, der Mann hat mir gutgetan und ich habe meinem Körper das zugestanden, was er brauchte", grinst Lotte mir zu.

Ja, wie wahr ihre Worte nur sind. Für mich ist es ein weiter Weg, einem anderen Menschen zu vertrauen und mich zu öffnen. Für Lotte scheint es wie ein Spiel zu sein, wie die Suche nach einem neuen Glück. Mitten in meine Überlegung sagt sie: „Ich möchte einfach öfter die Schmetterlinge der neuen Liebe in meinem Körper spüren. Alltag und Sorgen kommen doch von alleine. Mir macht Routine Angst. Ein Wunder eigentlich, dass ich mein Café so gut führe und immer wieder Glück empfinde, wenn ich meiner Arbeit nachkomme."

Kurz drehe ich mich vom Herd weg und blicke Lotte ins Gesicht. „Für mich ist das eindeutig. Bei der Arbeit darfst du immer du selbst sein. In deinen Beziehungen haben nach kurzer Zeit immer die Männer angefangen, dein Leben zu bestimmen und dir den Weg vorzugeben, der ihnen am besten gefiel und passte. Wie sehr hattest du dich für Franz verändert. Kaum ein Abend mit uns Mädels war mehr möglich. Du hattest dich zurückgezogen in ein Schneckenhaus und erst, als es dir richtig dreckig ging, kamst du wieder zum Vorschein." Kurz erschrecke ich über meine offenen Worte.

Lotte nickt nur, allem Anschein nach hat sie darin nur die Wahrheit erkannt und keine Kritik. „August habe ich nicht bei mir übernachten lassen, Ina", gesellt sie sich zu mir, nachdem der Tisch eingedeckt ist. „Seine Bitte, bei mir vorrübergehend einzuziehen, als Ersatz für das einsame Hotelzimmer, habe ich auch abgelehnt. Mir haben die Männer in der Vergangenheit zu oft mitgespielt und diese Spiele waren nicht immer gut für mich." Lottes Stimme hat einen traurigen Unterton.

„Sieht hübsch aus", schiele ich kurz nach hinten zum gedeckten Tisch. „Du hast dich verändert, zum Positiven", setze ich nach. „Verlange bitte nicht zu viel von mir und akzeptiere auch die Lotte, die sich vielleicht in den nächsten Tagen zeigen wird, wenn ich mich öfter mit August getroffen habe."

Jetzt kann ich nicht umhin, sauer zu sein. „Ist das etwa schon eine Ankündigung, in alte Fahrwasser zurückzugleiten? Lotte? Du bist jetzt frei, du hast Geld, Freunde", weiter komme ich nicht. „August! Ja, er schwirrt gerade in meinem Kopf herum. Wie erwähnt, das körperliche Miteinander war gut, nicht phänomenal, trotzdem gut."

Ich verdrehe meine Augen. „So genau wollte ich jetzt keinen Einblick in deinen Sex erhaschen."

Lotte tippt an meine Schulter und ich schaue sie an. „Wieso eigentlich nicht? Was ist daran so schlimm? Die Vorstellung, sich unter Freundinnen Tipps zu geben, um im Anschluss aus-zuprobieren, was der anderen gutgetan hat, finde ich prima."

Um Lotte nicht ihre gute Laune zu nehmen, verlasse ich kurz die Küche, um nach Wolfi zu sehen. Bei meiner Rück-kehr hat Lotte ihr Handy vor der Nase.

„Komisch", Lotte steht mitten in meiner Küche und schielt auf ihr Handy. „Ich kann August nicht erreichen."

Du nervst, möchte ich laut sagen, halte mich aber zurück. „Hat er sich heute noch nicht gemeldet?", frage ich stattdessen. Lotte schüttelt ihren Kopf. „Nein, das finde ich ja so komisch. Ob er beleidigt ist, weil ich ihn nicht habe bei mir übernach-ten lassen?"

Mir kommen die Wortfetzen in den Sinn, die ich zwischen Johann und Vincenz aufgeschnappt habe. „Frag doch Vincenz gleich beim Essen, ob er eine Erklärung für das Verhalten von August hat."

„August ist Anwalt, ich habe ihn über Vincenz kennen-gelernt. Wo soll da eine Gefahr von dem Mann ausgehen?" Lottes Frage verwundert mich. Sie scheint selbst schon ihre Gedanken in diese Richtung wandern zu lassen.

„Hast du Hintergrundinformationen zu August? Sprach er gestern am Abend von seinem Leben? Hobbys, Freundschaf-ten oder etwas, das uns diesen Mann besser verstehen lässt?"

Lotte blickt mich beleidigt an. „Ina! Du benimmst dich ge-rade wie ein Detektiv. Wieso sollte ich mich so verhalten und ihn ausfragen? Wir hatten einen wunderschönen Abend und guten Sex, mehr nicht."

Jetzt liegt es an mir, ruhig zu bleiben, was mir nicht wirklich gelingt. „Deine Art über zwischenmenschliche Dinge zu spre-chen, ärgert mich. Verstehen kann ich es auch nicht." Meine Worte kommen bis in Lottes Ohren, jedoch scheint sie daran

170

keinen Gefallen zu finden. Lotte will gehen und ich kann sie nur mit Mühen überreden zu bleiben.

„Nenn mich spießig, Lotte, das habt ihr anderen Mädels bestimmt schon oft hinter meinem Rücken über mich gesagt. Mir liegt aber dein Wohl am Herzen, wirklich. Sollte dir der Abend ohne Reue gutgetan haben, dann bemühe ich mich, das zu akzeptieren. Tut dir dein Herz jedoch weh, dann kannst du immer mit mir reden." Kaum, dass ich zu Ende gesprochen, habe fällt Lotte mir um den Hals. „Ich mag dich, Ina. Wir sind zwar wie Tag und Nacht und doch gehören wir zusammen", schnieft sie an meine Wange. „Dass die Liebe immer so kompliziert sein muss. Männer sind eine verrückte Erfindung", löst sie sich aus meiner Umarmung. Ich muss schmunzeln auf ihre Worte.

„Haben wir etwas verpasst?" Vincenz und Johann kommen zu uns in die Küche und Lotte, so kann ich sehen, wischt rasch mit ihrer Hand über ihr Gesicht.

„Wie hübsch du dich gemacht hast", haucht Johann mir einen Kuss auf meine Wange. Etwas verlegen bitte ich alle, sich an den gedeckten Tisch zu setzen. Beim anschließenden Essen loben zunächst alle meine Kochkünste, dann den guten Wein. „In meinem Alter wird Essen immer wichtiger", kokettiert Vincenz. Lottes spontaner Einwurf, er sei doch noch recht fit und sehr aktiv, lächelt Vincenz weg. Mir scheint, es ist ein Seitenhieb auf August, den er aus irgendwelchen Gründen aus dem Leben von Lotte raushaben möchte. Innerlich muss ich stöhnen. Johann scheint es zu merken. Er legt kurz seine Hand auf meine und lächelt mich liebevoll an. Wie froh ich doch bin, mich umgezogen zu haben.

„August wollte ich zum Essen einladen", stößt Lotte aus, nachdem die Teller geleert sind. „Aus irgendeinem Grund kann ich ihn heute nicht telefonisch erreichen. Gibt es einen Termin, der dir bekannt ist, Vincenz?"

Dankbar bin ich ihr für den gewählten Zeitpunkt, bis nach dem Essen gewartet zu haben. Johanns Blick wechselt mit dem von Vincenz und ich sehe eine Skepsis in beiden Gesichtern, die nichts Gutes ahnen lässt.

„Möchte noch jemand Eis zum Nachtisch?" Ohne auf eine Antwort zu warten, stehe ich auf, fange an, den Tisch abzuräumen und drücke auf die Espresso-Maschine, um in Aktion zu bleiben. Mich macht die Vorahnung nervös auf das, was ich erwarte, gleich zu hören. Dass es nichts Positives sein wird, das spüre ich schon jetzt.

„Unsere Verabredung am Morgen hat August auch nicht eingehalten", mault Vincenz. Kurz kehrt Stille am Tisch ein. „Willst du mir damit etwas andeuten, Vincenz?" Lotte kaut auf ihren Nägeln, was mir sogleich auffällt. Diese blöde Angewohnheit kommt immer einmal wieder hoch bei ihr. In mir wächst jetzt ebenfalls die Nervosität. Angespannt hole ich die Espresso-Tassen aus dem Schrank.

„August hat mit Sicherheit einen triftigen Grund für sein Verhalten. Lasst uns doch einen Nachtisch genießen und der nächste Tag bringt mit Sicherheit Licht in diese Angelegenheit." Klappernd stelle ich die Tassen auf den Tisch. „Wer möchte jetzt ein Eis?" Meiner Stimme verleihe ich Schwung. Johann meldet sich als Erster, zu meiner Freude haben auch Lotte und Vincenz jetzt Lust auf ein Eis. Mit dem Eis kommt auch die Leichtigkeit an den Tisch und ich darf sehen, Lotte und Vincenz verfallen in ein entspanntes Gespräch.

Gegen 22 Uhr bin ich mit Johann alleine, Vincenz und Lotte sind zeitgleich gegangen.

„Trinken wir noch ein Glas Rotwein?" Johann sieht mich neckisch an. Mir gefällt sehr, wie er sich den ganzen Abend über um mich bemüht hat. Das Essen, selbst das Eis zum Nachtisch, alles wurde von Johann mit lieben und lobenden

Worten kommentiert. Im Gegensatz zu meinen Freundinnen habe ich keinen regelmäßigen Sex. Zumindest finden Lotte, Petra und Karin, alle fünf bis sechs Wochen Sex und körperliche Nähe sei zu wenig. Petras Worte kommen in meinen Kopf. „Zwei Tage ohne Sex und ich bin unausstehlich", lachend gab sie dies zum Besten bei unserem letzten Mädelsabend. Diese Worte haben mich nachdenklich werden lassen und sind seit diesem Abend immer wieder einmal in meinem Kopf. Doch nie habe ich so intensiv darüber nachgedacht wie jetzt.

„Dann hole ich uns noch einen guten Wein", will ich mich auf den Weg in den Keller machen.

„Lass mich doch in den Keller gehen", hält Johann mich am Arm fest. Keine Ahnung, was mir gerade in den Kopf gekommen ist, ich drücke mich an ihn und verschließe seine Lippen mit den meinen. „Ich will dich jetzt ganz nah haben, dich spüren", hauche ich ihm, nachdem ich meine Lippen von seinen gelöst habe, entgegen. Johann reagiert sofort und zieht mich auf der Stelle mit zum Sofa und fängt gleich an, mich auszuziehen. Sein Atem wird schneller und ich darf kurze Zeit später auch spüren, er ist sehr erregt.

Später, als ich glücklich mit ihm in seinen Armen auf dem Sofa liege, frage ich mich, ob Johann sich oft zurücknimmt, aus Rücksicht auf mich. So, wie er vorhin auf mich reagiert hat, hat mir gezeigt, für ihn ist der Sex wichtig. Wieder denke ich an Petra und ihre Worte. Johann streichelt meine Wangen und ich fühle mich glücklich und gelöst. Meine Gedanken an Petra, meine Angst, Johann als Frau nicht glücklich zu machen, alles ist aus meinem Kopf und ich fange endlich an, nur die Nähe meines Partners zu genießen.

Einige Tage später ...

Karin

Bin ich happy, auf der Fahrt nach Limburg zu sein. Voller Sehnsucht habe ich den Tag meiner Abreise herbeigesehnt. Hermann Josef fand mein Verhalten der letzten Tage schon komisch. Nur gut, wir sind gestern richtig schick essen gegangen und hatten auch einen herrlich entspannten Abend zu zweit. Unter keinen Umständen soll er denken, ich will ihm aus dem Weg gehen. Nur das, was ich in den letzten Tagen von meinen Freundinnen gehört habe, es ist wie ein kleiner Krimi gewesen. Letztes Wochenende habe ich stundenlang telefoniert, zunächst mit Petra, später noch mit Ina und am längsten war das Gespräch mit Lotte. Liebesdinge sind nicht so leicht zu händeln, grübele ich auf meiner Fahrt und lasse den Blick aus dem Fenster schweifen. Nur gut, ich bin in meiner Beziehung angekommen, fühle mich sehr glücklich mit Hermann Josef, was nicht immer so war. Gibt es überhaupt Partnerschaften und Ehen ohne Probleme? Ich bezweifele das. Mir kommen meine Freundinnen in den Sinn und ganz besonders Lotte. Unsere Lotte, grübele ich und habe nicht bemerkt, mir gegenüber sitzt inzwischen eine junge Frau mit Kind. Sie bittet mich, kurz auf den Jungen aufzupassen, während sie die Toilette aufsucht. In meiner Tasche habe ich eine Tüte Gummibärchen, die ich dem Kind anbiete.

„Meine Mama will nicht, dass ich Süßigkeiten esse", greift der Knirps beherzt zu. Die Tüte wechselt rascher den Besitzer als ich es verstehen kann. Im Nu ist sie aufgerissen und der Junge steckt sich eine Handvoll Gummibärchen in seinen Mund. Die Tüte versteckt er rasch unter seinem Pulli und strahlt mich kauend und zufrieden an. Kurz denke ich an die Zeit, als ich schwanger war. Wie hätte ich unser Kind erzogen, wenn es denn geboren worden wäre? Auf die Idee, Gummibärchen zu verbieten, wäre ich sicherlich niemals gekommen, viel zu gerne nasche ich die Süßigkeit selber. Dieser Junge erinnert mich so sehr an meine Freundin, dass ich erneut an Lotte denken muss. Meine Freundin kommt mir vor, als sei sie nie aus der Pubertät herausgekommen. Der kleine Junge mir gegenüber nutzt währenddessen noch einmal die Zeit ohne seine Mutter an der Seite und stopft eine neue Hand voller Gummibärchen in seinen Mund.

„Aber nicht meiner Mami verraten." Ein fast zahnloses Lächeln bekomme ich als Dankeschön geschenkt. Mir gefällt, was ich sehe und ich lache herzhaft.

An meinem Ziel Bahnhof in Limburg angekommen, entdecke ich Petra sogleich. Petra begrüßt mich stürmisch.

„Wie war deine Fahrt?", greift sie beherzt nach meiner Tasche, was ich untersage.

„Wenn du ein Mann wärst, gut, so aber kann ich meine Tasche selber tragen."

Kaum, dass wir in ihrem Wagen sitzen, kommen wir gleich auf Lotte zu sprechen.

„Es ist wirklich gut, Karin, dass wir heute am Abend wieder einmal alle gemeinsam reden können." Petra macht eine Pause. Zunächst glaube ich zu ahnen, sie konzentriert sich auf den Verkehr, doch dann redet sie weiter. „Lass uns vorsichtig mit Lotte umgehen. Du kennst sie ja auch sehr gut. Wenn wir gleicht mit drei gegen eine über sie herfallen läuft sie davon und wir haben nichts erreicht. Wichtiger ist es, in Ruhe mit Lotte über August zu reden."

So, wie Petra die Lage einschätzt, liegt sie bestimmt richtig. Von Petra erfahre ich noch eine Neuigkeit über August, die mir nicht gefällt.

„Er hat Vincenz um sehr viel Geld betrogen. Ich hoffe, wir erhalten am Abend mehr Informationen. Das, was ich weiß, hat Ina mir gesagt."

„Kommt er ins Gefängnis?"

„Ich denke, ja. Vincenz hat viel Rücksicht in den letzten Tagen genommen, wegen Lotte. Die Beweislage sieht aber nicht gut für August aus."

Kurz denke ich nach und doch finde ich keine Lösung. Erleichtert nehme ich Petras nächste Worte auf. „Sein Zusammenbruch im Hotelzimmer, am Abend, nachdem er bei Lotte war", an der Stelle unterbreche ich Petra.

„Nein! Davon hat mir bis jetzt noch niemand etwas gesagt. Mit Lotte habe ich doch telefoniert? Wieso sagt mir keiner etwas?"

Petra legt beschwichtigend ihre Hand auf mein Bein, zieht sie dann aber wieder weg, um das Lenkrad zu halten.

„Wir wissen erst seit einer Stunde davon. Chaos-Queen Lotte hat sich einmal mehr einen spektakulären Fisch geangelt", tönt Petra.

„Wie geht es August jetzt? Was genau war passiert?"

Petra überholt zunächst ein anderes Auto, solange muss ich mich gedulden.

„Zunächst wusste niemand von uns, dass August im Krankenhaus liegt. Lotte hat uns die Ohren voll gejammert, August melde sich nicht mehr bei ihr."

„Ja, darüber bin ich informiert und Vincenz muss sich über einen geplatzten Termin, zu dem August einfach nicht erschienen ist, aufgeregt haben." Ich blicke zu Petra in der Hoffnung noch mehr zu erfahren. „Wieso war August im Krankenhaus?"

„Der Arzt meinte, August habe sich übernommen und einen Herzinfarkt erlitten."

„OH!", raune ich.

„Außerdem ist herausgekommen, August hat Vincenz um rund 350.000 Euro betrogen und das Geld in eine Wohnung investiert, die er sein Eigentum nennt."

„Oh, là, là! Was für Neuigkeiten. Der heutige Abend verspricht, abwechslungsreich zu verlaufen."

„Daher glaube ich, es kann sehr gut sein, dass Vincenz August anzeigen wird." Petras Worte ängstigen mich.

„Hoffentlich kehrt jetzt zwischen Vincenz und Lotte kein Streit ein. Was Männer anbetrifft, ist Lotte gerne mit Scheuklappen unterwegs. Wir müssen Lotte ablenken, etwas mit ihr in den nächsten Tagen unternehmen, dann bekommt sie neue Impulse und hoffentlich auch eine neue Sichtweise auf August."

„Wir können gemeinsam zum Baggersee fahren, so wie ihr es früher getan habt. Wie oft schon habe ich euch von der Teenagerzeit schwärmen gehört und mir gedacht, ach, wie schade, dass ich damals noch nicht in eurer Runde war", Petra klingt positiv und ich freue mich über ihren Vorschlag.

„Nur, Petra, es gibt etwas zu bedenken", jetzt schmunzele ich vor mich hin. Petra scheint an meiner Stimme zu merken, jetzt kommt ein lustiger Einwand von mir, womit sie richtig liegt. „Wir sind bevorzugt am späten Abend an den Baggersee, zum Nacktbaden", meine Stimme ist hoch und belustigt zugleich. „Oh! Ich verstehe", höre ich Petra sagen. „Ina war wirklich dabei?"

So ganz will sie mir nicht Glauben schenken, das ist nicht zu überhören. „Wir waren sehr jung, fünfzehn Jahre, glaube ich. Ina war dabei, allerdings ist sie immer mit Höschen und BH in den See."

Petra lacht. „Gut, jetzt bin ich beruhigt. Für einen Augenblick habe ich gedacht, sie hat sich in den letzten Jahren um 360 Grad gewandelt. Trotzdem finde ich es cool, dass Ina mitgemacht hat und dass ihr sie so genommen habt, wie sie war, etwas prüde." Petra bringt gerne alles auf den Punkt, ohne große Verletzungen, was mir an ihr besonders gefällt.

„Herzlich willkommen, liebe Karin", hält meine Freundin mir wenig später die Tür zu ihrer Wohnung auf.

„Und Marc hat keine Probleme damit, dass ich das Wochenende hier verbringe, euch auf der Pelle sitze?"

Petra gibt mir einen liebevollen Schubs in meine Seite. „Leg deine Strickjacke ab, deine Tasche ebenfalls und dann gibt es einen Kaffee zur Begrüßung."

Kurz halte ich inne. „Ein Prosecco wäre mir jetzt lieber", sehe ich Petra von der Seite an.

„Wie du möchtest, du bist mein Gast. Ich verzichte, dafür fahre ich uns später zu Lotte und dann hole ich deinen Vorsprung wieder auf", belustigt öffnet Petra den Kühlschrank und kurz darauf öffnet sie eine Flasche Prosecco mit einem lauten Plopp. „Hast du Hunger?" Petra hantiert schon herum, während ich mir ein Glas Brause für Erwachsene genehmige und versonnen aus ihrem Fenster schaue. Der direkte Blick auf den Dom gefällt mir und jedes Mal, wenn ich bei Petra bin, muss ich den Anblick für einen Moment in Ruhe auf mich wirken lassen. Petra scheint zu merken, ich brauche einen Augenblick der Ruhe. Wie selbstverständlich stellt sie leise einen Teller mit einem Marzipankuchen vor mir ab, ebenso einen Becher mit Milchkaffee.

„Ich bin kurz im Badezimmer", ist sie auch schon aus meinem Blick verschwunden. Petra, denke ich, sie ist so verständnisvoll. Marc wird es gut bei ihr haben. Sein Leben war zuvor bestimmt nicht so ruhig wie heute. Innerlich darf ich lachen. Mir fällt ein, was Petra so über ihren Sex mit Marc berichtet und das klingt alles andere als langweilig. Sie scheint eine fast perfekte Partnerin zu sein. An die ganz perfekte Person möchte ich nicht glauben, bei keinem Menschen. Dafür hat mich das eigene Leben zu sehr geprägt und doch kann ich sagen, so wie ich heute lebe, bin ich glücklich. Menschen verlieren oft die richtige Sichtweise und somit die Fähigkeit, das Schöne zu erkennen.

„Ziehst du dich nicht mehr um?" Petra steht in einer engen Lederhose und einer gelben Bluse vor mir.

„Du siehst klasse aus", puste ich Luft durch meine Zähne. „Dann muss ich mich ja noch etwas aufhübschen, sonst werde ich glatt an deiner Seite übersehen."

Lotte

Die Reaktionen auf meine Kolumne sind sehr unterschiedlich. Meine Gedanken beim Hochfahren meines Laptops liegen bei den zuletzt gelesenen Antworten. Eine Nachricht von meiner Chefredakteurin fällt mir als Erstes ins Auge.

Liebe Lotte Wolke,

denken Sie bitte an den nächsten Beitrag zu Ihrer Kolumne, der leider noch aussteht. Ich mag es nicht, wenn Ihr Beitrag erst kurz vor dem neuen Druck bei mir eintrifft. Die Reaktionen auf Ihre Zeilen sind wieder sehr facettenreich, wie ich es bei Ihnen gewohnt bin. Unglaublich finde ich noch immer, dass die Frauen regelrecht auf die nächste Kolumne hin fiebern und sich die Mühe machen, Ihnen Tipps zu schreiben bzw. einfach zu antworten. Mein Leben, das habe ich schon öfter betont, verläuft so ganz anders als Sie es leben. Mir liegen die Verkaufszahlen der Zeitschrift am Herzen und somit warte ich schon freudig auf die nächsten Zeilen von Ihnen, die auch ich mit Neugierde direkt lesen werde.

Ihre
Chefredakteurin
Krautwinkel

Hinter diesen Worten steckt eine hohe Erwartung an mich, dessen bin ich mir bewusst. Frau Krautwinkel geht es immer nur um ihre Verkaufszahlen, nicht um mich als Person. Solange meine Beiträge die Herzen der Leserinnen und Leser erreichen, bin ich im Team, werde gut behandelt und entsprechend bezahlt. Für mich ist die Arbeit bei der Zeitschrift, das Schreiben und Eintauchen in meine Welt der Fantasie, gemischt mit der nötigen Portion Realität nicht mehr wegzudenken. All die

Reaktionen und somit auch entstandenen Kontakte zu anderen Frauen, ich möchte es nicht mehr missen. Einblicke und Eindrücke in das Leben meiner Leserinnen und Leser haben mir oft neue Wege gezeigt und mich verstehen lassen, was ich vorher nicht verstanden habe. Ja, ich lerne in der Tat aus den Rückmeldungen. Nicht alles, was ich lese, gefällt mir, nicht jeder Brief berührt mich oder trägt dazu bei, mich weiterzuentwickeln. Jedoch finden bei jeder Kolumne einige Antworten ihren Weg in mein Herz und zeigen mir, ich bin nicht alleine mit meinem Kummer. Mein Entschluss, jetzt sofort die nächste Kolumne zu schreiben, ist gefasst. Rasch brühe ich mir noch einen frischen Kaffee und hole mir ein Stück Schokolade dazu, dann sitze ich auch schon wieder an meinem Schreibtisch.

Meine lieben Leserinnen und Leser,

meine Aufgabe, über das neue Thema Ehrlichkeit in der Beziehung zu schreiben, ist eine erneute Herausforderung für mich. Mit meinem ersten Beitrag habe ich Sie sogleich wieder mit in mein Haus genommen, in mein Privatleben blicken lassen. Für mich ist eine Beziehung mehr als nur das Verhältnis zwischen Mann und Frau. Die Gemeinsamkeiten mit meinen Freundinnen zum Beispiel, sind wie eine Beziehung. Ehrlichkeit ist auch unter uns Mädels oberstes Gebot. Abgesehen von kleinen Notlügen, die wir alle einmal zur Hilfe hervorholen. Wie soll ich auf die Frage reagieren, ob der neue Pullover schön ist, wenn ich schon beim Anblick glaube, meine Augen bekommen einen Schaden, je länger ich ihn ansehen muss. Hier hilft eine kleine Notlüge und schon ist der Tag gerettet.

Sicherlich erhalte ich zu diesen Zeilen sehr viele Briefe und werde auch hören, ich liege völlig falsch mit meiner Theorie, dass eine Notlüge helfen kann.

Auch in einer Beziehung zwischen Mann und Frau darf für mich eine kleine Notlüge ihren Platz im Alltag haben. Mir geht es weniger um die Kleinigkeiten, der Bemerkung zur neuen Frisur, dem selbstgebackenen Kuchen, dem Gulasch nach eigenem Rezept kreiert. Warum sollte ich nicht loben, wenn ich damit eine Freude bringen kann?

Ehrlichkeit ist für mich viel mehr als diese Notlüge. Ehrlichkeit ist immer dort gefragt, wo es um grundsätzliche Werte geht.

Die Treue in einer Partnerschaft hat für mich einen hohen Stellenwert und hier hat in meinen Augen keine Notlüge einen Platz. Mein Ex-Freund Franz hat mich betrogen, in meinem Bett mit einer fremden Frau. Die anschließende Putzorgie von mir können sicherlich alle Leserinnen und Leser nachvollziehen. Keine Ecke habe ich ausgelassen, zu desinfizieren und gründlich zu reinigen. Die Bettwäsche wurde drei Mal hintereinander in die Waschmaschine gelegt, um sie im Anschluss komplett zu entsorgen. Mir wurde übel bei dem Gedanken, diese Bettwäsche noch einmal an meinen Körper zu lassen, darunter den Schutz und die Ruhe der Nacht zu suchen.

Unverhohlen gebe ich zu, einen Hang zum Verfassen von Kontaktanzeigen zu haben. Ja, ich habe es wieder getan und mich bemüht, auf diesem Wege einen neuen Partner zu finden. Noch immer glaube ich daran, das große Glück in Sachen Liebe wartet irgendwo da draußen auf mich, es will nur gefunden werden.

Lachen darf ich bei der Gewissheit, eine kurze Liebe gefunden zu haben. Eigentlich bin ich über den Mann gestolpert und durfte ihn kennenlernen, am Abend bevor sein Brief als Reaktion auf meine Kontaktanzeige in meinem Briefkasten angekommen ist. Sie erkennen also, ich habe oft recht. Es gibt sie, die übergeordneten Zeichen und Fügungen im Universum. Vorausbestimmend, sage ich auch gerne. Wie in einem Puzzle fügen sich die passenden Teile plötzlich zueinander. Noch wenige Stunden zuvor wollte niemand daran glauben. Natürlich werde ich in der nächsten Kolumne von den weiteren Reaktionen auf meine Kontaktanzeige berichten. Ich möchte meine Leserinnen und Leser doch informieren und uns allen den Glauben an die große Liebe erhalten.

Gibt es etwas Schöneres als Schmetterlinge im Bauch?
Für heute verabschiede ich mich von Ihnen.

Am Abend kommen meine Freundinnen zu mir und ich freue mich schon riesig auf die Gespräche, unser gemeinsames Essen, das gute Beisammensein.

Seien Sie lieb umarmt.

Ihre Lotte

Zufrieden lese ich den Text noch einmal durch, finde auch die ein oder andere Stelle, die ich noch korrigiere, dann aber packe ich den Text in eine E-Mail und sende ihn an Frau Krautwinkel.

Dass meine Mädels am heutigen Abend zu mir kommen, stimmt mich freudig. Hoffentlich, so meine Überlegung, gibt es viele Gelegenheiten zum herzhaften Lachen. Das habe ich mehr als nötig. Franz schreibt mir inzwischen täglich eine Nachricht, oft noch eine zweite in der Nacht. Mein Handy lasse ich seit wenigen Tagen ausgeschaltet, um durchschlafen zu können. Zwei Mal war ich kurz davor, ihm zu antworten, ich konnte mich nur schwer zurückhalten. Meine Freundinnen haben mir gesagt, Franz will eine Antwort provozieren und so wieder ins Gespräch mit mir kommen.

„Mit Sicherheit erhofft er sich, dich bei einem Telefonat um den Finger wickeln zu können", hat Karin mich gewarnt, mit ihr habe ich telefoniert. Petra und Ina gaben mir den gleichen Rat. Wie dankbar ich bin, die Freundinnen zur Seite zu haben.

Von Vincenz geht eine E-Mail ein, was mich wundert. Noch vor einem Jahr haben wir uns regelmäßig über den PC ausgetauscht und auf diese Weise am Leben des anderen teilhaben lassen. Inzwischen sehen wir uns regelmäßig und telefonieren mindestens einmal in der Woche, sodass ich ihm nicht mehr geschrieben habe. Mit Neugierde öffne ich seine Nachricht und ich ahne gleich, mir wird nicht alles gefallen, was ich lesen werde.

Liebe Lotte,

ich mache mir einmal mehr Sorgen um dich. Für mich bist du ein Mensch, der seinen Platz in meinem Herzen hat. Kurz habe ich überlegt, dich zu besuchen oder anzurufen, für beides fehlt mir die Kraft.
Was ich dir mitteilen möchte, schreibe ich dir lieber. Für eine Auseinandersetzung mit dir bin ich nicht in der richtigen Verfassung.

Zeitgleich mit dem Lesen der wenigen Zeilen verkrampft sich mein Magen. Ob Vincenz ernsthaft erkrankt ist? Ich habe ihn doch erst bei Ina getroffen und das wäre mir doch aufgefallen.

Vincenz hat auf mich einen vitalen Eindruck gemacht, einmal abgesehen von den kleinen Altersschwächen, die mit der Überschreitung des achtzigsten Lebensjahres auch normal sein dürften. Wenn ich überlege, wie oft ich mich schlapp fühle, Kopfschmerzen habe oder Probleme mit dem Rücken, mit Anfang vierzig! Ich entscheide, mir zunächst noch einen frischen Kaffee aufzubrühen um dann gestärkt weiterzulesen. Beim Gang in meine Küche grübele ich noch immer über Vincenz nach, hinterfrage den Grund, warum er mich nicht persönlich sehen wollte. So geheimnisvoll kenne ich ihn noch nicht. Bis mein Kaffee fertig ist, belege ich mir noch ein Brot mit Butter und Käse, das ich noch in meiner Küche esse. Mit dem Kaffee in der Hand gehe ich zurück zu meinem Laptop und erneut verkrampft sich mein Magen.

Was ich dir schreiben und somit sagen möchte, Lotte, wird dir nicht gefallen. August ist schon viele Jahre als Anwalt für mich tätig. In den ersten Jahren hat er sehr gute Arbeit geleistet und in der Tat hat er oft sein Wochenende oder Tage seines Urlaubs für meine Anliegen geopfert. Ob ich ihm diese Zeit nicht genügend honoriert habe, das frage ich mich gerade. Richtig verstehen kann ich sein späteres Handeln nicht, nur so erklären, er fühlte sich von mir vernachlässigt. Tatsache, liebe Lotte, ist, August hat mich um sehr viel Geld betrogen. Es geht um über 350.000 Euro, die er sich in den letzten drei Jahren von meinen Konten auf seins überwiesen hat. Teilweise habe ich Fehler gemacht und Rechnungen, die er mir hinlegte, ohne nachzuhaken angewiesen. Mit dem Geld, das weiß ich inzwischen, hat sich August eine Eigentumswohnung gekauft. Am Krankenbett hat er mir alles gesagt, allerdings fehlte in seinem Gesichtsausdruck die Reue. Wie es nun weitergehen wird, wirst auch du wissen wollen.

Liebe Lotte, ich nehme Rücksicht auf dich, sollten deine Gefühle für August tief und ernsthaft sein. Mir fällt es schwer, dir mit diesem Handeln entgegenzukommen, für dich aber werde ich über meinen Schatten springen.

Du wirst jetzt verärgert sein, denkst eventuell, ich habe übertrieben oder gelogen?

Nein, Lotte! Die Wahrheit, wenn alles geprüft sein wird, so denke ich, wird noch schlimmer sein. August ist ein Betrüger, mit dieser Gewissheit müssen wir leben. Ina hat mich unterrichtet, dich bereits im Vorfeld informiert zu haben, wofür ich ihr sehr dankbar bin.

Gesundheitlich fühle ich mich, wie schon erwähnt, nicht gut. Auf ein Treffen, eine Auseinandersetzung möchte ich verzichten.
Bitte schreibe mir, sobald du dir über deine Gefühle im Klaren bist.

In tiefer Verbundenheit
Vincenz

Ich fühle mich plötzlich aufgewühlt. Zum einen finde ich es traurig, Vincenz geht auf Abstand zu mir aus Angst, wie meine Reaktion ausfällt. Bin ich in seinen Augen ein HB-Männchen, das sogleich in die Luft geht, wenn eine negative Nachricht kommt? Noch schlimmer wäre der Gedanke für mich, ihm geht es wirklich gesundheitlich nicht gut. Die Ungewissheit nagt an mir und plötzlich weiß ich, was zu tun ist. Meine Autoschlüssel greife ich im Flur aus dem Kästchen, während ich in meine Schuhe schlüpfe.

„Du?" Vincenz sieht müde aus, als er vor mir steht.
„Darf ich in dein Haus kommen?"
„Lotte, ich bin müde und habe kein Interesse, mit dir zu streiten", versucht er mich abzuwimmeln, was ich nicht zulasse. Zwei Minuten später sitze ich ihm im Wohnzimmer gegenüber.

„Für mich ist das, was ich über August erfahren habe, erschreckend. Zum Glück sind wir noch ganz am Anfang einer kleinen Freundschaft und mir fällt es daher leicht, ein Ende ins Auge zu fassen."

Vincenz hebt sein Gesicht und blickt mich ungläubig an. „Bist du dir sicher Lotte?"

Mein Nicken ist energisch und das Strahlen von Vincenz im Anschluss intensiv. „Nenne mich naiv, ja, in gewisser Weise stimmt das ja auch. Dennoch habe ich in den letzten Jahren, besonders den Monaten, die ich mit Franz verbracht habe, viel über Männer gelernt. Zum Glück gibt es auch Männer wie dich, Vincenz, die mir den Glauben an das Gute im Mann zurückschenken."

Im Anschluss an meine Worte merke ich, es gibt noch etwas, das Vincenz mir sagen möchte.

„Bitte, Vincenz. Wir sollten keine Geheimnisse zwischen uns stehen lassen. Ich merke dir doch an, du nagst noch an einem Thema, das unausgesprochen ist."

„Wie wahr, Lotte!" Im Anschluss schweigt Vincenz, was mich nervös werden lässt. In der Küche hole ich mir eine Tasse mit Kaffee und greife zu den Plätzchen, die auf dem Küchentisch stehen. „Du hättest mich schon früher informieren müssen über August und seine Betrügereien", setze ich mich wieder Vincenz gegenüber in den Sessel.

„Das war nicht möglich. Bisher hatte ich keine Unterlagen zur Hand, die dich hätten überzeugen können. Erst heute Morgen um 8 Uhr lagen mir alle Unterlagen vor. Zuvor wollte ich dich nicht belasten oder einen Menschen verurteilen, auch wenn ich es da schon geahnt habe. Hättest du mir auf einen vagen Verdacht hin Glauben geschenkt?"

Kurz blicke ich auf den Boden. „Nein, sicherlich hätte ich dir nicht geglaubt, was mir jetzt leid tut. Als Ina mich über August versucht hat aufzuklären, wollte ich ihr zunächst kein Wort glauben. Immerhin hat sie es geschafft, mich nachdenklich werden zu lassen."

Vincenz nickt dankbar und ich sehe ihm an, er ist erleichtert. „Sollte ich eventuell noch etwas über August erfahren, das ich bisher nicht weiß?" Bemüht ruhig trinke ich einen weiteren Schluck aus meiner Kaffeetasse. „Mit einem Betrüger will ich keinen Kontakt behalten."

Meine Stimme lasse ich betont gelassen klingen. Kurz trifft mich der prüfende Blick von Vincenz, dem ich standhalte.

„Kannst du dich nicht außergerichtlich mit August einigen?" Meine Frage lässt Vincenz zunächst unbeantwortet. Erst, als ich nachhake, antwortet er mir.

„Bist du doch noch in August verliebt? Hast du mir nicht richtig zugehört, Lotte? Er ist ein Betrüger!"

„Ich bin keine fünfzehn mehr", töne ich zurück. Etwas ruhiger gebe ich Vincenz im Anschluss zu verstehen, was ich mir wünsche. „Ihr habt viele Jahre zusammengearbeitet, einiges gemeinsam erlebt und er hat sehr viele Stunden in deine Belange investiert", weiter komme ich nicht. Vincenz wirft ein, ihn dafür auch mehr als großzügig bezahlt zu haben.

„Wo komme ich hin, wenn mir jeder Mitarbeiter einmal in meinem Leben diese Summe klaut? Ruiniert wäre ich innerhalb kürzester Zeit", muss ich mir anhören. Nicht entgangen ist mir, Vincenz schwitzt sehr. „Geht es dir nicht gut? Möchtest du ein Glas Wasser?" Er nickt. Auf dem Weg in die Küche spüre ich, etwas läuft falsch. Zuwider sind mir das Gespräch und die Tatsache, dass ich gerade in die Rolle verfallen bin, Augusts Verhalten zu verteidigen.

„Gut, es geht mich nichts mehr an. Entscheide das weitere Vorgehen, wie du möchtest", reiche ich Vincenz im Anschluss ein Glas Wasser. Uns gelingt es noch, über banale Themen zu reden und tatsächlich finden wir die gewünschte Ablenkung. Erst, als ich spüre, Vincenz ist wieder ruhiger, verabschiede ich mich.

„Grüße mir deine Frauenrunde", begleitet er mich bis an seine Tür.

„Du kannst uns ja Gesellschaft leisten", töne ich zwinkernd.

„Und im Anschluss liege ich im Nachbarbett von August? So viel Frauenpower vertrage ich nicht mehr", umarmt er mich väterlich.

Bei den Vorbereitungen für den Mädelsabend muss ich immer wieder an die Unterhaltung mit Vincenz denken. Es ärgert mich zu wissen, dass ich für ein kurzes Glück in den Armen von August jetzt einen Rucksack voller Ärger zu schleppen habe. Nein, so mein Entschluss, den Schuh ziehe ich mir nicht an. Was passiert ist, kann ich jetzt nicht mehr ändern und vielleicht sollte alles so kommen? An diese Theorie glaube ich dann doch nicht so ganz. Ungeduldig schiele ich auf meine Armbanduhr. Noch fünfzehn Minuten und meine Freundinnen sind an meiner Seite, grübele ich. Meine Miene hellt sich auf mit der Vorfreude auf meine Mädels. Mit den Freundinnen zieht hoffentlich die gute Laune in mein Haus, so meine Überlegung. Mein Blick fällt auf einen Stapel mit Briefen, die auf der Ablage neben dem Spiegel liegen, in dem ich gerade mein Outfit kontrolliere.

In den letzten Tagen sind noch etliche Briefe angekommen von Männern, die auf meine Kontaktanzeige reagiert haben. Ein Anblick, der mich mit Stolz erfüllt. Wie schon früher möchte ich mit Karin, Ina und Petra die Zuschriften lesen und herausfinden, ob und wem ich antworten soll.

Pünktlich um 20 Uhr klingelt es an meiner Tür und Ina steht mit einer großen Schüssel Kartoffelsalat vor mir.

„Ich liebe deinen Salat, wenn schon Kalorien, dann bitte mit Genuss", bitte ich Ina in mein Haus.

„Es riecht schon nach Bockwürstchen", blickt mich Ina an und hebt ihre Nase in die Höhe.

„Es soll uns heute Abend so richtig gut gehen", trällere ich zufrieden und nehme den Kartoffelsalat mit auf den Wohnzimmertisch.

„Geht es dir gut, Lotte?" Inas Augen haften an mir, was mich kurz nervös werden lässt. Zu meiner Freude klingelt es an der Tür und der nächste Gast kündigt sich an. „Öffnest du?" Ina dreht sich wie selbstverständlich um und schon Sekunden später höre ich die Stimmen von Karin und Petra, beide bringen gute Laune mit, was mir gefällt.

„Wir haben noch Prosecco mitgebracht", Petra hebt zwei Flaschen in die Höhe.

„Von mir bekommst du Pralinen, ganz lecker und nur für besondere Menschen bestimmt", Karin umarmt mich stürmisch. „Gerne kannst du die Pralinen mit uns teilen", hält sie mich ein Stück von sich weg und betrachtet mich ausgiebig. „Du siehst gut aus, Lotte, wirklich. Ich bin beruhigt."

„Die Liebe bringt Farbe ins Gesicht und guter Sex ist für das Äußere auch wichtig", trällert Petra.

„Prosecco?" Meine Gastgeberrolle übernehme ich sogleich und lege jeder Freundin ein Glas in die Hände. Karin ist schon an meinem Kühlschrank, die erste Flasche gekühlter Prosecco wird rasch von ihr geöffnet und dann gießt sie die Gläser voll.

„Auf Lotte, lieben Dank für deine Einladung heute Abend", hebt Karin ihr Glas und stößt mit jeder von uns an.

„Ich muss kurz nach unserem Essen sehen", stelle ich mein Glas ab und will los in Richtung Küche gehen.

„Das Wasser habe ich schon zurückgedreht", Karin blickt kurz in Richtung Küche und ich weiß, sie meint den Topf mit den Bockwürstchen. Ich lächele dankbar und ergreife sofort wieder mein Glas. „Es tut so gut, euch in meiner Nähe zu wissen."

„Was gibt es für mich zum Essen?" Petra sieht mich auffordernd an.

„Oh, nein! Jetzt habe ich dich vergessen", gebe ich unumwunden zu. „Der Tag heute war so", ich lege eine Pause ein. „Es tut mir leid, wirklich."

„Tja, liebe Petra", säuselt Ina schon los, „heute musst du dann wohl doch noch ein paar Kalorien zu dir nehmen."

Petra blinzelt kurz, für einen Wimpernschlag ändert sich ihr Blick, dann aber sehen wir wieder ihr souveränes Lächeln. „Dann schaue ich mich kurz in deiner Küche um, Lotte, ich finde schon etwas, das mir schmeckt", lacht Petra meine Sorgen davon und grinst nebenbei Ina an.

„Sie ist so unkompliziert", betont Karin anerkennend.

„Ich werde die Bockwürstchen holen, macht es euch doch schon gemütlich", eile ich Petra nach.

„Fündig geworden?"

„Natürlich, Lotte. Du bist doch gut sortiert. Ich habe eine kleine Salatgurke gefunden, zwei Tomaten und ein kleines Stück Schafskäse", Petra strahlt mich an. „Außerdem kam mir auch eine Paprika unter die Augen. Wenn ich jetzt noch Basilikum finde, dann bin ich sehr glücklich."

Zum Glück kann ich ihr diesen Wunsch erfüllen. „Du hast inzwischen dein Kaufverhalten geändert", höre ich Petra loben, während sie ihren Salat zubereitet.

„Nur essen müsste ich die gesunden Dinge noch, die ich inzwischen in meinen Einkaufswagen lege", gehe ich grinsend in Richtung Wohnzimmer und achte darauf, dass keines der geliebten Bockwürstchen vom Teller kullert.

Kaum, dass auch Petra sich zu uns gesellt hat, proste ich den Freundinnen zu. Während Karin anfängt, den Kartoffelsalat auf die Teller zu verteilen, eile ich rasch in den Flur, um die Briefe zu holen.

„Können wir jetzt über meine Kontaktanzeige sprechen und die vielen Rückmeldungen, die ich erhalten habe", die Briefe hebe ich kurz in die Höhe. Meine Worte bringen eine ungewollte Ruhe in den Raum.

„Also, Lotte! Für mich ist dein männertolles Verhalten fremd." Ina lässt ihr Besteck auf den Teller fallen, putzt sich ihren Mund ab. „Gut, ihr haltet mich sehr oft für spießig und keine Ahnung, was noch. Mag sein, ich bin etwas konservativer als ihr", sie holt tief Luft. „Dein Wohl liegt mir am Herzen, Lotte. Gut in Erinnerung habe ich deine Tränen um Franz. Stunden, nein Tage haben wir dich getröstet und dir gut zugesprochen. Dann deine Versöhnung, euer Hoch und plötzlich war alles wieder vorbei." Ina ist in Rage. Karin legt ihre Hand auf die von Ina und übernimmt das Wort. „Leben und leben lassen, Ina, das haben wir uns doch vorgenommen." Sie leckt sich mit der Zunge im Anschluss etwas Ketchup aus dem Mundwinkel. Mir gefällt, wie ungezwungen sich Karin verhält. Bei Hermann Josef, so ist mir bekannt, zählt die Etikette bei Tisch. Dieses Verhalten würde er sogleich rügen. Ina hält kurz ihren Mund und scheint am Nachdenken zu sein, was mich dazu bewegt, das Wort zu übernehmen.

„Witzig finde ich, Ina hat in einigen Punkten recht." Auch jetzt bringe ich meine Freundinnen mit meiner Aussage durcheinander.

„Warum bleibst du dann deinem alten Strickmuster treu, Lotte?" Ina lässt nicht nach, sie scheint sich geradezu festgebissen zu haben, mich verändern zu wollen.

„Du bist kein Samariter und ich habe keine Hilfe nötig, zumindest gerade nicht."

Jetzt prustet Petra und schüttelt ihren Kopf. „August ist dein Problem, Lotte, oder hast du den Mann schon wieder vergessen?"

Sie tupft vorbildlich ihren Mund an der Serviette ab.

„Unsere Stärke ist, wir sprechen offen über Probleme und suchen gemeinsam nach Lösungen. Aktuell, liebe Lotte, bist du die Hauptperson, auf die unser Augenmerk gerichtet ist. Dir zu helfen, liegt uns am Herzen."

„Er ist kein Problem, Petra, zumindest nicht meines. Mit dem Mann durfte ich nette Stunden verbringen, in denen ich der Meinung war, er meint es ernst mit mir. Zu schnell wurden meine Augen geöffnet und ich durfte den wahren Charakter von August kennenlernen und den", ich hebe meine Stimme, „kann ich nicht lieben. Mit Korruption möchte ich nicht in Verbindung gebracht werden. Außerdem habe ich mehr als deutlich vor Augen, wer es gut mit mir meint, unter anderem auch Vincenz."

„Unsere Lotte wird erwachsen", ruft Karin begeistert. „Nur, mich wundert auch dein Verhalten August gegenüber. Bisher durften wir dich als sehr emotional kennenlernen. Eine Frau, die gerne leidet und sich dann auch so richtig in ihrem Elend suhlt." Für den Moment bin ich sprachlos. „Wie redest du mit mir, Karin?" Meine Freundin hebt die Schultern, steht auf und geht in meine Küche. „Ehrlichkeit ist unter Freundinnen wichtig", kehrt sie mit einer Flasche Prosecco zurück und befüllt unsere Gläser. „Wir stoßen an auf unsere Freundschaft", hebt sie ihr Glas. Das Klirren der anstoßenden Gläser unterbricht meine Gedanken.

„August hatte einen Herzinfarkt und ja, meine Lieben, das wäre der Zeitpunkt gewesen, wieder rückfällig zu werden. Kurz hatten die Sorgen zu seinem gesundheitlichen Zustand auch die Überhand in meinem Kopf übernommen. Drauf und dran war ich, ihn zu besuchen, zu fragen, kann ich dir einen Schlafanzug besorgen, soll ich jemanden für dich anrufen?", ich stöhne und ziehe die Luft durch meine Nase ein. „Eurer Auftritt!", hebe ich meine Arme kurz in die Höhe. „Mir scheint, ich bin gerade die Attraktion des Abends für euch."

Petra angelt sich ein Glas und holt aus der Küche eine Flasche Wasser.

„Ist die gute Stimmung schon unterbrochen?", keife ich los. Petra geht nicht direkt auf meine Bemerkung ein, sie trinkt erst das Glas mit Wasser aus, in aller Ruhe.

„Vom Grunde gefällt mir dein Verhalten, Lotte. Es wirkt nur so befremdend auf mich." Karin stimmt den Worten von Petra zu. „Bisher durften wir dich wirklich immer am Boden zerbrochen vorfinden, sobald du vom Fehlverhalten eines Mannes erfahren hast. Mit August war es gut im Bett oder doch nur Durchschnitt?"

Daher weht also der Wind, denke ich und sage es auch. „Gut, es war anders mit ihm als mit Franz, ziemlich anders. Trotzdem bin ich keine herzlose Person über die letzten Wochen geworden, die nun auf Rachefeldzug gegen die Männerwelt geht. Ein gebrochenes Herz wird dadurch auch nicht ganz", höre ich mich selbst sagen und habe das Gefühl, selbst weit weg zu sein. „Wieso reden wir heute über Probleme? Mich stört es. Ich möchte entspannen, etwas lachen und für den Moment alles vergessen, was mich negativ beschäftigt."

Meine Freundinnen blicken mich sorgenvoll an. „Lotte? Eine Kehrtwende um 180 Grad steht dir nicht besonders gut. So kalt und abgeklärt möchte ich dich nicht sehen. Es muss einen anderen Grund geben für deine Zurückhaltung August gegenüber." Petra bekommt sogleich Zuspruch von Ina. Mich langweilt der Verlauf des Abends. „Wie wäre es mit einem Glas frischen Orangensaft zu dem Prosecco?" Ohne auf eine Reaktion zu warten, stehe ich auf und flüchte in meine Küche. Innerlich bin ich dankbar, mit den Freundinnen zu reden und meine Sorgen teilen zu können. Kritik, so wie sie gerade auf mich zu kommt, mag ich jedoch weniger.

„Können wir noch einmal auf August zu sprechen kommen, bitte, Lotte. Mir geht es jetzt zu schnell, deine Änderung und die Tatsache, dass du ihn aus deinem Leben nun raushalten möchtest", wirft Ina ein, als ich gerade die Gläser auf den Tisch stelle.

„Darf ich nicht auch endlich erwachsen werden? Gerade habt ihr mich noch dafür gelobt." Ich setze mich auf den Teppich vor meinen Wohnzimmertisch, direkt neben Petra.

„Schmeckt euch heute das Essen nicht?", stopfe ich eine Gabel mit Kartoffelsalat in meinen Mund. Zu meiner Freude darf ich sehen, Karin und Ina greifen auch wieder nach ihrem Besteck und essen die Teller leer. Mit Freude registriere ich, alle Würstchen sind aufgegessen und auch Inas Kartoffelsalat hat den Weg bis in unsere Mägen gefunden.

„Nachtisch?"

Ina und Karin lehnen sich nickend zurück. Flink hilft Petra mir, den Tisch abzuräumen. Während ich für Karin, Ina und mich eine Schüssel mit Eis vorbereite, wählt Petra als Nachtisch eine Banane aus.

„Kalorien für das Seelenheil", leckt Karin zufrieden an ihrem Löffel. „Ich liebe Erdbeereis."

„Gut, ihr Lieben", blicke ich in die Runde, nachdem ich die Hälfte meines Eises genießen durfte. „Dann hole ich einmal etwas weiter aus und nehme euch mit in die Tiefen meiner Seele", betont theatralisch hebe ich meine Stimme. Alle Augen liegen auf mir.

„Im letzten Jahr bin ich gefühlsmäßig durch die Hölle marschiert. Das, was Franz mit mir gemacht hat, es hat Spuren hinterlassen. Diesen Mann habe ich richtig geliebt, körperlich und seelisch. Sicherlich hat uns der Sex auch immer wieder zusammengeführt. Tatsache aber ist, mit dem Mann bin ich auch durch die Hölle marschiert."

„Trotzdem hast du ihm wieder einen Einzug in dein Haus ermöglicht", wirft Ina ein.

Ich nicke. „Ja, das habe ich. Zu diesem Zeitpunkt war der Schmerz noch nicht so groß, dass ich daraus gelernt habe. Erst jetzt, die neuen Verletzungen und Zurückweisungen von Franz, haben mir meine Augen vollständig geöffnet. Mir ging es so schlecht in dieser Nacht, als ich die Spuren von Franz und dieser Frau beseitigt habe, ich wollte nicht mehr leben."

An dieser Stelle muss ich eine Pause einlegen, meine Stimme ist brüchig, ich muss einen Schluck Prosecco trinken, um ruhiger zu werden. „Für wenige Stunden fühlte ich mich richtig leer und ohne Lebensmut. Liebeskummer kann richtig wehtun", ich seufze. Meine Freundinnen, das kann ich sehen, sind geschockt.

„So, wie du deine Situation schilderst, so drastisch habe ich es nicht mitbekommen", Karin legt die Hände vor ihr Gesicht. „Niemals hätte ich es überwunden, Lotte, wenn du aus Liebeskummer deinem Leben ein Ende gesetzt hättest. Kein Mann dieser Welt ist diesen Schritt wert", sie echauffiert sich. „Du kannst doch Tag und Nacht an meine Tür kommen, Lotte. Wieso hast du nicht mit mir oder Karin und Petra darüber gesprochen? Außerdem war ich am Morgen nach dem Desaster noch bei dir, habe dich motiviert, zu mir zum Frühstück zu kommen." Ina blickt mich traurig an. Karin und Petra reden mit einem Male los, übernehmen das Wort und plötzlich ist ein Stimmengewirr um mich entfachtet, das ich so nicht wollte.

„Halt!" Meine Stimme schwingt über der der anderen und mir gelingt es, die volle Aufmerksamkeit zu erhaschen.

„Nichts ist passiert, schaut mich doch an, mir geht es wieder richtig gut und ich habe doch auch aus der Zeit mit Franz gelernt. Mein Weg, den ich gegangen bin, musste für mich so steinig sein, um Abstand zu bekommen, zu Franz aber auch um innerlich stark zu werden gegen den nächsten Liebeskummer", blicke ich in die Runde. Mein Eis, das kann ich sehen, ist zerlaufen.

„Ich hole uns Chips", steht Karin auf und greift auch gleich nach meinem Eisschälchen. „Oder willst du lieber noch ein frisches Eis?" Ich schüttele den Kopf und sehe ihr nach. Erst, als Karin wieder mit einer Schüssel Chips zurück ist, spreche ich weiter. „Richtig stark bin ich geworden, wirklich! Und ihr müsst keine Angst haben, dass eure Freundin Lotte jetzt kalt und berechnend unterwegs ist. Es gibt keine Mission außer der, ab jetzt denke ich in jeder neuen Beziehung zuerst an mein Wohl. Hinterfrage öfter, wie es mir an der Seite des Mannes geht und ob ich mich nicht besser zurückziehen soll."

„Sehr gut kann ich nachvollziehen, was Lotte uns sagen will. Auch ich musste einen steinigen Weg gehen, um gelassener und selbstbewusster im Umgang mit Männern zu sein. Meine Beziehung zu Hermann Josef verläuft inzwischen auf

Augenhöhe, was nicht immer der Fall war. Kleine Streitereien kommen natürlich noch vor, das jedoch finde ich in einer Beziehung auch normal." Karin nickt zu ihren eigenen Worten und sieht mich auffordernd an.

„Das Kapitel Franz ist abgelegt, aus und vorbei. Bei August, das muss ich noch abschließend erwähnen, hat mich sein betrügerisches Verhalten gegenüber Vincenz zu meiner Härte bewogen. Zugeben muss ich aber auch froh zu sein, dass er noch am Leben ist."

„Du musst mir versprechen, Lotte, niemals mehr solche trüben Gedanken zu hegen, bitte!" Karin kommt zu mir, wir umarmen uns ganz automatisch und ich muss mir eine Träne verdrücken. „Meine kleine Ersatzfamilie", flüstere ich in ihr Ohr. Petra kommt noch einmal auf den Betrug zu sprechen, den August zu verantworten hat. „350.000 Euro sind eine Menge Geld." Ina hat die Freundinnen inzwischen über die Details informiert, die sie kennt. Mein Nicken geht unter und ich höre mir zunächst die Argumente von Petra und Karin an, bevor ich wieder das Wort ergreife. „Meine Meinung war zunächst ebenfalls gespalten. Auf der einen Seite kann ich Vincenz verstehen und dass er den Betrug nicht durchgehen lassen kann, ebenfalls. Natürlich weiß ich inzwischen auch von dem Einsatz, den August für ihn gebracht hat, oft hat er auch die Wochenenden und Urlaube für seine Arbeit geopfert", an der Stelle fällt mir Petra ins Wort. „Trotzdem ist das keine Entschuldigung dafür, Gelder zu veruntreuen. Wo kämen wir hin, wenn das jeder tun würde. Ich arbeite in einer Bank und kann mir auch keine Gelder nehmen", ihre Stimme klingt aufgebracht. Wo nur, so mein nächster Gedanke, ist die ungetrübte Leichtigkeit hin, die sich sonst in unsere Mädelsabende schleicht?

„Der letzte Stand meiner Informationen ist, Vincenz gibt August noch eine Möglichkeit, sich zu entschuldigen und sein Verhalten zu erklären. Mir scheint, Vincenz hat eine raue Schale mit einem weichen Kern als Naturell." Kurz halte ich inne, dann proste ich den Freundinnen zu. „Jetzt, meine Mädels, heißt es, Umschläge zu öffnen und an meiner Zukunft zu arbeiten. Oder besteht kein Interesse mehr an mir? Wollt ihr nicht erfahren, welche Männer mir noch auf meine Kontaktanzeige geschrieben haben?"

Petra räumt den Tisch sofort frei. Unter dem Protest von Karin wandern die Chips, die Petra in die Küche bringen will, zurück auf den Tisch. „Dicke haben dicke Beine, dicke", an dieser Stelle protestiert Ina und fordert Petra energisch dazu auf, ruhig zu sein.

„Stimmung!", rufe ich und lasse sieben neue Umschläge auf den fast freien Wohnzimmertisch fallen. Sogleich krallen mehrere Hände nach dem Gut, werden die Umschläge von allen Seiten begutachtet und kommentiert.

„Wie diese Schrift nur aussieht, das kann nichts werden."

„Ein roter Umschlag, der fällt sofort raus."

„Was für ein Name, das geht auch nicht."

Verwundert höre ich meinen Freundinnen zu und freue mich innerlich, endlich wieder etwas Leichtigkeit in den Abend gebracht zu haben.

„Wer soll die Briefe öffnen?" Karin sieht mich belustigt an und ich ahne zu erkennen, sie möchte das erste Schreiben vorlesen. „Dann liest Karin den ersten Brief vor, Ina den zweiten und Petra den dritten Brief", gebe ich die Regeln vor. Alle Augen sind nun auf Karin gerichtet. Sie dreht und wendet noch einmal den Umschlag in ihren Händen und lässt die Spannung bei uns steigen. „Als Absender steht hier: Haifisch. Was auch immer das nun bedeuten soll?"

Ina zumindest findet es geschmacklos, was sie uns sofort wissen lässt. Karin reißt den Brief auf, sie nimmt dazu einen Brieföffner, den ich zuvor bereitgelegt habe.

„Liebe Lotte", fängt sie mit hoher Stimme an vorzulesen.
„Es geht nicht um den Anwärter auf dein Leben", werfe ich schnell ein. Lachen erklingt.
„Wenn ich weiter so unterbrochen werde, kann ich den Text nicht vorlesen", lässt Karin uns wissen.
„Ich fange nochmals von vorne an." Karin hebt theatralisch den Briefbogen vor ihre Augen.

Liebe Lotte,

für mich ist es neu, eine Partnerin auf diesem Wege zu suchen. Freunde von mir haben über eine Kontaktanzeige die Partnerin fürs Leben gefunden. Jetzt starte auch ich diesen Versuch. Das beigefügte Foto von dir hat mich angesprochen und neugierig auf die Person hinter dem Bild gemacht. Mein Hobby ist das Tauchen, daher auch mein Absender, Haifisch, du wirst dich sicherlich gewundert haben.

Ein Raunen geht über die Lippen von Ina und Petra, um ehrlich zu sein, bin auch ich überrascht. Um Karin nicht zu stören, bleiben wir ansonsten ruhig.

Liebst du Kinder, Lotte? Für mich ist der Wunsch, Vater zu werden, sehr groß. Am liebsten möchte ich fünf Kinder, mit denen ich am Wochenende, ich unterbreche Karin lautstark. „Ende! Du kannst den Brief auf die Seite legen. Um ein Kind zu bekommen, bin ich nicht mehr jung genug, und dem Wunsch nach direkt fünf Kindern fühle ich mich erst recht nicht mehr gewachsen." Kurz hole ich tief Luft. „Wirklich traurig stimmt mich jedoch, mir hat die offene Art gefallen, wie der Mann seine Worte zu Papier gebracht hat. Na, dann!", ich blicke Ina an, sie nickt mir zu und ergreift einen Umschlag.

„Als Absender steht hier: Kai, Kai, Kai, Kai?" Sie runzelt die Stirn, fängt aber unvermittelt an zu lesen.

Hey Lotte,

für guten Sex und die Aussicht, mit einer geilen Frau in den Urlaub zu fahren, bin ich immer bereit. Solltest du einen Mann für dein restliches Leben suchen, der bin ich nicht. Meine ehrlichen Worte sollen dich und mich vor unnötigen Besuchen, die zu keinem gewünschten Ziel führen, beschützen. Melde dich, wenn ich mit meinen Wünschen dein Herz erobern durfte.

Kai, Kai, Kai, Kai

P.S. Ich bin der absolute Knaller!

Ina prustet los und lässt den Brief auf ihre Knie fallen. „Der dürfte durchgefallen sein?" Ihr Blick haftet auf mir.

„Ja, auf diesen Mann kann ich verzichten", mehr kann ich gerade nicht sagen. Enttäuschung breitet sich in mir aus.

„Was mache ich nur verkehrt? Wieso melden sich nur Männer, die schnellen Sex wollen bei mir?"

Karin meldet sich zu Wort: „Immerhin einer will auch Kinder mit dir bekommen."

„Sehr witzig!"

„Dann bin ich jetzt an der Reihe", zieht Petra einen Umschlag zu sich. „Der Absender ist doch vielversprechend: Theo Winter", sie blinzelt mir zu. „Ich bringe dir jetzt Glück, Lotte!"

Na, so meine Gedanken, daran glaube ich nicht wirklich. Äußerlich lasse ich mir aber nichts anmerken. „Dann fang bitte an zu lesen."

Liebste Lotte,

mein Herz weint, wenn Sie mir nicht antworten. Nur mit einem Kraftakt an Überwindung habe ich auf Ihre Zeilen geantwortet. Zunächst habe ich mich gewunden und gefragt, kann ich auf diesem Weg eine Partnerin finden? Ist es mir vergönnt, auf eine gemeinsame Zukunft mit einer liebenden Partnerin zu hoffen? Bringt es mir das Glück, nach dem ich mich sehne, wenn ich jetzt schreibe? Nach zwei Gläsern Rotwein saß ich mit dem Füller in der Hand an meinem Schreibtisch und so sind diese Zeilen zustande gekommen.

„Wie romantisch!", trällert Petra, ihre Augen strahlen. „Hoffentlich behält Theo diesen Schreibstiel bei", fügt sie nach. Ich spüre derweil, wie meine Hände feucht werden, ich bin aufgeregt. Das, was ich bisher von Theo hören durfte, hat mir in der Tat gefallen. Einen Mann, der offen seine Ängste zugibt, finde ich sympathisch. Außerdem scheint er nicht ständig auf diversen Portalen unterwegs zu sein, um sein Glück zu suchen. „Lies bitte weiter, Petra. Ich bin neugierig und aufgeregt in der Erwartung der nächsten Zeilen."
Petra nickt, trinkt noch einen Schluck Prosecco aus ihrem Glas und hält das Schreiben wieder vor ihr Gesicht.

Seit zwei Jahren bin ich geschieden und lebe alleine. Wie traurig sind oft die Wochenenden, an denen meine Freunde mit ihren Familien eine harmonische Zeit verbringen. Meine Abwechslung ist der Fernseher, was nicht gerade förderlich ist, um meine Einsamkeit zu ändern. Was suche ich bei dir, möchtest du sicherlich wis-

sen. Meine Hoffen ist, eine humorvolle Frau zu finden, die auch gutes Essen liebt. Kochen ist eine meiner Leidenschaften und ich möchte dich gerne kulinarisch verwöhnen und zu einem Abendessen bei mir einladen. Sollte es dir unangenehm sein, beim ersten Treffen in meine Wohnung zu kommen, so können wir uns auch bei einem Italiener treffen, die Wahl bleibt dir offen. Eines muss ich noch erwähnen, obgleich ich jetzt Angst vor deiner Reaktion habe, wenn ich so offen schreibe. Petra macht erneut eine Pause und ich platze fast vor Spannung. „Was er jetzt verraten wird?" Petra schaut in die Runde und strahlt dabei über das ganze Gesicht.

„Du weißt es doch sicherlich schon", dränge ich sie zum Weiterlesen.

„Nein, ich habe an der Stelle aufgehört zu lesen und bin ebenso unwissend wie ihr." Ina gibt ihr nun auch zu verstehen, sie soll weiterlesen. Unterdessen greife ich zu den Chips und versuche, mir Theo als Mann vorzustellen. „Hat er ein Foto beigefügt?" Meine Frage kommt plötzlich über meine Lippen. Petra holt den Umschlag in ihre Hände und fingert tatsächlich ein Foto heraus. „Nicht übel!", dürfen wir den ersten Kommentar aus ihrem Mund hören. „Er könnte zu deinem Beuteschema passen, Lotte."

Jetzt platze ich vor Neugierde und ich bin rascher auf den Beinen als von Petra vermutet und reiße ihr im nächsten Moment das Foto aus den Händen. Karin kommt an meine Seite, um ebenfalls einen Blick auf Theo zu erhaschen.

„Darf ich den Mann auch begutachten?" Ina hält uns ihre geöffnete Hand entgegen.

„Wirklich nett der Mann", betont Karin und setzt sich wieder auf ihren Platz.

„Nett, wie ganz ordentlich oder wie richtig gut?" Erwartungsvoll blicke ich Karin nach und warte, bis sie wieder sitzt.

„Er sieht wirklich sympathisch aus, zufrieden?" „Ja, damit kann ich leben."

„Und alle Männer haben nur das geschönte Foto von dir gesehen", Ina rümpft die Nase. „Wenn das erste Treffen mal nicht ins Wasser fällt."

Super, denke ich mir. „Du bist einmal mehr grenzenlos optimistisch, meine Liebe."

Karin füllt unsere Gläser auf und bittet uns anzustoßen. „Egal, was wir gleich von Theo noch erfahren und ebenfalls egal, ob du ihn treffen wirst", die Gläser scheppern aneinander, „wir halten zusammen!"

Schöne Worte, wie ich finde. Im Anschluss fordere ich Petra auf weiterzulesen.

Mein Geheimnis ist wie eine wunderschöne Blume. Ein Mensch, den ich liebe und der zu mir gehört und den ich niemals vernachlässigen möchte. Meine ungeteilte Liebe kann ich dir nicht anbieten, das sollst du wissen. Um es auf den Punkt zu bringen, ich habe ein Kind, ein kleines Mädchen von 3 Jahren. Sie lebt bei ihrer Mutter, meiner geschiedenen Frau, und kommt jedes zweite Wochenende von freitags bis sonntags zu mir. Kannst du dir eine Zukunft mit uns vorstellen? Passen wir in deine Welt und Vorstellung?
Nächstes Wochenende ist meine Tochter bei ihrer Mutter und ich kann dich in Ruhe kennenlernen und treffen, gerne auch bekochen. Wie du es magst. Schreibe mir bitte nur zurück, wenn du es von ganzem Herzen willst.

Ich sende dir eine virtuelle Rose für die Frau, die schon auf den ersten Eindruck mein Herz berührt hat. Ich war wie versteinert, Lotte, als ich dein Foto sehen durfte. So eine hübsche Frau, so mein erster Gedanke, muss doch keine Kontaktanzeige aufgeben,

um einen Mann zu finden. Mit Sicherheit liegen dir mehr Her-
zen zu Füßen, als mir jetzt lieb sein kann.

Mit hoffnungsvollen Grüßen auf eine baldige Antwort
Theo

Petra reicht mir den Brief. Gerade bin ich zu benommen, ihn noch einmal zu lesen. „Mami Lotte", albert Karin und hebt ihr Glas in die Höhe. „Ein kleines Mädchen kann sehr gut zu dir passen", fügt sie nickend nach.

„Mich hätte es nicht gestört zu hören, Hermann Josef habe schon ein Kind." Karin scheint doch noch den Wunsch nach einem Kind in ihrem Herzen zu tragen, so meine Vermutung. Jede von uns hat schon ihr Päckchen zu tragen.

„Bist du melancholisch?" Petra holt mich aus den Gedanken heraus.

„Nein, nein! Mir geht es gerade gut, wirklich. Theo und seine Art zu schreiben gefallen mir sehr gut. Immerhin will er keine fünf Kinder mit mir zeugen, hat ein ernstes Interesse an einer Partnerschaft und er kann auch kochen", ich halte kurz inne. „Für den Anfang hört sich alles gut für mich an."

„Und dass er schon ein Kind hat, stört es dich?" Ina hakt bei dem einzigen wunden Punkt nach. Meine Schultern hebe ich automatisch. „Kann sein, so genau weiß ich es nicht. Sind nicht schon jetzt Reibereien mit der Mutter vorprogrammiert? Eifersüchteleien inbegriffen? Wird das Mädchen mich überhaupt sehen wollen?"

„Lotte? Die Kleine ist gerade einmal drei Jahre alt. In dem Alter sind die Kinder noch sehr offen für neue Menschen und sie wird dich mögen, davon bin ich überzeugt."

Ina so positiv zu dem Thema Kind zu hören, verwundert mich zunächst.

„Schon vergessen? Mein Sohn Wolfi wächst auch in einer Patchwork-Familie auf und wir", sie blickt zu Petra, „haben es doch ganz gut hinbekommen." Petra strahlt über das ganze Gesicht und bekräftigt sofort die Worte von Ina. „Genau! Wir sind doch das beste Beispiel für dich, Lotte!"

In der nächsten halben Stunde planen und reden wir über die Zukunft im Allgemeinen, mit neuem Partner bei mir oder einem neuen Job für Karin, was mich zunächst verwundert.

„Fühlst du dich nicht wohl im Kunstmuseum?" Sie windet sich zunächst. „Es liegt weniger an der Arbeit als an dem Direktor." Sie schaut auf ihre Hände und wirkt verlegen, was ich auch sage. „Ja, es stimmt, Lotte. Mich macht das alles verlegen und ich will euch bitten, das, was ich sage, für euch zu behalten." Wie zu alten Zeiten strecken wir den rechten Arm aus und legen Hand auf Hand übereinander. „Eine für alle, alle für eine!" Unsere Stimmen sind laut geworden. Ein Knistern liegt in der Luft. „Kann ich kurz zur Toilette gehen?", bitte ich Karin, noch einen Moment zu warten.

Fünf Minuten später sitzen wir wieder alle an meinem Wohnzimmertisch. „Ja, dann lasse ich die Bombe einmal platzen", fängt Karin an zu sprechen. Ihre Stimme ist zittrig. „Mein Entschluss, mich neu zu bewerben, ist schon vor einigen Wochen in mir gewachsen. Kurz habe ich überlegt, wieder gemeinsam mit unserem Künstler zu arbeiten, doch die Entfernung von Dresden nach Limburg hält mich von dieser Idee fern."

Puh, denke ich, das klingt nach großen Veränderungen, bleibe aber nach außen gelassen und ruhig. Karin soll zunächst in Worte fassen, was sie beschäftigt. Mir war aufgefallen, sie ist wieder kräftiger geworden. Schon früher war Essen wie Balsam für ihre Seele, wann immer es Kummer gab.

„Hermann Josef und ich haben unseren gemeinsamen Weg gefunden, wie ihr inzwischen mitbekommen habt. Trotzdem gibt es die Tage oder Abende, an denen wir zanken und ich das Gefühl habe, wir sind zu unterschiedlich für die gemeinsame Zukunft." Karin macht eine Pause und greift nach den Chips, die ich inzwischen ausgetauscht habe. An Petras Blicken kann ich sehen, ihr gefällt das Essverhalten von Karin nicht, trotzdem bleibt sie ruhig. Auch Ina schweigt und sitzt mit erwartungsvollem Blick am Tisch.

„Vor drei Wochen war Hermann Josef nach einem Streit kurz in ein Hotel gezogen. Am Abend habe ich mir die Augen ausgeweint nach ihm, das müsst ihr mir glauben. Wieso auch immer ausgerechnet am nächsten Tag mein Chef an unserer Türe klingelte, ich weiß es bis heute nicht." Karin wirkt zerknirscht.

„Du hast dich von dem Direktor trösten lassen?" Petra bringt zu Wort, was auch ich denke. Karin nickt. „Ja, er hat mir Aufmerksamkeit geschenkt, mir die Zeit gelassen, mich im Bad frisch zu machen, um mich im Anschluss mit einem Frühstück zu verwöhnen. Viel zu lange wurde ich nicht mehr als Frau gesehen. Immer wieder darf ich mir anhören, zu weiblich zu sein, zu dick, um die Worte von Hermann Josef zu benutzen." Ina wirft ein kurzes: „Oh, weh!", in den Raum.

„Verurteilst du mich jetzt?" Schnippisch kommen Karins Worte aus ihrem Mund heraus. Ina hebt beschwichtigend ihre Hände. „Nein, nein! Es ist nur so, so neu für mich. Heute Abend habe ich nicht mit so großen Problemen gerechnet und mich überwältigen diese Neuigkeiten nun einmal. So schnell kann ich mich nicht an neue Situationen gewöhnen, das ist alles." Inas Worte klingen versöhnlich und was sie gesagt hat, ist die Wahrheit.

„Keine Veränderung wird es geben, Ina. Ich verlange von euch zu schweigen, das habt ihr versprochen. Mir liegt am Herzen, dass ich einmal offen reden kann, mehr nicht. Wenn ich am Montag zurück nach Dresden fahre, dann direkt zu Hermann Josef. Ich liebe diesen Mann von ganzem Herzen. Nur leider vergisst er in seinem Umgang mit mir des Öfteren, dass ich empfindsam bin, was meine Figur betrifft."

Das ist uns nicht neu und Hermann Josef hat Karin mit seinen kleinen Spitzen schon oft gedemütigt.

„War es denn schön mit dem Direktor?" Petra spitzt ihre Lippen und sie scheint in ihrem hübschen Köpfchen schon das Kino angeschaltet zu haben. Karin lächelt. „Ja, es war wunderschön, das hat mich ja so verwirrt. Der Mann hat mich als Frau genommen und mir das Gefühl gegeben, die begehrenswerteste weibliche Person von Dresden zu sein."

„Worin liegt jetzt dein Problem? Will er jetzt mit dir zusammenleben? Ruft er dich andauernd an oder versucht, dich anzugraben?" Petra lässt nicht locker.

„Nein, genau das Gegenteil ist passiert."

Jetzt muss ich grinsen. „Dann ist doch alles in bester Ordnung? Mit Sicherheit wird er Hermann Josef dann auch nichts von eurer gemeinsamen Zeit erzählen. Ist er verheiratet?" Meine Frage scheint auch in Inas Kopf gesteckt zu haben, wie sie andeutet.

„Ja, er ist verheiratet und ja, er wird nichts zu Hermann Josef sagen", so Karins Bekundungen.

„Dann kann ich das Problem nicht verstehen", wirft Petra ein. „Du willst bei deinem Freund bleiben, er bei seiner Frau, dann ist ja alles geregelt oder spielt dir dein Gewissen einen Streich?"

Karin nickt. „Ich habe ständig das Gefühl, ich muss es Hermann Josef sagen, ihn um Entschuldigung bitten."

„Bloß nicht!" Ich war schneller als Petra, die in etwa die gleichen Worte von sich gibt. „Behalte diesen Moment in deinen Erinnerungen als schönen Ausgleich für die Momente, wo Hermann Josef dich verletzt. Dein kleines Geheimnis ist wie ein Schatz, der deine geschundene Seele beschützt. Ich denke, in der Zukunft bleibst du gelassener, wenn es wieder einmal Kritik zu deiner weiblichen Figur gibt und im Hinterkopf ist der Direktor, der nach dir geschmachtet hat", betont Petra belustigt. „Ich meine es wirklich ernst, Karin. Halte deinen Mund, ansonsten läuft Hermann Josef dir weg. Du kennst ihn doch, er ist ein Macho und würde deinen kleinen Ausrutscher niemals verzeihen."

„Wie langweilig muss euch nur mein Leben vorkommen", hören wir Ina leise sagen. „Spießig findet ihr mich, nicht wahr?"

„Noch einen Prosecco?" Mein Vorschlag wird erleichtert aufgenommen und auf den wenigen Metern in meine Küche bemühe ich mich, eine Lösung zu finden, um die allgemeine Stimmung wieder aufzuhellen. Mit Sprüchen, wie *Wir haben wirklich alle unser Päckchen zu tragen*, liege ich zwar goldrichtig, jedoch will es heute Abend keine der Freundinnen hören. Immerhin Petra scheint zufrieden in ihrer Beziehung zu sein, mein Hoffnungsschimmer am Horizont, was meine Partnersuche anbetrifft.

Zurück am Tisch empfangen mich ein Lachen und strahlende Gesichter. Petra hält sich den Bauch und lacht unbekümmert und laut los. „Über unser Verhalten sollte eine Dokureihe gedreht werden, wir dürften uns nicht über mangelndes Interesse der weiblichen Gattung beklagen dürfen. Wir erleben die verrücktesten Liebesdinge, um es einmal nett auszudrücken."

Erst jetzt bemerke ich den Umschlag in Petras Händen. Karin wischt sich Lachtränen aus dem Gesicht und Inas Wangen sind rosig vom Lachen. „Was genau habe ich jetzt verpasst? Ich war nur kurz in meiner Küche? Kamen die Lottozahlen in den Nachrichten und wir fliegen gemeinsam in die Karibik? Nur eines gibt es zu bedenken, der Gewinn kann nicht auf meine Aktivität zurückzuführen sein, ich spiele keine Glücksspiele."

Immer noch herrscht Lachen um mich herum. Petra streckt mir den Arm entgegen und somit den Umschlag, der mir schon ins Auge gefallen ist. „Das musst du lesen, Lotte!", sie prustet erneut los und kichert wie ein Teenager.

„Gut, dann müsst ihr mir aber auch euer Ohr schenken", ziehe ich einen Brief aus dem Umschlag heraus. Schlagartig herrscht Ruhe um mich herum. „Ihr verhaltet euch komisch, das wisst ihr?" Eine Antwort kommt nicht.

Liebste Lotte,

es gibt Wege, die wir gehen müssen, um an ein Ziel zu gelangen, von dem wir zu Anfang nicht einmal etwas geahnt haben, geschweige denn darauf gehofft haben, dieses Ziel zu finden. Den Brief lasse ich kurz auf den Tisch gleiten. „Wo bitte liegt der Anlass, so herzlich zu lachen? Mir gefällt zu lesen, was der Mann mir schreibt. Gibt es auch ein Foto?" Schon angele ich mir den Umschlag, um enttäuscht feststellen zu müssen, er ist leer. „Wie schade!"

„Du wirst trotzdem mehr über den Kandidaten erfahren", albert Petra und fordert mich auf, endlich weiterzulesen. *Viele Frauen schätzen meine männliche Ader, mein gutes Aussehen und die Gewissheit, ich bin ein Partner an ihrer Seite, der jede ihrer Freundinnen blass werden lässt vor Neid. Mit m ir kannst du punkten und in jeder Lebenslage ist das der Fall!*

Ich hole hörbar Luft. „Der Kerl will sich auch als Sexbombe anbieten, ist das der Grund für die gute Stimmung hier am Tisch?"

„Weiterlesen!" Aus gleich drei Mündern darf ich diese Aufforderung aufnehmen. So ganz kann ich die neuerliche Albernheit noch nicht nachvollziehen. Mir gefällt es trotzdem sehr gut und daher spiele ich mit.

Meine Zukunft sehe ich blühend. Als Handwerker habe ich immer Arbeit und das wird auch in den nächsten Jahren so bleiben. Ich kann eine Frau ernähren und verwöhnen, ebenso dein Haus renovieren. Diese Bemerkung lässt mich kurz wundern. „Ein Anwärter aus alten Tagen?" Skeptisch blicke ich in die Runde der lachenden Augen, die mich ansehen.

„Weiterlesen!"
Mein Traum ist eine Beziehung zu einer erotischen Frau, die mich nicht versucht einzuengen. Lieben bedeutet auch, Freiraum lassen und den Partner nicht verbiegen zu wollen. Lotte? Ich habe dich bereits auf dieser Plattform gesucht und ich bin richtig glücklich, dich tatsächlich gefunden zu haben.

„Ups! Was soll diese Aussage nur bedeuten?" Unsicher halte ich den Brief nach unten und erwarte mir eine Reaktion von meinen Freundinnen.

„Weiterlesen", bekomme ich albern zugerufen. So ganz gefällt mir die momentane Situation nicht mehr und ich ahne schon, was kommen wird.
„Gut, ich gebe es auf. Gegen so viel gute Laune bin ich machtlos", versuche ich klagend zu klingen, was mir misslingt,

ich verfalle selbst in Lachen. Eine neuerliche Aufforderung weiterzulesen, kann ich nicht ignorieren.

Du bist eine wunderschöne und sinnliche Frau, Lotte. Unsere Begegnungen, die Momente des innigen Glücks und der Zweisamkeit, habe ich stets vor meinen Augen. Voller Sehnsucht ist mein Körper nach deinen Händen, deine Berührungen sind der Gipfel jedes Glücks. Lass uns nicht in der Vergangenheit stöbern, sondern im Hier und Jetzt leben. Leben und lieben wir uns wie zwei Menschen, die erwachsen und erfahren genug sind, nicht mehr nach hinten zu schauen. Bratkartoffeln zu essen, bedeutet für mich immer, an dich zu denken, Lotte. Wie dumm ich nur war, dich ziehen zu lassen. In deinen roten Dessous hast du mich angemacht und ich kann nicht sagen, wieso ich dich nicht direkt am Küchentisch geliebt habe.

„Franz!" Meine Stimme überschlägt sich und meine Freundinnen klatschen vor Entzücken in ihre Hände.

„Prima, Lotte hat das Rätsel gelöst!" Petra ist aufgedreht.

„Du solltest mehr essen, meine Liebe, dann steigt der Prosecco nicht so schnell in dein hübsches Köpfchen." Der kleine Seitenhieb von mir musste sein.

„Böse Lotte!" Petra scheint den Moment zu genießen. Plötzlich kann ich verstehen, was meine Freundinnen so amüsiert.

„Soll ich weiterlesen?" Meine Frage wird mit einem lauten Zuruf: „Weiterlesen!" bejaht.

Als Ausrutscher bezeichne ich meinen Ausflug in die Dorfkneipe. Männlichkeit ist der Auslöser für mein Verhalten. Du hast immer einen richtigen Mann an deiner Seite gewollt, hier bin ich. Andere Frauen schmachten nach mir, du darfst mich lieben!
Schon am kommenden Freitag kann ich in dein Haus kommen und das Wochenende mit dir im Bett verbringen.

Wo du mich findest ist dir bekannt, also rufe mich an!

Kuss
Franz

„Wie verrückt und selbstbewusst ist dieser Brief", höre ich aus Inas Mund. Ich gebe ihr recht. „Franz hat nichts in den letzten Monaten gelernt."

„Komm bloß nicht auf die Idee, ihm zu glauben, Lotte!" Karin sieht mich mahnend an.

„Keine Angst, Mami, ich habe dazugelernt."

Gegen 2 Uhr in der Nacht hält das große Gähnen Einzug in unserer Runde.

Ina wird von Johann abgeholt, der nicht möchte, dass sie alleine in der Nacht die wenigen Meter bis zu ihrem Haus geht. Schmachtend sehen wir den beiden nach.

„Für spießig halte ich das nicht, eher für beneidenswert", hören Petra und ich Karin sagen.

„Wer schläft mit mir im Schlafzimmer und wen lege ich in mein Gästezimmer?" Jetzt liegt die Aufmerksamkeit wieder bei mir.

Gegen 3 Uhr liegen wir zu dritt in meinem Bett. Die immer neuen Themen, die wir noch gefunden haben, lassen es nicht zu, auseinander zu liegen. Meine Augen werden immer schwerer und ich kämpfe nicht mehr gegen die Müdigkeit an. Lasse mich stattdessen in das Land der Träume ziehen. Gerade fühle ich mich verstanden und geborgen. Einmal noch blinzele ich zu Petra und Karin, die sich noch immer angeregt unterhalten, dann bin ich eingeschlafen.

Der nächste Morgen

„Wer macht denn diesen Krach?" Karin springt aus dem Bett, eilt an das Fenster und reißt es weit auf. „Was soll das?" Sie keift aus dem Fenster. Petra und ich sind ebenfalls aufgewacht.

„Es ist schon elf Uhr", lässt Petra mich wissen. Mir ist es egal, ich lege mich zurück in mein Kissen, schließe noch einmal meine Augen. „Dann nehme ich mal eine Dusche", springt Petra aus dem Bett.

„Du bist ein unruhiger Vogel", rufe ich mit geschlossenen Augen hinter ihr her. Natürlich meine ich das nur als Spaß.

„Ina steht mit einer Tüte Brötchen vor deiner Tür", berichtet Karin und eilt zeitgleich die Stufen nach unten, um Ina zu öffnen. Jetzt muss ich mich geschlagen geben, die Nachtruhe ist endgültig vorbei.

Kaffeeduft zieht Minuten später bis in den ersten Stock und meine Laune fängt an zu steigen. Wie magnetisch werde ich von dem Duft nach unten in Richtung meiner Küche angezogen. „Du deckst nur für drei?" Mein Blick wandert über meinen Küchentisch und im Anschluss zu Karin.

„Ina hat für uns Brötchen gebracht. Sie will mit Johann frühstücken, alleine", betont Karin.

„Komisch, wieso nur? Wir hatten doch einen schönen Abend?" „Rosalinde und Vincenz passen heute auf Wolfi auf und Ina möchte einmal ein paar Stunden nur für Johann frei haben, du verstehst, meine Liebe?" Der Unterton ist nicht zu überhören. „Sex am Morgen?", hören wir Petra sagen. „Wie schön!" Unsere Freundin steht frisch wie der Frühling in der Tür.

„Wie du das nur machst, schon am Morgen so gut auszusehen", lasse ich mich auf einen Stuhl sinken.

Gegen 13 Uhr verlassen Karin und Petra mich. Für Karin ist es an der Zeit, zurück nach Dresden zu reisen.

„Danke für die schöne Zeit mit euch", umarmt sie mich. Sehnsüchtig blicke ich den zwei Freundinnen nach, bis sie aus meinem Sichtfeld verschwunden sind. Mit einem frischen Kaffee setze ich mich an meinen Laptop. Meine Schicht im Café fängt um 15 Uhr an, ich habe noch Zeit, meine E-Mails zu lesen und mich im Anschluss zu duschen. Ich nehme mir vor, nur eine Reaktion auf meine Kolumne gleich vor dem Duschen zu lesen und entscheide mich für Lisa.

Liebe Lotte,

schon zwei Jahre lese ich Ihre Kolumnen und fiebere ich mit Ihnen mit, tauche immer wieder ein in Ihr Privatleben. Richtig lieb gewonnen habe ich Ihre Zeilen, die inzwischen für mich zu einer gewohnten Woche dazugehören. Nie kam ich auf die Idee, Ihnen zu schreiben, bis heute zumindest. Meine eigene Beziehung ist eine On- und Off-Geschichte und daher kann ich den Schmerz einer Trennung nachvollziehen, jedoch auch verstehen, wie wunderschön im Anschluss der Versöhnungssex sein kann. So, wie Sie in den letzten zwei Jahren geliebt und gelitten haben, erging es auch mir. Oft haben mich Ihre Erfahrungen begleitet, getröstet auf dem Weg der Tränen. In der Gewissheit, ich bin nicht alleine mit meinem Kummer. Wie eine Schwester im Geist habe ich mich gefühlt. Jetzt aber habe ich das Gefühl, Ihnen schreiben zu müssen. Lassen Sie die Finger von Franz! Dieser Mann scheint eine Granate im Bett zu sein, als Partner aber ein Versager.
Gut zwei Wochen ist es her, dass ich meinem Ex gesagt habe, jetzt ist Schluss für immer. Nicht wirklich geglaubt hat er mir, was ich auch verstehen kann. Immer wieder war ich zuvor schwach geworden, hatte ihn bei mir aufgenommen, um mich Wochen später unter Tränen erneut zu trennen. In den zwei Wochen bin ich

innerlich gereift. Sicherlich dazu beigetragen hat der Schmerz, der endlich an seine Grenzen in meinem Körper kam. Durch ein Tal der Tränen bin ich gegangen, um das Licht am Ende das Tunnels erkennen zu können. Ausgerechnet im Fitnessstudio habe ich einen lieben Mann kennengelernt, dem ich es verdanke, meinen Ex-Freund nun endlich vergessen zu können. Vom Grunde ist er ganz anders als mein Ex und sicherlich liegt gerade darin meine Chance, endlich mein Glück in der Liebe zu finden.
Ich wünsche auch Ihnen einen guten Neuanfang mit einem Mann, der es wert sein wird, Sie als Freundin zu bekommen!

Ich lese hoffentlich bald von diesem Mann.

Bis dahin, alles Liebe
Lisa

Noch unter der Dusche denke ich über die Zeilen von Lisa nach. Vieles stimmt, was sie mir geschrieben hat. Innerlich sehne ich mich schon wieder nach Franz und seiner Nähe, doch im Kopf fange ich an zu begreifen, es gibt keine Chance, mit diesem Mann glücklich zu werden. Auch auf meiner Fahrt nach Limburg beherrschen die Zeilen von Lisa meine Gedanken.

Im Café angekommen, muss ich sogleich loslegen und hungrige Gäste bedienen. Mich freut zu sehen, wie gerne die Menschen in mein Künstler-Café, wie ich es neuerdings nenne, kommen. Anton hat neue Gemälde aufgehangen, dadurch werden viele Kunstbegeisterte angezogen. Im nächsten Monat planen wir eine neue Vernissage und mit Sicherheit wird es ein Erfolg werden.

Wie skeptisch ich zunächst war und wie verhalten Anton gegenüber. Heute finde ich, wir sind ein tolles Pärchen, wenn auch nur platonisch gesehen. Unser Künstler inspiriert mich, er hat in meinen Augen sehr viel von dem Elan, den ich meiner verstorbenen Tante Lydia Lowere zuschreibe. Menschen, die etwas anders leben als es der Norm entspricht, wirken beflügelnd auf mich. Anfangs hatte unser Künstler noch Angst, er würde in den neuen Räumlichkeiten über dem Café keine Inspiration mehr finden, was zum Glück nicht eingetroffen ist. Auch Anton ist es zu verdanken, dass ich mehr auf mein Äußeres achte. Seine oft sehr direkten Bemerkungen fand ich zunächst verletzend. Inzwischen aber ist mir bewusst, der Künstler liebt das Schöne, er will mir nur helfen, mich zu entfalten. Zu meiner Überraschung ist Anton für zwei Wochen verreist, es sei eine spontane Entscheidung, so durfte ich auf dem Zettel lesen, den er mir hinterlassen hat. Auch für unsere Begegnungen, den regen Austausch über die Liebe, die unter Männern eingeschlossen, die für mich neuen Einblicke, bin ich dem Künstler dankbar. Seit wir immer öfter Zeit miteinander verbringen, achte ich auch mehr auf mein Äußeres. Meine Kleidung wähle ich mit Bedacht.

In einer kurzen Pause, in der ich einmal keinen Kuchen verteilen muss, sondern mir ein Stück Marzipantorte gönne, ziehe ich mein Handy hervor. Überrascht öffne ich eine Nachricht, die mich sogleich neugierig macht.

Liebe Lotte,

vergiss nicht, Theo zu antworten. Mir scheint, der Mann hat einen guten Kern in seinem Inneren und die Tatsache, dass er schon ein Kind hat, kann positiv von dir bewertet werden. So ein kleines Mädchen ist doch nur süß und mit Sicherheit wird sie dich direkt in ihr Herz schließen. Nutze die Chance und antworte ihm!

Deine Karin

Kurz bin ich am Zweifeln, dann aber öffne ich den Laptop im Büro meines Cafés und versuche, dem Ratschlag der Freundin couragiert zu folgen.

Theo hat nicht nur seine Anschrift, sondern auch seine E-Mail und eine Handynummer auf dem Brief vermerkt. Zu meiner Freude habe ich mir seine Mailanschrift gemerkt. Beim Hochfahren meines Laptops überlege ich kurz, was ich Theo schreiben soll.

Hallo Theo,

deine eigene und sehr ehrliche Art, mir auf meine Kontaktanzeige zu antworten, sie hat mir gefallen. Ehrlichkeit ist das Wichtigste in einer Beziehung, daher bin ich dir dankbar, mir direkt von deiner Tochter berichtet zu haben. Deine Einladung zu einem ersten Kennenlernen nehme ich hiermit an. Allerdings möchte ich als Treffpunkt für ein erstes Kennenlernen mein Café vorschlagen. Natürlich kannst du auch zu einem späteren Zeitpunkt für mich kochen oder wir kochen gemeinsam? Vorausgesetzt, du verlangst keine Sterneküche oder entsprechende Kochkenntnisse von mir. Du kannst mich gerne in meinem Café in Limburg abholen. Einen Cappuccino und ein Stück Marzipantorte warten auf dich! Freitagabend 18 Uhr?

Sonnige Grüße
Lotte

So ganz glücklich bin ich mit den von mir gewählten Worten selbst nicht. Für den Anfang muss es reichen, so meine innerliche Entschuldigung, mir nicht mehr Zeit gelassen und Mühe gemacht zu haben. Es dürfte für Theo marginal sein, wie umfangreich meine Antwort ist, wichtiger ist die Aussage. Kurz denke ich an meine Kolumne und den Satz, den ich Theo geschrieben habe, in dem es um Ehrlichkeit geht.

Auch, wenn ich jetzt meiner Aushilfe zur Hand gehen muss, nehme ich mir die Zeit und rufe Karin an.

„Musst du nicht arbeiten?" Karin lacht mir durch die Freisprechanlage entgegen und ich fühle ihre Energie, die sich auch auf mich ausbreitet. „Oder brauchst du noch einen Tipp in Sachen Kontaktanzeigen?"

„Deinen Rat habe ich schon befolgt und Theo gerade geantwortet", lasse ich die Freundin wissen.

„Sehr gut! Ich freue mich für dich. So, wie er dir geschrieben hat, habe ich ein gutes Gefühl bei Theo."

„Wenn du das sagst, Karin", ich klinge skeptisch, was ich selbst merke.

„Immerhin haben wir doch schon Erfahrungen sammeln können in den letzten Jahren. Bisher durften dich nur die bösen Jungen kennenlernen. Du stehst, liebe Lotte, auf Männer wie Franz. Die aber tun meiner Freundin dauerhaft nur weh."

„Verlieben darf ich mich aber doch noch?"

„Sei einmal optimistisch, Lotte! Mein Bauchgefühl ist positiv", Karins Stimme ist noch immer trällernd.

„Du bist schon im Café?", setzt sie fragend nach.

„Ja, ich muss jetzt in meiner Schicht weitermachen. Vielleicht habe ich am Abend schon eine Rückmeldung von Theo und dann schreibe ich dir eine Nachricht", verabschiede ich mich von Karin.

Gegen 18 Uhr

Ina

Das, was ich gerade gehört habe, bringt mein Herz in Wallung und meine Wangen zum Glühen. Ich bin angenehm tangiert. Nicht glauben kann ich, was Johann mir gerade mitgeteilt hat. Verwundert war ich bereits, dass Johann heute schon um 17 Uhr nach Hause kam. Ebenso überrascht hat mich der schöne Strauß mit Blumen, den er mir mitgebracht hat.

„Womit habe ich die Blumen verdient?" Belustigt habe ich ihn angesehen.

„Bekomme ich keinen Kuss zur Begrüßung?" Johann hat mich spontan umarmt und erneut habe ich das Gefühl, auf Wolke 7 zu schweben. In den letzten Tagen sind wir uns sehr nahegekommen, viel näher als in der Zeit zuvor, obwohl wir schon etwas länger unter einem Dach leben. Mir ist es gelungen, mich zu öffnen, ihm zu sagen, wo ich gerne gestreichelt werden möchte, wie er mich anfassen und lieben soll. Johann hat zugehört und umgesetzt, was ich mir gewünscht habe. Allerdings habe ich nicht mit meiner körperlichen Reaktion gerechnet. Wie ein Vulkan, der zu einem plötzlichen Ausbruch kommt, habe ich mich gefühlt. Musste ich erst die vierzig überschreiten, um zu lernen Wünsche zu äußern? Ob es an meiner Erziehung liegt, dass ich so verklemmt reagiere, wenn es um das Thema Sex geht? Meine Freundinnen finden großen Gefallen daran, darüber zu reden und tauschen auch ihre Erfahrungen und Vorlieben aus. Bisher habe ich mich gewunden mitzureden und es hat mir auch keine Freude bereitet, ihnen zuzuhören. Meine Veränderung verdanke ich auch der Mutter von Johann. Rosalinde ist mehr als nur die zukünftige Schwiegermutter für mich, sie ist eine beste Freundin und meint es immer nur gut mit mir. Geduldig hat sie in den vergangenen

Monaten immer wieder versucht, meinen Kleidungsstil zu verändern, mich zu überreden, regelmäßig zum Friseur zu gehen und mir kleine Auszeiten zu gönnen. Wann immer ich Rosalinde frage, sie hat Zeit für meinen kleinen Sohn. Wolfi ist für Rosalinde wie der eigene Enkel, auf den sie noch vergeblich wartet. Welch ein Segen für mich, diese Frau in meinem Leben zu haben. Sie und meine Freundinnen haben es geschafft, mich aufblühen zu lassen und aus dem Entlein einen Schwan zu machen.

Nachdenklich suche ich eine passende Vase für die schönen Blumen und bin vor Aufregung ganz in meine Gedankenwelt versunken.

„Ina? Bekomme ich auch eine Antwort auf meine Frage?" Johann umgreift meine Taille. „Wo ist Wolfi?", blickt er sich suchend in der Küche um.

„Deine Mutter hat ihn zum Übernachten abgeholt. Sie sagt, der Kleine tue ihr und Vincenz sehr gut. Kinderlachen sei wie ein Lottogewinn, so die Worte von Rosalinde."

„Dann sind wir beide heute ganz alleine?" Johanns Augen strahlen mich an. Der anschließende Kuss ist innig und ich lasse es zu, dass Johann mich hier in der Küche anfängt auszuziehen. Gerade fühle ich mich wie ein Teenager, der ausprobieren möchte, was er noch nicht kennenlernen durfte.

Mein Handy piepst und ich bin versucht zu erhaschen, wer mich kontaktiert. Nur für den Bruchteil von Sekunden lasse ich mich ablenken, dann aber gehöre ich wieder ganz Johann. Nonchalant lasse ich das Handy aus meinen Händen gleiten.

Lotte

Mein Café war einmal mehr gut besucht und ich habe in den letzten Stunden keine Minute Zeit gefunden, an private Dinge zu denken. Meine Aushilfe verabschiedet sich bei mir, als ich mich gerade müde auf einen Stuhl sinken lasse. Es ist 19.30 Uhr und ich finde endlich die Zeit, mein Handy hervorzuholen, um die eingehenden Nachrichten zu lesen. Selbstverständlich habe ich eine Rückmeldung von Theo erwartet, leider vergebens. Was nur denkt sich der Mann, ärgere ich mich. Ob er noch arbeiten muss, um diese Zeit? Fragen kommen in meinen Kopf, die mich zermürben. Kurz überlege ich, wen von meinen Freundinnen ich anrufen kann, um den Abend gemeinsam ausklingen zu lassen. Mir ist heute nicht danach, alleine zu sein. In meine Überlegung fällt mein Auge auf einen Mann, der sich seine Nase an der Fensterscheibe zu meinem Café plattdrückt. Zumindest wirkt sein Verhalten belustigend auf mich. Meine Aushilfe hat die Tür längst abgeschlossen, was mir sofort einfällt. Die Überlegung, dem Fremden Einlass zu gewähren, nimmt Überhand und ich stehe von meinem Stuhl auf. Couragiert schließe ich die Tür auf. Im nächsten Moment sehen mich zwei warme braune Augen an. Die kleinen Grübchen um den Mund fallen mir sofort in die Augen und ich finde sie spontan sehr süß.

„Wir haben bereits geschlossen", sage ich ohne mir meine Entzückung anmerken zu lassen.

„Schade, wirklich!" Sein Lächeln steckt mich an. Verlegen und lachend stehen wir uns gegenüber.
„Müsste ich Sie kennen?"
„Ja, das zumindest habe ich erwartet."

„Vielleicht hätte ich am Morgen meine Kontaktlinsen einsetzen sollen", gehe ich einen Schritt näher und schon kommt mir ein Name in den Kopf. „Theo?"

„Überraschung! Ich kann nicht bis zum nächsten Wochenende warten. Nachdem du mir geschrieben hast, war ich aufgeregt und innerlich happy."

Mir gefällt, was ich sehe und Theo hat allem Anschein nach sein Foto, mit dem er mir geantwortet hat, nicht sorgfältig ausgewählt. In Natur sieht er viel besser aus. „Wo ist deine Tochter?"

„Bei ihrer Mutter. Möchtest du mit mir essen gehen? Wir machen uns einen schönen Abend mit einem hoffentlich leckeren Essen und dann lasse ich dich wieder in Ruhe, falls du das möchtest."

Ohhh, für den Augenblick bin ich mehr als nur überrascht und ich denke, es ist mir auch anzusehen.

„Soll ich lieber gehen? Wir können uns auch einfach für das kommende Wochenende verabreden." Theo macht schon einen resoluten Schritt zurück und endlich wache ich aus meiner starren Haltung ihm gegenüber auf. Mit einem Ruck ist die Tür ganz geöffnet und ich gebe ihm mit einer Handbewegung zu verstehen einzutreten.

„Bist du immer so spontan?", zögerlich biete ich ihm einen Sitzplatz an.

„So ein schönes Café, Lotte, du kannst sehr stolz sein. Und die Bilder, ich habe bereits im Internet darüber gelesen. Den Künstler möchte ich einmal treffen", Theo plaudert munter los und an seinen Augen, die sich in den Räumlichkeiten umsehen, kann ich erkennen, er ist wirklich sehr begeistert.

Mit seiner lockeren Art nimmt Theo mir jedwede Bedenken und Zweifel, hier mit einem mir fremden Mann zu sitzen. Erst als mein Magen knurrt, fällt mir die Einladung zum Essen wieder ein.

„Ich sollte deine Idee aufgreifen und endlich etwas feste Nahrung zu mir nehmen", greife ich die beiden Tassen, die vor uns stehen. „Nur von Koffein kann ich nicht leben", lache ich Theo ins Gesicht. Seine spontane Reaktion, mir beim Abräumen der Tassen zu helfen, finde ich gut. Ungewollt muss ich an Franz denken, dem diese Hilfsbereitschaft fremd war. Hausarbeit, auch mit dem Hintergrund, dass ich im Café arbeite, war für ihn Frauensache.

„Lotte? Bist du dir sicher, mit mir essen gehen zu wollen?" Theo hält mir die Tür auf, auch diese Geste ist neu für mich.

„Entschuldige bitte, ich habe gerade mit einer Altlast zu kämpfen gehabt." Mit meinen Worten bin ich ganz nah an der Wahrheit geblieben. Theo nickt, geht aber nicht auf meine Bemerkung ein. Sicherlich ist es auch besser so, überlege ich beim Einsteigen in seinen Wagen.

„Dass du ein Cabrio fährst, hätte ich nicht erwartet", sprudeln die Worte aus meinem Mund.

„Findest du mich zu spießig dafür?"

„Ich habe es nicht erwartet", versuche ich, das Thema zu beenden.

„Unrecht hast du vom Grunde her nicht", startet Theo sein Auto und lacht kurz zu mir rüber.

„Meiner Tochter zuliebe habe ich das Auto gekauft. Sie soll sich freuen, wenn Papa sie abholt." Sein erneutes Strahlen gefällt mir, ebenso sein Profil. Langsam fühle ich mich besser.

„Sie ist aber erst drei Jahre?"

„Richtig. Die nächsten Jahre werden auch rasend schnell vergehen und dann sitzt ein Teenager neben mir", philosophiert Theo. Gut, so ganz verstehe ich ihn in dem Punkt mit dem Cabrio für seine Tochter nicht, wirklich wichtig finde ich es aber auch nicht. Mit dem Wagen hat er Geschmack gezeigt, ausgesucht und bezahlt haben muss er ja alles alleine.

„Du grübelst zu viel für eine hübsche Frau", hebt Theo mir sein Glas zum Anstoßen entgegen, als wir in der Pizzeria sitzen. Ausgerechnet das Lokal hat Theo ausgewählt, wo Franz mir einmal eine Szene gemacht hat. Petra war an dem Abend meine Begleitung und später ist sie ohne Abschied nach Hause gefahren. Franz, immer wieder kommt er mir in den Kopf. Kurz habe ich Bedenken, der Wirt würde einen bösen Kommentar abgeben, bei meinem Anblick. Zu meiner eigenen Freude zeigt er nur kurz ein Zucken, dann aber lächelt er uns gekonnt freundlich an und nimmt später die Bestellung auf.

Bei der Auswahl der Speisen beweist Theo einen guten Geschmack und ich überlasse ihm die Auswahl. Er scheint es zu lieben, wenn seine Begleitung vor gefüllten Tellern sitzt.
„Deine Figur ist spitze!", lobt er mich nach der Vorspeise. Auch das ist neu für mich. Früher hatte ich immer das Gefühl, ich muss den Bauch einziehen, bevor ich meine Hüllen fallen lasse und jetzt höre ich solch ein liebes Kompliment zu meiner, um ehrlich zu sein, weiblichen Figur. Als Model würde ich nur noch für die größeren Größen zum Einsatz kommen. Über den Hauptgang kommt unser Gespräch richtig in Fahrt und ich kann immer wieder herzhaft lachen, mich an dem erfreuen, was Theo mir aus seinem Leben berichtet. Er ist sehr vorsichtig und spricht wenig über seine Ex und auch seine Tochter streift er nur mit Worten, ohne mich mit zu vielen Informationen zu behelligen.
„Wenn ich noch ein zweites Glas Wein trinke, muss ich mein Auto stehen lassen", blicke ich Theo versonnen an. Der

Abend ist so entspannt, dass ich das Gefühl habe, diesen Mann schon eine Ewigkeit zu kennen.

„Ich setze dich gerne vor deinem Haus ab", winkt Theo dem Kellner. Wie der Abend enden wird, überlege ich und in meinem Kopf fängt die Fantasie an sich auszubreiten. Überlegungen wie, ist mein Haus aufgeräumt genug für den ersten Besuch und den damit verbundenen ersten Eindruck? Die Tatsache, dass ich heute nachlässig bei der Auswahl meiner Unterwäsche in den neuen Tag gestartet bin, ist ebenso unangenehm wie die Gewissheit, auf meinem Bett einen Blümchenbezug zu haben, der Jahre alt und abgewaschen ist. Nichts ist wirklich top und vorbereitet für Männerbesuch.

„Schon wieder ganz in Gedanken versunken?" Theos Hand ruht auf meiner, sie fühlt sich warm und gut an. Wieder sind die Punkte in meinem Kopf, die mich davon abhalten sollen, den Mann mit zu mir zu nehmen.

„Bezahlen!", winkt Theo den Kellner an unseren Tisch. Jetzt, so wird mir bewusst, kommt gleich der Moment der Entscheidung.

Auf dem Weg zu seinem Wagen legt Theo ganz nonchalant seinen Arm um meine Taille. Seine Berührung tut mir gut und gleichzeitig spüre ich noch mehr in mir. Diese Gefühle sind nicht zu vergleichen mit dem Abend, als August zu mir ins Haus kam. Mit ihm war ich einen Abend zusammen, wir sind uns nähergekommen, ohne dass es für mich den Nachgeschmack hatte, ich muss den Mann wiedersehen. Gefühle, wie ohne ihn und seine Nähe kann ich den Tag nicht überstehen, kamen nicht auf. Nichts dergleichen habe ich empfunden und richtige Schmetterlinge flogen auch nicht durch meinen Bauch.

Jetzt aber bin ich aufgekratzt und lache, fühle mich hübsch und begehrt. Die Unterhaltung mit Theo ist interessant und so einfach für mich. Wir haben die gleiche Wellenlänge, denke ich, lehne mich zufrieden in den Sitz zurück und beobachte Theo, wie er mich sicher und ohne zu rasen nach Hause fährt. Franz war immer in Hektik. Beim Autofahren mit ihm hatte ich oft Angst und nasse Hände. Seine waghalsigen Überholmanöver fand er normal für einen richtigen Mann, mir hat es nur Angst eingeflößt.

„Fahre ich richtig?" Theo schielt kurz zu mir. Versonnen nicke ich. „Ja, am Ende der Straße steht mein Haus."

Was kommt jetzt? Lotte, du musst jetzt reagieren. Meine Überlegungen fangen von vorne an und erneut habe ich die Sorgen im Kopf, dass nicht wirklich alles für den ersten Herrenbesuch vorbereitet ist. Theo parkt und springt aus dem Auto, ich spüre, wie mein Herz rast und meine Hände nass werden vor Aufregung, was kommen wird.

„Lieben Dank für den schönen Abend und deine Spontanität mit mir essen zu gehen." Theo hält mir die Tür auf und nimmt mich vor dem Gartentor in den Arm. Ein zarter Kuss auf meine Lippen soll der Abschied für den Abend sein. Bevor ich wirklich auf die Situation reagieren kann, ist er in seinem Auto verschwunden und fährt davon. Verwirrt und gleichzeitig positiv beeindruckt blicke ich dem Wagen nach, bis er aus meinem Sichtfeld verschwindet.

Meine Schuhe streife ich achtlos im Flur ab und eile in meine Küche. Das gerade Erlebte schreit nach Chips und einem Telefonat mit einer Freundin. Erst, als ich gemütlich auf meinem Sofa sitze, die Tüte mit Chips geöffnet habe, hole ich mein Handy zum Vorschein. Wen, so frage ich mich, kann ich noch anrufen? Petra muss früh aufstehen, Karin ebenfalls und Ina hat ein kleines Kind. Keine meiner Freundinnen will ich jetzt noch behelligen. Aufgekratzt schalte ich den Fernseher ein, um mich abzulenken. Theo ist so anders als Franz in seinem Verhalten war. Den ganzen Abend über habe ich diese Gedanken gehegt. Dass ich so lange an der Seite von Franz habe leben können, heute wundere ich mich selbst darüber. Nachgelaufen bin ich ihm, auch habe ich es ihm leicht gemacht, immer wieder zurückzukommen in mein Haus. Meine Freundinnen haben mir einmal vorgeworfen, nicht alleine leben zu können. Sicherlich war das auch der Grund, warum ich immer wieder auf die Beschwörungen von Franz gehört habe, dieses Mal würde er sich ändern und sich mehr Mühe geben mit uns. Theo gefällt mir als Mann sehr gut, auch wenn er keine Muskeln an den Oberarmen hat, die mir bei Franz so imponiert haben. In meine Überlegungen kommt eine WhatsApp auf mein Handy, die ich sogleich neugierig öffne.

Liebe Lotte,

ich danke dir noch einmal für die schönen Stunden zu zweit. Darf ich bei unserem nächsten Treffen für dich kochen und dich dafür zu mir einladen? Du kannst, wenn du schon bereit dafür bist, meine Tochter treffen. Anna wird sich bestimmt sehr freuen, dich kennenzulernen.
Mir ist es schwergefallen, dich nicht bis in dein Haus zu begleiten, Lotte. Du bist eine sehr begehrenswerte Frau. Mir liegt sehr viel an dir und die Gespräche am heutigen Abend haben mir gezeigt, für mich bist du viel mehr als eine flüchtige Bekanntschaft.

Schlaf gut und vielleicht darf ich dich morgen schon wiedersehen!
Theo

Puh, was soll ich jetzt tun? Ich stehe von meinem gemütlichen Platz auf dem Sofa auf und renne durch mein Haus. Auf der einen Seite bin ich glücklich zu lesen, Theo sieht in mir mehr als eine flüchtige Bekanntschaft und will mich wiedersehen. Andererseits habe ich Angst davor, seine Tochter zu treffen. Bisher war ich mit kleinen Kindern kaum in Berührung gekommen, einmal abgesehen von Wolfi. Ihn liebe ich sehr und wenn Ina einmal einen Babysitter braucht, springe ich gerne ein. Allerdings sind das schon meine kompletten Erfahrungen mit Kindern. In meinem Café sehe ich großzügig darüber hinweg, wenn eine Tasse Kakao auf dem Boden landet. Im Angebot habe ich auch immer Kinderkuchen und Limonade. Ob mich diese Tatsachen nun als Ersatzmami auszeichnen?

Eine halbe Stunde später bin ich noch immer zu keinem Entschluss gekommen. Theo wird sicherlich auf eine Rückmeldung warten, auch das ist mir bewusst. Die Tüte Chips habe ich kaum angerührt und lege sie nun wieder zurück in den Schrank. Mit gemischten Gefühlen gehe ich in mein Bad und putze meine Zähne. Morgen werde ich versuchen, Ina, Karin oder Petra zu erreichen und dann finden wir gemeinsam eine Lösung. Mit diesen Gedanken lege ich mich schlafen und bin schon Sekunden später von den Sorgen erlöst.

Ina

Überrascht registriere ich den Anruf von Lotte um 7.45 Uhr.

„Ist etwas passiert?", nehme ich das Gespräch entgegen.

„Ich muss dringend reden, Ina", höre ich Lotte frenetisch sagen. „Gut, dann komm in einer halben Stunde zu mir, dann sind wir ungestört. Vorher hole ich Wolfi bei Rosalinde ab und besorge auf der Rückfahrt noch frische Brötchen für uns."

Lotte scheint über meine Einladung beruhigt zu sein und ich fange unvermittelt an zu überlegen, was meine Freundin so durcheinandergebracht hat, dass sie um diese Uhrzeit Redebedarf hat.

„Hast du schon auf mich gewartet?" Lotte steht vor meinem Haus, als ich mit Wolfi zurückkomme. „Dann bereiten wir das Frühstück gemeinsam vor", lege ich die Tüte mit Brötchen in ihre Hände und öffne meine Tür. Lottes Gesicht sieht rosig aus, was ich ihr auch sage.

„Mir geht es auch gut, Ina", fängt sie an, den Tisch für uns zu decken.

„Trotzdem beschäftigt dich etwas, sonst wärst du jetzt nicht hier in meiner Küche." Nebenbei bringe ich die Kaffeemaschine zum Laufen.

„Ina, ich bin für heute Abend bei Theo zum Essen eingeladen", stößt Lotte hervor, während sie den Käse auf den Tisch stellt. Bevor ich eine Gelegenheit finde, auf diese Worte einzugehen, spricht sie weiter. „Gestern stand Theo vor meinem Café", sie hält einen Moment inne, in dem ich schon denke, oh, nein! Dann aber erfahre ich mehr von dem gestrigen Abend und mir gelingt es, mich ruhig an den Tisch zu Lotte zu setzen. Sie spricht und spricht, selbst, als ich die Tassen mit Kaffee befülle und mir längst ein Brötchen mit Butter beschmiere. Zu meiner Freude ist Wolfi mit den Spielsachen, die ich auf dem Boden ausgebreitet habe, glücklich beschäftigt.

„Jetzt bist du informiert, Ina. Ich brauche einen Ratschlag, wie ich mich zu verhalten habe." Endlich greift Lotte zu einem Brötchen und nippt an ihrem Kaffee.

„Nimm die Einladung an und lerne die Welt von Theo und seiner kleinen Tochter kennen. Wo liegt das Problem? Du bringst dem Mädchen etwas zum Malen oder zum Basteln mit, dann ist das Eis gleich gebrochen."

Meine Vorschläge nimmt Lotte kauend zur Kenntnis, sagt aber nichts. Introvertiert sitzt sie vor mir. Wie um 180 Grad gewandelt, ein Verhalten, das ich schon oft an Lotte habe beobachten dürfen. Kurz lasse ich ihr Zeit und genieße unterdessen mein Brötchen.

„Wenn es um ein Treffen mit den anderen Männern ging, die auf deine Kontaktanzeige reagiert haben, warst du spontaner. Der gestrige Abend hat dir nach deinen eigenen Worten gefallen, Theo als Mann ebenfalls. Kann es sein, Lotte, du hast ein Problem mit einem Mann, der nicht gleich mit dir ins Bett will?" Jetzt rede ich mich in Rage und erst, als Lotte mir das vorhält, bin ich still.

„Ja, Ina. So kann es sein. Alles an diesem Mann ist so, wie ich es mir immer gewünscht habe. Wie oft habe ich gejammert und geweint, da Franz und die anderen Männer mich nicht als feste Partnerin gesehen haben. Jetzt scheint ein Mann richtiges Interesse zu zeigen und ich bin verunsichert."

„Wann fängt deine Arbeit an?"

„Um 11 Uhr bis um 16 Uhr", kommt eine tonlose Antwort von Lotte.

„Sehr gut! Dann komme ich gleich mit zu dir, wir suchen dein Outfit für den Abend raus und wenn ich mit Wolfi im Anschluss einkaufen fahre, besorge ich etwas zum Malen für das Mädchen und lege dir alles vor deine Tür. Es wird bestimmt ein schöner Abend. Jetzt schreib Theo schon zurück. Er wird schon sehnsüchtig auf deine Antwort warten."

Das Handy von Lotte liegt auf meinem Küchentisch, ich schiebe es ihr ein Stückchen näher.

21 Uhr

Mein Handy habe ich den ganzen Abend über im Auge behalten, selbst beim Kochen. Johann hat mich dann auch komisch angesehen, als mein Handy vorhin den Eingang einer Nachricht gemeldet hat.

„Wenn ich es nicht besser wüsste, Ina, ich könnte denken, du wartest auf die Nachricht eines Mannes."

„Sorry, Johann. Eigentlich wollte ich dich nicht damit belästigen, Lotte hat ein Date", gebe ich Auskunft und schiele zeitgleich auf die Nachricht.

„Natürlich, Lotte! Du sprichst von der Frau, die ständig ein neues Date hat? Oder habe ich etwas verpasst in den letzten Wochen und es gibt noch eine andere Lotte in deinem Umfeld?"

Kurz blicke ich zu Johann, er wirkt nicht amüsiert.

„Ja, ja, du hast absolut recht. Jetzt aber trifft sie mal einen Mann, der schon ein Kind hat und wie es scheint, ist der Anfang auch anders als sonst üblich bei Lotte." Ich rede und rede, bis Johann weiß, was ich von Lotte am Vormittag gehört habe.

„Dann wird sich Lotte bald wieder an alte Zeiten erinnern und ihrem Ex nachlaufen. Lotte und ein ruhiges Leben? Eventuell noch in einen Haushalt mit einem kleinen Kind eintauchen, das kann ich nicht glauben, dafür fehlt mir die nötige Fantasie."

Johann sagt pragmatisch, was er von Lotte denkt und ich kann es ihm nicht verübeln.

„Na, also!", stoße ich hervor und reiche Johann mein Handy. „Lies selbst!"

„Es geschehen Zeichen und Wunder", hebt Johann seine Augenbraue. „Deine Freundin zeigt sich begeistert davon, mit dem kleinen Mädchen in ihrem Kaufmannsladen gespielt zu haben und das Abendessen sei einfach nur harmonisch verlaufen, wie in einer normalen Familie", die letzten Worte hat Johann auffallend betont.

„Sie ist schon wieder auf der Rückfahrt, das klingt doch sehr vernünftig", werfe ich ein. Johann lächelt sanft, kommt an meine Seite und legt seinen Arm um meine Schulter.

„Dafür liebe ich dich, Ina. Du bist eine Romantikerin und ein lieber Mensch", er küsst mich auf die Stirn. So ganz verstehe ich seine Worte nicht, jedoch fühle ich mich glücklich. Lotte geht es gut, Johann ist gutgelaunt an meiner Seite, Wolfi schläft ruhig, mir geht es gerade richtig gut.

10 Wochen später

Vincenz

Sorgen habe ich mir in den letzten Monaten zur Genüge um Lotte gemacht. Meine Angst, sie kommt erneut mit Franz zusammen, hat mich einige schlaflose Nächte gekostet. Nicht, dass ich Franz nicht mag, er hat seine guten Seiten. Für Lotte jedoch ist er nicht der richtige Partner. Leider habe ich Phasen vom Auf und Ab der Beziehung zwischen Lotte und Franz schon oft genug erlebt und die anschließenden Tränen von Lotte versucht zu trösten. Bei einer Versöhnung war Lotte wieder in ihrer Traumwelt, was leider nie länger als einige Wochen anhielt. Die Nachricht, sie habe erneut über eine Kontaktanzeige einen Mann kennengelernt, hat mich fast zum Brüllen gebracht. Meine Rosalinde hat mich besänftigt, mir gezeigt und mich gelehrt, ich muss auch Lotte ihren eigenen Weg finden lassen.

„Lieben bedeutet doch auch loslassen und den Menschen, dem unser Herz gehört, zu erlauben, sich selbst zu entfalten", gab Rosalinde mir als Rat. Lotte ist mir wichtig und ich kann, trotz der gut gemeinten Ratschläge von Rosalinde, ihr Verhalten nicht verstehen.

„Ich würde mich sehr freuen, Lotte würde einen Mann finden und mit ihm zur Ruhe kommen", ist meine Antwort. Meine Stimme verrät jedoch, dass ich große Zweifel habe.

„Erzähle mir lieber von August und davon, wie du jetzt mit ihm umgehen wirst", wechselt Rosalinde geschickt das Thema. Ich atme tief durch, blicke die Frau, der mein Herz gehört, kurz verständnislos an, dann aber werden meine Gesichtszüge weicher.

„Mein Angebot hat August angenommen", setze ich mich zu Rosalinde an den Tisch. Sie schiebt mir eine Tasse zu und gießt frischen Kaffee ein. „Magst du ein Stück Kuchen?"

„Nein, jetzt nicht", trinke ich einen Schluck und lehne mich zurück. „August geht ohne Pläsiren aus der Geschichte heraus. Für ihn ist es ein Gewinn, obgleich er mich betrogen hat." Rosalinde legt sich ein Stück Kuchen auf den Teller, sie schweigt.

„Ich habe ihm angeboten, 120.000 Euro werde ich ihm erlassen, für seine jahrelange Treue. Mit der Bank habe ich auch gesprochen und August erhält ein sehr günstiges Darlehen über die Restsumme, sodass er seine Wohnung behalten und abbezahlen kann."

„Eure Wege trennen sich?" So, wie Rosalinde es sagt, erwartet sie keine Antwort von mir.

„Andere Auftraggeber werden sich für August finden. Da er nicht vorbestraft ist, außer uns niemand von dem Betrug weiß, kann er weiterhin als Anwalt tätig sein und Geld verdienen. Ich persönlich habe meine Konsequenzen gezogen und längst einen Ersatz für ihn gefunden. Ohne die Nähe zu Lotte, wenn auch nur für wenige Tage, und mit dem Hintergrund seines Herzinfarktes, bin ich milde geblieben. Ansonsten hätte ich ihn vernichtet. In meinem bisherigen Leben bin ich nie weich mit Menschen umgegangen, die mich hintergangen haben", betone ich mit kalter Stimme. Rosalinde schweigt noch immer. Ruhig sitzt sie mir gegenüber und isst ihren Kuchen auf. Erst, als sie die Gabel zur Seite legt, hebt sie ihren Blick.

„Es ist gut so, Vincenz."

Verstehe einer die Frauen, so meine Überlegung, die ich nicht ausspreche. Bis zum Nachmittag habe ich eine Unruhe in mir, die es verhindert, für längere Zeit an meinem Schreibtisch zu sitzen.

„Du hast Besuch, Vincenz", klopft Rosalinde an mein Arbeitszimmer und öffnet sogleich die Türe. „Lotte ist hier", schiebt sie mir unvermittelt den Besuch in mein Zimmer. Rosalinde verschließt im Anschluss die Tür und lässt uns alleine.

Ohne Lotte zu Wort kommen zu lassen, berichte ich ihr von meinem Verhalten August gegenüber, ohne etwas zu bagatellisieren.

„Danke, Vincenz. Dein mildes Verhalten hat sicherlich mit mir zu tun?"

Ihre Frage lasse ich offen und suche mir einen Platz auf meinem Sofa, der mir einen Blick vom Arbeitszimmer in den Garten schenkt. „Erzähle mir von dem neuen Mann an deiner Seite", bitte ich Lotte, sich an meine Seite zu setzen.

„Ja, Papi", rückt sie ganz nah zu mir und legt den Arm um mich. „Wie schön, dass es dich in meinem Leben gibt", fängt Lotte an, mir nach und nach Einblicke in ihr aktuelles Liebesleben zu geben. Zunächst skeptisch, dann hellhörig und neugierig, höre ich ihr zu.

„Mit Theo ist es so einfach, zusammen zu sein. Seine Tochter ist aufgeschlossen mir gegenüber, nennt mich schon Lotte-Mi, es erinnert mich im weitesten Sinne an Mami. Mir tut ihre Liebe so gut, Vincenz. Ich möchte dich so gerne einbinden in mein Leben, dir die Menschen näherbringen, die mir so am Herzen liegen."

„Ist es dafür nicht noch zu früh?"

Auf meine Worte springt Lotte auf. „Bitte, Vincenz, gib deinem Herzen einen Ruck!"

Eine halbe Stunde später

Lotte bringe ich noch bis zur Tür, wir umarmen uns herzlich und ich freue mich zu sehen, sie strahlt, ihre Augen glänzen vor Freude. Auf mich wirkt sie gerade wie ein kleines Mädchen, das sich auf die Geburtstagsgeschenke freut.

Rosalinde kommt zu mir, als ich gerade die Türe verschließe. „Lotte hat uns beide für den heutigen Abend eingeladen. Wir sollen Theo und seine kleine Tochter kennenlernen", sprudeln die Worte aus meinem Mund. Rosalinde reagiert wie so oft milde und verständnisvoll. Ich hätte sie zuvor fragen müssen, bevor ich Lotte unser Kommen zugesagt habe.

Eine Woche später

Petra

Heute Abend kommen meine Freundinnen wieder zu mir. Nach Feierabend habe ich noch rasch eingekauft, was mein Haushalt an Köstlichkeiten sonst nicht zu bieten hat. Chips, Eis in großen Mengen, Erdnüsse und Bockwürste. Für den obligatorischen Kartoffelsalat sorgt Ina, ein Angebot, das ich gerne angenommen habe. Rasch bereite ich mir noch einen grünen Salat zu, stelle den Prosecco kalt und husche in mein Badezimmer. In den letzten Wochen habe ich die Freundinnen kaum gesehen. Lotte habe ich mal in der Mittagspause in ihrem Café aufgesucht und somit bin ich über ihre neue Beziehung zu Theo im Bilde. Von Karin kam die Einladung zu einer Vernissage im nächsten Monat in Dresden, der ich gleich zugesagt habe. Ina hat mir ab und an eine Nachricht auf mein Handy gesendet, ihr scheint es gut zu gehen, das freut mich sehr.

„Muss ich wieder aus der Wohnung flüchten? Ich armer und vernachlässigter Mann", gespielt traurig steht Marc vor mir. „Du kannst mir helfen, mein Kleid zu verschließen", halte ich ihm meinen Rücken hin.

„Hey! Marc! Ich bekomme gleich Besuch!"

„Redest du zweideutig, meine Liebe?" Die anschließende Umarmung lasse ich zu.

19 Uhr

Im Abstand von wenigen Minuten sind Ina, Karin und Lotte eingetroffen. „Ich bleibe bis Montag, wenn es dir passt", hat Karin mich umarmt. Von Lotte kam die zu erwartende Frage: „Warum schläfst du nicht bei mir?"

„Dann kann ich mich ja als Babysitter ausprobieren", kommt die schlagfertige Antwort von Karin. Ich muss kichern, was mir einen Seitenhieb von Lotte einbringt.

„Macht euch nur lustig über mich", lässt sie sich auf einen freien Stuhl fallen. „Einen Prosecco", hebt sie ihr leeres Glas.

„Wie Madame wünschen", gehe ich zu meinem Kühlschrank. Ina steht in meiner Küche und rührt den Kartoffelsalat noch einmal um. „Sie scheint glücklich zu sein mit Theo", flüstert sie mir zu.

„Prosit", eröffne ich wenige Minuten später offiziell unseren Mädelsabend. Keine zehn Minuten später haben die Freundinnen ihre Teller gefüllt und die erste Portion im Mund verschlungen. Lob gibt es für Inas Kartoffelsalat, was ich grinsend hinnehme, während ich zufrieden auf meinen Salatblättern kaue.

„Du hast Eis und Chips eingekauft?" Die Frage kommt von Lotte.

„Nein, meine Liebe, ich dachte, du bist auf Diät", muss ich amüsiert antworten. Lotte kennt mich inzwischen so gut, sie versteht sofort, dass ich einen Witz mache.

„Ich habe schon einmal versucht, meine Neuigkeit zu verkünden, dann jedoch kam etwas dazwischen und ich habe auf eine neue Gelegenheit gewartet", Ina strahlt uns an. Sie legt sogar ihr Besteck auf die Seite.

„Bist du schwanger?" Karin kommt mit ihrer Frage Lotte und mir zuvor. Ina schüttelt ihren Kopf. „Nein, es geht um Johann und mich", jetzt lege ich auch mein Besteck zur Seite.

„Johann will mich heiraten!" Ina legt ihre Hände vor ihr Gesicht. „Gratulation", hauche ich hervor. Lotte ist bereits auf den Beinen und umarmt Ina. Karin legt ihre Hand auf Inas Schulter und endlich blickt Ina uns wieder an. Sie hat Tränen der Rührung in ihren Augen. „Es ist zu schön, um wahr zu sein. Johann hat mich schon vor wenigen Tagen gefragt, ob ich seine Frau werden möchte."

„Du hast doch ja gesagt?" Unsere Lotte, denke ich und schweige.

Ina nickt. „Mir fiel es leicht, ja zu sagen. Johann ist mir ein guter Partner und für Wolfi", sie blickt zu mir, „ein toller Papi."

„Ich freue mich auch für dich", gebe ich meine wahrhaften Gefühle preis. „Wir gehen mit dir das Kleid für die Hochzeit aussuchen", füge ich nach. Karin und Ina applaudieren spontan. „Ohh! Dann werde ich schön aussehen", zwinkert Ina mir zu. „Anstoßen!" Wir lassen unsere Gläser aneinander klirren. Im Anschluss ist das Essen wieder angesagt und Inas Worte werden kauend kommentiert. „Wunderbar, Ina! Mit Rosalinde bekommst du eine tolle Schwiegermutter und Vincenz gehört dann auch zu deiner Familie", Lotte blickt sehnsüchtig auf den Kartoffelsalat. „Genauso einen Antrag wünsche ich mir auch, eines Tages."

Karin bringt uns im Anschluss mit den neuesten Geschichten aus dem Kunstmuseum zum Lachen. „Die nächste Ausstellung müsst ihr euch ansehen und miterleben. Der Künstler ist großartig", Karin verdreht ihre Augen. „Dagegen ist Anton wie ein kleiner Junge."

„Wir sollten ihn unbedingt mit nach Dresden nehmen", bringt Lotte ein.

„Dann kommen auch du und Ina? Petra hat mir schon zugesagt."

„Nur, wenn ihr mir bei den Vorbereitungen zu meiner Hochzeit helft", greift Ina nach einer neuen Bockwurst. Die Zusage erhält Ina natürlich erneut aus unserem Mund. „Ich bin schon so aufgeregt, als sei es meine eigene Hochzeit", blinzelt Lotte versonnen.

„Lotte? Willst du uns jetzt nicht etwas von Theo erzählen?" Karin spricht aus, was auch ich fragen wollte. Lotte strahlt uns mit einem Mal an, isst aber zunächst seelenruhig den Kartoffelsalat auf, der noch auf ihrem Teller liegt.

„Theo ist lieb, er ist einfühlsam, kann kochen, hilft mir bei Erledigungen für mein Café", sie macht eine Pause.

„Mit der Kleinen hast du deinen Frieden gefunden?", bringe ich mich nun ein. Lotte hebt ihren Kopf. „Ja!"

Wir warten, sie sagt jedoch nichts mehr. „Lotte? Wir möchten mehr erfahren", schüttelt Ina ihren Kopf. „Ein kurzes Ja ist doch keine richtige Antwort unter Freundinnen?"

„Meine Gefühle sind mir noch etwas fremd. Ich spüre eine Liebe in mir, zu der Kleinen, die ich zuvor nicht kannte. Außerdem denke ich fast täglich an das Mädchen, überlege mir, was sie beim nächsten Treffen essen möchte, ob wir zu einem Spielplatz fahren sollen oder lieber zu Hause mit den Puppen spielen."

„Wir scheinen langsam erwachsen zu werden", hebt Karin ihr Glas. „Jede von uns Freundinnen lebt aktuell in einer Beziehung, die sie nicht missen möchte. Bisher waren immer nur eine oder zwei von uns glücklich liiert. Unsere kleinen Schwächen und Angewohnheiten, die uns ab und an aus der Bahn werfen, wir scheinen gerade alles überstanden zu haben", ihre Stimme ist hoch. Karin ist anzusehen, sie spricht gerade in erster Linie von sich und Hermann Josef. „Petra? Ich weiß, was du denkst und ja, mir geht es wieder gut und euer Ratschlag war richtig. So, wie ich jetzt lebe, so kann es noch ein paar Jahre bleiben."

„Werden wir jetzt alt?"

Lottes Worte lassen uns lachen. Wie Teenager kichern wir und sprechen über Momente der Vergangenheit, allerdings nur über die heiteren Erlebnisse. Dieser Mädelsabend gehört uns und es ist ein stillschweigendes Abkommen, dass nach den Sorgen auch die Zeit zum Lachen bleibt.

„Theo wird das kommende Wochenende mit seiner Tochter bei mir schlafen", berichtet Lotte beim Nachtisch.

Gut, dass ich drei Sorten Eis eingekauft habe, blicke ich über den Tisch. Heute ist die Nachfrage besonders hoch. „Ich habe noch Chips eingekauft", werfe ich in die Ess-Orgie ein, jedoch ohne beachtet zu werden.

Leben und leben lassen, Lydia Lowere hatte so recht mit ihrer Einstellung zum Leben. Dankbar höre ich meinen Freundinnen zu, die sich gerade darüber streiten, wer nun den Rest aus dem Becher mit Vanilleeis löffeln darf. Wie einfach und schön das Leben doch sein kann. Um meine eigene Sentimentalität zu unterbrechen, die gerade in mir hochkommt, fange ich an, die benutzten Teller in meine Spülmaschine zu räumen.

„In meiner nächsten Kolumne bin ich auch etwas sentimental geworden", spricht mich Lotte an, als ich wieder am Tisch sitze. „Wie es scheint, meine Lieben, haben wir alle eine kleine Verwandlung hinter uns und sind persönlich gereift", ausgerechnet Lotte fügt diese Worte nach. Schmunzelnd sehe ich sie an. „Wir sollten jetzt den Ausflug nach Dresden planen", tönt Karin und zieht uns gedanklich wieder in eine neue Richtung. Gewissenhaft wie unsere Ina ist, zieht sie einen Block aus der Tasche und fängt an, die ersten Notizen für Dresden zu machen. „Ihr vergesst aber nicht, mit mir bummeln zu gehen?", wirft sie ein.

„Für die Hochzeit", albern Karin und ich wie aus einem Mund.

Im Anschluss diskutieren wir über ein Outfit, das zu Ina passt und natürlich kommen schon die ersten Überlegungen zu unseren eigenen Kleidern für Inas großen Tag auf. „In Dresden werden wir gemeinsam die Stadt unsicher machen", verabschiede ich gegen halb eins Ina und Lotte, die von Theo abgeholt und nach Hause gefahren werden.

„Der Mann scheint unserer Freundin gutzutun", bemerke ich.

„Endlich hat Lotte einmal einen Kavalier, der sich auch für sie einbringt", gähnt Karin, während sie mir beim Aufräumen hilft.

Als mein Freund nach Hause kommt, schläft Karin schon auf meiner Couch.

„Du bist noch wach?" Marc küsst mich auf den Mund. Sofort erhellt sich mein Blick, trotz der aufkeimenden Müdigkeit spüre ich Glück in mir. Kurz vor dem Einschlafen sehe ich noch einmal zu Marc, der schon seine Augen geschlossen hat und leise aus- und einatmet. Ich bin sehr glücklich, so mein Gedanke beim Einschlafen.

Der nächste Tag

Lotte

Für mich kann das Leben gerade nicht schöner sein. Als Theo am Morgen von meinem Haus aus auf seine Arbeit gefahren ist, habe ich ihm glücklich nachgesehen. Früher habe ich über solche Rituale von Ehepaaren gelächelt und sie als spießig eingeordnet, heute empfinde ich nur Glück dabei. Wie sich doch manche Sichtweise ändern kann.

Mit einer Tasse frischen Kaffee mache ich es mir im Anschluss an meinem Schreibtisch bequem. Meine Leserinnen und Leser haben wieder einen Einblick in mein Leben und eine Fortsetzung der Kolumne verdient.

Liebe Leserinnen und Leser,

Ehrlichkeit in der Beziehung, diese Worte stehen auch heute wieder als Überschrift über meinem Beitrag.
‚Nutze den Tag und trage deine Liebe in die Welt,
lebe ohne Hass und Neid, schaue auf die Menschen neben dir,
denen es nicht so gut geht und helfe.
Ein Lächeln zu verschenken, kostet kein Geld und kann so viele Herzen öffnen.‘
Wenn wir alle diese Worte beherzigen, dann gibt es keinen Kummer und Streit.
Zugeben muss ich allerdings, selbst nicht immer so perfekt freundlich und nur mit einem Lächeln im Gesicht durch den Tag zu gehen. Eines habe ich aber gelernt, ich denke immer öfter an diese Worte und bemühe mich, diese zu befolgen. Es hilft mir tatsächlich und ich denke, dies ist auch eine Idee für Sie, den Alltag etwas mehr mit Sorgfalt zu füllen.

Die Leserinnen und Leser, die mich schon länger kennen und meine Beiträge in der Zeitschrift regelmäßig lesen, werden eine Veränderung meiner Person spüren. Nicht immer war ich so bewusst unterwegs wie aktuell. Ein kleiner Mensch hat es geschafft, meine Liebe als Frau zu einem Kind zu wecken. Jetzt beneide ich alle Mamis und kann nur schreiben: Genießt die Zeit, wo die Kinder noch klein sind. Für eigene Kinder bin ich zu alt (obgleich ich mich sehr fit und jung fühle)!

Mein Leben hat eine Wendung genommen und mir nicht nur eine neue Liebe in Form eines Mannes beschert, auch ein kleines Mädchen gehört dazu.

Zunächst habe ich Angst verspürt vor der Verantwortung, die ein Kind im täglichen Ablauf fordert. Nur auf meine Bedürfnisse habe ich geachtet und mir auch so den Tagesablauf gestaltet. Dann kam Theo in mein Leben und mit ihm die kleine Anna. Mein erster Besuch bei Theo zu Hause hat mich Kraft gekostet. Heute kann ich lachen über mein Verhalten und meine Sorgen im Vorfeld. Dank meiner Freundin Ina bin ich mit einem kleinen Set zum Malen ausgestattet zu dem Treffen gefahren. Anna hat sich gefreut und mich, das hat mich richtig beglückt, an der Hand und mit in das Kinderzimmer genommen. Anfänglich war ich unsicher, mit einem kleinen Mädchen zu malen, wo doch im Wohnzimmer der Mann meiner Gefühle wartete. Plötzlich hatte ich die Zeit vergessen, Anna hatte mich so in ihren Bann gezogen. Erst als Theo, ihr Vater, in der Tür zum Kinderzimmer stand und meinte, das Abendessen könne er nicht länger warmhalten, habe ich bemerkt, schon eine Stunde mit Anna gespielt zu haben.

Mein Herz war immer gefüllt mit Gefühlen und ich habe mich stets geliebt gefühlt. Wenn mich ein Mann enttäuscht hat, dann waren meine Freundinnen an meiner Seite. Noch in Erinnerung

245

habe ich die Worte von Karin, als ich bei einem Mädelsabend von Theo und der Tatsache, er hat eine kleine Tochter, berichtet habe.

„Wie sehr ich dich beneide, Lotte! Das kleine Mädchen wird dein Herz erobern, das verspreche ich dir." Karin sollte recht behalten mit ihrer Vorahnung. Ich habe jetzt eine neue Seite an mir entdeckt und ich spüre, das Leben ist so viel reicher mit einem Kind. Liebesschwüre in der Nacht habe ich mir von meinem neuen Mann gewünscht. Zufrieden kann ich betonen, ich habe diese Momente schon in Theos Armen erleben dürfen, allerdings auch die Augenblicke, wo die kleine Anna jegliche körperliche Nähe unterbunden hat, da sie unbedingt in unserem Bett schlafen wollte. Auch diese Nächte sind für mich zu einem Highlight geworden, anders als erwartet, jedoch wunderschön.

Im Kindergarten kenne ich schon die meisten Mamis und ich freue mich sehr, wenn ich Anna abholen darf. Auch die Mami von Anna habe ich getroffen und ja, ich hatte Angst im Vorfeld, wie so oft vor etwas Neuem, das in mein Leben kommt.

Dankbar bin ich, sie hat mich akzeptiert und wir können uns auch gut unterhalten. Wären wir uns einfach nur in meinem Café begegnet, ohne diese familiäre Verbindung, wir könnten gute Freundinnen werden.
Natürlich kann das auch so gelingen, ich will nicht zu sehr in die Zukunft sehen. Abwarten und hoffen, das scheint vernünftiger zu sein.

So, wie ich mich gerade verändere, das hätte ich niemals erwartet. Bisher konnte ich so vieles, was mit Familie zu tun hat, nicht verstehen. Mit Sicherheit kann ich jetzt auch Ihre Briefe und Mails noch besser beantworten, jetzt, wo ich auch einen Einblick in die Rolle einer Mami habe.

Für mich ist als Erkenntnis das Schönste, nach jedem Tief kommt wieder ein Hoch, man muss nur geduldig sein und darf nicht verzweifeln.

Leben mit Liebe im Herzen, das ist mein neues Credo für die Zukunft. Freuen Sie sich schon heute auf die Fortsetzung und somit verbunden neue Einblicke in den Alltag von mir, Ina, Karin und Petra.

Nicht immer will das Leben so seinen Weg für uns bereithalten, wie wir es uns wünschen. Die Kunst ist, auch daraus noch das Beste zu machen. Lydia Lowere und ihre noch über allen Köpfen hängenden Weisheiten sind auch heute noch ganz nah an der Wahrheit.

Leben und leben lassen,
Lieben und zulassen, geliebt zu werden,
in jedem Tag einen verrückten Moment einzubauen,
ist in meinem Herzen das große Glück.

Umarmung
Lotte

Mehr von Lotte, Ina, Petra und Karin finden Sie
in den weiteren Frauenromanen von Manuela Lewentz:

Manuela Lewentz

Heißer Flirt im Gepäck

Mittelrhein-Verlag